Academia
MINERVA

Esta obra ha sido galardonada con el I Premio Fandom Books de Novela Juvenil 2024. El jurado, presidido por Pablo Cruz, estuvo integrado por Marina Tena, Elena Martínez, Vanessa R. Migliore y Marta Álvarez.

1.ª edición: mayo de 2024

Valentín Beato, 21. 28037 Madrid
www.fandombooks.es

Diseño de imágenes interiores: Mari Carmen Fombuena
Diseño de cubierta: eVostudio.com

ISBN: 978-84-19831-08-8
Depósito legal: M-7102-2024
Impreso en España - Printed in Spain

PAPEL DE FIBRA CERTIFICADA

MARI CARMEN FOMBUENA

Academia MINERVA

I PREMIO
FANDOM BOOKS
DE NOVELA JUVENIL

FANDOM BOOKS

A quienes os habéis enfrentado al miedo
para alcanzar un sueño.

Prólogo

—Así que ha decidido renunciar a su puesto.

Cinco de las componentes del Consejo estaban frente a ella. Las miró, confusa, sin saber bien cómo había llegado hasta esa sala.

—Sí, renuncio a mi puesto —afirmó, con el único pensamiento de querer salir de allí cuanto antes.

Se miraron entre ellas. Las luces del techo creaban sombras en sus rostros; algunos arrugados, otros más lisos. Todos parecían sonreír al oír sus palabras.

Carlota sabía que se estaba perdiendo algo. Que había recuerdos que se le escapaban cuando parecía a punto de alcanzarlos.

—Nos apena su decisión, académica Lantana, esperábamos contar con usted en el Consejo —dijo el mismo de antes, aunque su expresión no coincidía con sus palabras—. Será informada de las vacantes a las que puede optar, como las demás candidatas.

Se sentó en la silla de respaldo alto, entrelazó los dedos sobre la mesa y fijó la mirada en ella, esperando.

Carlota asintió sin pensar. Intentando aclarar los recuerdos borrosos.

—Que Minerva la guíe —se despidió el consejero.

La muchacha se giró y caminó hacia la puerta, despacio, dubitativa. Notaba que algo no encajaba. No estaba segura de que hubiera ido allí para eso.

Bajó las escaleras que no recordaba haber subido. Los peldaños crujían al apoyar los zapatos. Se cruzó con un fantasma que se llevó la mano al corazón a modo de saludo, con una sonrisa.

Dudó un segundo. Podría preguntarle si la había visto antes, si había escuchado a hurtadillas detrás de la puerta de la sala. Pero siguió adelante, caminó sin mirar nada más que el suelo unos pasos por delante de ella.

Debía ser el estrés de esas últimas semanas. Los exámenes, trabajos y el miedo a no sacar suficiente nota para optar a un buen puesto.

A partir de ese momento todo iba a ir mejor, tendría un trabajo con el que poder ayudar a su familia. No le hacía falta una silla en el Consejo para eso, ¿no? ¿Por qué iba a quererlo? Había hecho bien en renunciar, solo le traería dolores de cabeza que no necesitaba.

El sol le devolvió un poco del calor que había perdido en el interior del edificio.

La escultura tallada en piedra de la diosa Minerva la miraba desde lo alto del pedestal. Ahí estaba siempre, con la mano derecha sobre el corazón y la expresión tranquila de quien está segura de lo que hace.

Carlota sintió sus ojos clavados en ella, como si esperara una explicación.

«Es lo mejor —pensó hablando con Diosa—. No sabría cómo enfrentarme al Consejo. Yo no soy nadie».

Ella no pertenecía a las familias que tenían el poder. Cualquier idea que tuviera se la echarían abajo solo por venir de donde venía. Sería como ir a contracorriente todo el tiempo.

Le pareció ver pena en la expresión de la escultura. Aunque no creía que fuera por su decisión, sino por aquellas que se tomaban en el edificio del que acababa de salir. Minerva nunca lo habría aprobado.

«¿Dónde estás? —le preguntó en silencio—¿Por qué permites que echen por tierra tus enseñanzas?».

«¿Por qué he permitido yo que el miedo me superara?».

Capítulo 1

Álex

Minerva, afligida por una soledad inmensa, decidió crear seres a su imagen y semejanza que poblaran la tierra que le había sido otorgada.
Se mantuvo alejada de sus creaciones, hasta que un día, la curiosidad pudo más que la precaución, y descendió para vivir entre ellas.

Libro Primero de las Antiguas Escrituras

Dorotea se inclina ante mí. A través de su cuerpo translúcido puedo ver la puerta de la academia, la misma que me recibe cada año: de madera oscura y astillada, con refuerzos de hierro negro decorados de óxido.

Me inclino hacia Dorotea con una sonrisa y ella me saluda con una expresión similar. Avanzo unos pasos hasta apoyarme en una de las columnas que decoran la entrada.

La fantasma sigue saludando a todas las personas que vamos hacia la puerta, igual que cada primer día de curso. A través de ella puedo ver como se acerca Marco Morera, el becado de segundo. Lleva los mismos pantalones negros que hace tres años, con los que ya enseña los tobillos, un jersey que le habrá tejido su abuela y que ya se le ha enganchado en al menos cuatro sitios que yo pueda ver. El pelo castaño, que parece que se lo haya cortado su hermano de cinco años, le cae sobre los ojos demasiado pequeños para su cara y de un marrón tan común como aburrido. Se nota tanto que es un plebeyo y que no tiene dinero ni para plumas nuevas que no sé cómo se atreve a presentarse aquí cada año.

Ni siquiera mira a Dorotea al pasar frente a ella. Puede que a la fantasma le dé igual porque es un panecillo de leche y nunca se enfadaría con nadie por nada, pero a mí no.

Me concentro en esa rabia que me provoca él y su actitud. Susurro las palabras sin apartar la vista de su maleta. No estoy acostumbrada a hacer magia core, pero nunca está de más empezar a practicar para el curso que se me viene encima, sobre todo si es por un bien común.

La maleta que lleva Morera se abre. Lo que había dentro se esparce por el suelo. Las hebillas que sujetaban las correas ahora están aún más oxidadas. El becado mira alrededor con la cara del mismo rojo que los pétalos de la flor de Lureida. Empieza a recoger rápido la ropa, los libros y un objeto que no debería llevar encima.

—Hola, Morera —lo saludo. Él me ignora—. ¿Eso es un canalizador?

Entonces sí, me mira furioso desde abajo. No voy a negar que poder observarlo desde arriba por una vez en mi vida me da cierta satisfacción.

—Sé que has sido tú.

Me encojo de hombros.

—A la próxima sé más educado. —Le sonrío encantadora.

Empieza a susurrar algo, pero *Yina* salta hacia él y alza una zarpa amenazante. Morera cierra la boca con una mueca de rabia, termina de recoger y se va, lanzándome una mirada que me da tanto miedo como uno de los ratones del sótano a *Yina*.

La gata de pelo negro vuelve hacia mí. Se sienta tan erguida y altiva como siempre, mirándonos a todas por encima del hombro, aunque no nos llega ni a las rodillas.

Las estudiantes van entrando en grupo o solas, las más pequeñas miran atrás, hacia sus familiares, sin estar muy seguras de que entrar por la puerta sea la mejor opción (buena intuición). Veo muchas caras conocidas que no me dirigen la mirada o que la apartan enseguida.

Me siento en el suelo a esperar a Gala y Octavia. Es el único momento del año en que las espero yo a ellas, porque mi casa está aquí al lado y las suyas, en barrios un poco más alejados del centro. Esto solo se va a repetir una vez más. Nos quedan dos cursos de tortura para poder salir de aquí.

Solo dos años para demostrarle a mi familia que pueden estar orgullosas de mí. Que puedo hacer lo que quiera si me lo propongo, que si no lo he hecho antes ha sido porque no me ha dado la gana.

Me he arrepentido unas cien veces de no haberles confesado a mi madre y a mi padre lo que quería hacer. Estaba decidida. No iba a seguir estudiando dos años más para tener un buen trabajo, permanecer a su sombra, soportando sus caras de decepción porque no me interesaba por lo que ellas querían.

Iba a decirles que no pretendía seguir estudiando, que me buscaría un trabajo cualquiera de dependienta en una de las tiendas del centro de la ciudad, pero vi una oportunidad. Mi madre me dijo aquello que siempre había querido escuchar: «Estamos muy orgullosas de ti».

Lo dijo sin burla. Como si lo sintiera de verdad. Si es que tiene capacidad de sentir algo.

«Esperamos que dentro de dos años estés trabajando junto a nosotras y tus hermanas».

Busqué las palabras que había repasado una y otra vez: que no me apetecía tener un puesto en el Consejo Regional de Nohabe, que nunca lo había querido, que no me interesaba lo más mínimo. Pero el semblante serio de mi madre y la sonrisa leve de mi padre hicieron que las letras se enredaran y que ninguna palabra saliera de mi boca.

Esa noche escondí entre matorrales esa parte de mí que no quiere hacerse ilusiones, la que piensa que nada de lo que haga será suficiente para que me miren igual que a mis hermanas mayores. Decidí que quería ser la mejor de mi promoción, tener ese puesto en el Consejo y sentir que mi familia está orgullosa de mí de verdad.

—Tía, no me he creído que ibas a venir hasta que te he visto aquí.

Gala termina de subir la pequeña rampa lateral y frena su silla de ruedas delante de mí, sacándome de mis pensamientos. Alza la mano derecha, cubierta por un guante de cuero negro que le deja libres los dedos, y la choca contra la mía. *Yina* apoya las patas delanteras sobre sus piernas y se deja acariciar por mi amiga.

—Cómo echaba de menos tu fe en mí. —Le hago una mueca.

—Yo echaba de menos esa sonrisa alegre y deslumbrante. —Me da un puñetazo en el brazo.

Suelto aire por la nariz para evitar mostrar que la he echado de menos de verdad.

Gala fue mi primera amiga. Cuando todo el respeto que me tenían mis compañeras se convirtió en burla por fallar un hechizo, Gala me defendió de ellas y se comió un castigo por arrollar a un-Morera, muy imbécil ya desde pequeño, con su silla de ruedas.

—¿Quién crees que morirá este curso? —dice mirando alrededor, como si estuviera analizando las posibilidades de cada una de cagarla y palmar.

—Ojalá la nueva becada del superior.

—Eso no va a pasar, ya se murieron las otras dos que entraron en nuestra promoción, se perdería el equilibrio si llegáramos al final sin ninguna.

—Si el universo estuviera equilibrado, se moriría la mitad de la escuela por inútiles.

Gala suelta una carcajada.

—Mis mejores amigas riéndose de la gente. Cómo os echaba de menos.

Octavia se acerca hacia nosotras con las cejas alzadas y los ojos entrecerrados. Camina con paso tranquilo y las manos en los bolsillos. Lleva una mochila gigante a la espalda, aunque nunca me ha parecido lo bastante grande como para albergar todo lo que usa durante el curso.

—Somos las únicas que tienes —dice Gala alzando una ceja.

Las siguientes palabras que pronuncia quedan enterradas en el hombro de Octavia, que la ha rodeado con los brazos.

No nos parecemos en nada. Ella es como un río en calma, siempre valorándolo todo antes de actuar y con una fe en el mundo que no sé de qué forma mantiene intacta. Supongo que Gala y yo necesitamos que nos equilibre.

—Sigues creyendo que no va a morir nadie, ¿verdad? —le pregunto cuando se separa de una Gala enfurruñada, que intenta peinarse la melena rubia con los dedos.

—Y lo seguiré pensando hasta el final de mis días —dice Octavia abrazándome. Las puntas blancas de su pelo corto me hacen cosquillas en la nariz—. Llegará el curso que no muera nadie y me tendréis que invitar al restaurante ese que tiene nosencias encerradas en expositores.

Gala hace un sonido de disgusto y yo río mientras rezo para que eso no pase, porque ni siquiera a mí me parece seguro ese sitio.

—Vamos a dejar las cosas en la habitación —dice Octavia, haciéndole cosquillas a *Yina,* que maúlla divertida—. Tengo tanta hambre que me comería hasta un plato de espinacas.

Cuando echo un último vistazo a la plaza, veo a una chica pelirroja que no conozco. Tiene esa expresión asombrada y perdida de las becadas cuando llegan aquí el primer día. Me encargaré de que no se olvide en ningún momento de que este no es su sitio y que lo mejor que puede hacer es irse por donde ha venido.

Capítulo 2

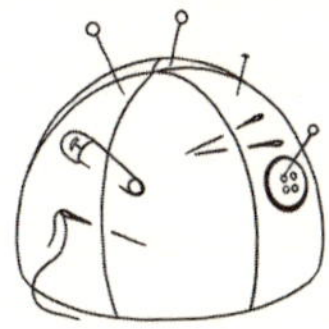

Diana

Artículo 3.4.: Se establece la obligación de las academias de gestión privada de acoger a una alumna en régimen de beca en el primer curso de cada promoción y ciclo educativo: elemental, intermedio y superior.
Dicha beca se concederá a la solicitante que tuviera el mejor expediente de la región al finalizar el ciclo inmediatamente anterior.

Edicto 2/1782 de Educación. Nación de Ajione

Solo viendo la ropa de la gente a mi alrededor ya sé que esto va a ser peor que meter la mano en una caja de alfileres.

No me hace falta acercarme para saber que las telas de sus faldas no tienen nada que ver con la mía, que ha pasado de mi hermana Carlota a mí y que seguirá de mano en mano hasta la más pequeña de nosotras.

El edificio que hay ante mí es el más increíble que he visto nunca. Aunque eso no es ninguna sorpresa porque no he salido de mi pueblo hasta ahora. La puerta es tan alta y ancha que bien podría entrar por ahí mi casa. La piedra gris de la fachada me recuerda a todos esos monumentos antiguos que solo he visto en fotografías, como el del Senado. Y las torres acabadas en punta que se agolpan en el lateral derecho, como si el arquitecto se hubiera olvidado de que tenía que poner cuatro cuando ya estaba medio edificio hecho.

La Academia Minerva, la primera que construyó Diosa, de ahí que lleve su nombre y que se encuentre en Nohabe, la capital, donde vive la Gobernadora.

Y ahora yo también estoy aquí, como mi hermana Carlota hace tres años. Iba a ser ella la que luchara en el Consejo, la que iba a intentar cambiar las cosas para que la vida fuera más fácil para todas, la que iba a recordar a la gente cuáles eran los principios de Diosa, aquellos que parecen haber olvidado.

Pero renunció. Se mató a estudiar para nada.

Me enfadé tanto con ella cuando la única razón que me dio fue que no quería ese trabajo que decidí que, si ella no quería cambiar las cosas, lo haría yo. No era lo que tenía pensado, ni siquiera me lo había planteado, pero ver esa posibilidad tan cerca, ver que podíamos avanzar un poco, que alguien iba a luchar por nosotras, y que todo se fuera al traste… No quería esperar a que otra persona estuviera dispuesta a sacrificar tanto como hizo Carlota.

Lo podía conseguir, ya sacaba buenas notas en todas las asignaturas de la escuela: en los seis años de educación elemental y en los cinco que ya había hecho de la intermedia. Me quedaba un curso para decidir entre buscar un trabajo o seguir con los dos años de estudios superiores, y no tener amigas me dejaba mucho tiempo libre para estudiar más aún. Solo necesitaba esforzarme un poco más para tener el mejor expediente de la región y, con ello, una beca para la Academia Minerva.

Ahora solo tengo que sobrevivir dos años aquí, seguir siendo la mejor estudiante y que, llegado el momento, las ganas de enfrentarme a todas estas nobles sea mayor al miedo a que me pisoteen.

Camino hacia la puerta notando cómo el brazo se resiente por el peso de la maleta.

—Bienvenida a la Academia Minerva —dice una fantasma que hay frente a la puerta.

Lleva un vestido antiguo, de hace unos cientos de años, de tela lisa y pesada color crema, y un peinado tan recargado que solo podía habérselo hecho otra persona.

—Hola —digo frunciendo el ceño desconfiada.

—Tú debes ser la nueva becada del superior. —Se lleva la mano al corazón—. Encantada de conocerte, mi nombre es Dorotea.

Algo en su sonrisa y sus gestos consigue que me relaje.

—Yo soy Diana. —Imito su saludo—. Que Minerva te guarde.

Dorotea amplía su sonrisa y me hace un gesto invitándome a entrar.

El interior es aún más impresionante. Un espacio inmenso rectangular, con una puerta enorme a la izquierda de donde sale el olor a comida recién hecha, a la derecha hay unas cuantas puertas más cerradas y un arco que parece comunicar con las torres. Frente a mí, en la pared del fondo, veo una escalera gigantesca que se divide hacia derecha e izquierda y lleva a los pisos superiores.

Cuando me acerco, alzo la vista y veo a las estudiantes de aquí para allá en los pasillos y las escaleras más estrechas de arriba.

Sé que esto es todo ostentación, demostrar que pueden tener esta belleza aquí y que solo ellas, y alguna pobre tonta como yo, pueden disfrutar de ella. Me voy a aprovechar todo lo que pueda y me da igual lo poderosas que sean mis compañeras, ellas no necesitan un futuro, ya lo tienen asegurado desde que nacieron.

Dejo la maleta en el suelo y saco el papel con toda la información que llevo en el bolsillo exterior.

Habitación 5-24

Vuelvo a cogerla, suena como si se fuera a romper de un momento a otro. Rezo para que aguante un poco más y avanzo hacia las escaleras. Al llegar al rellano donde se divide, decido subir por la izquierda.

Unas niñas pasan corriendo por mi lado. Esta es la academia raíz de la región, la única en la que se imparten todos los niveles educativos. En los pueblos hay escuelas como la mía, y las academias de las demás ciudades solo ofrecen estudios superiores.

¿Cómo debe ser crecer en una familia noble? ¿O en una de comerciantes, incluso? Teniendo todas las posibilidades a tu alcance. Sin tener que separarte de tu familia para tener un futuro mejor. Sin necesitar aprender a coser para arreglar la ropa de tu hermana mayor. Conociendo todos los entresijos de la magia desde que no levantas dos palmos del suelo, sabiendo que cuando termines las clases podrás ponerte a estudiar o descansar, que no tendrás otras mil cosas que hacer y no hará falta que te quedes frente a los libros hasta la madrugada, intentando no dormirte sobre ellos.

Sacudo la cabeza, ahora no es momento para esto, tampoco tienen ellas la culpa.

Miro los números de las habitaciones que hay frente a mí. Son todos pares, así que debo estar en el lado correcto. Ahora solo tengo que subir cuatro pisos más.

Aún le tendré que dar las gracias a Tina por querer que siempre la cargue en brazos a todos lados, seré una inútil para la magia mense, pero puedo soportar quince kilos durante horas. Aunque, junto al esfuerzo de subir escaleras, es probable que cuando llegue a mi habitación me deje caer en la cama como un saco.

Al llegar por fin y abrir la puerta, me da la sensación de haber entrado en la de mis hermanas. Sobre la cama de la derecha hay una maleta que parece haber explotado, esparciendo todo lo que tenía en su interior por la colcha e incluso el suelo. Sobre el escritorio de ese mismo lado hay un pequeño baúl que parece haberse salvado del desastre. Junto a él hay otro escritorio con su silla a juego y la que será mi cama. Me acerco a la ventana que hay sobre los escritorios. Se ve la plaza delantera de la academia, con la estatua de la diosa Minerva mirando hacia la puerta, como todos los edificios importantes de la ciudad.

No sé cómo serán las demás habitaciones, pero esta me gusta, entra mucha luz y no necesitaré encender la lamparita hasta por la noche. Miro mi parte de la habitación intentando ignorar el desastre de la otra. Abro la maleta sobre la cama y empiezo a colocar la ropa en la cómoda que hay junto a la pared donde está la puerta. También hay dos, una a cada lado. Al menos no me toca compartir nada, podríamos trazar una línea que atravesara la habitación y vivir sin hablarnos. Eso estaría bien.

Me da mucha pereza tener una compañera desordenada. Estoy segura de que no sabe ni lo que es una escoba. Espero que me ignore, así podré hacer lo mismo con ella y centrarme en lo que importa.

Capítulo 3

Álex

Cuando Minerva vio la dificultad de las personas para comunicarse a través de largas distancias, decidió dar forma a las urracas. Las dotó de una inteligencia y orientación mayor que a las demás especies, por ello, con el tiempo, estas aves empezaron a pedir recompensas por su trabajo.

La creación de los animales

Mi momento favorito del primer día de academia: descubrir quién es mi compañera de habitación.

Después de quince años y haber convivido con quince personas distintas, ya solo pido a Diosa que no guarde ratas muertas debajo de la cama y que no tenga de mascota a un pájaro.

Nada más abrir la puerta veo una urraca en el escritorio de mi compañera. Hoy Diosa debe estar muy ocupada, porque, además, la chica que hay junto a esa pajarraca es la pelirroja de antes.

La becada gira la cabeza hacia mí, con la mano en la que sostiene una carta aún extendida delante de la animalucha con alas. Lleva una camisa y una falda que han visto tiempos mejores.

Nos quedamos en silencio, aguantándonos la mirada. Se debe pensar que puede venir aquí con su expediente perfecto y pasar por encima de nosotras, que hemos crecido entre estos muros. No aguanto a las becadas, con esos aires de superioridad, como si pasarse años estudiando sin descanso las hiciera mejores. Mientras nosotras tengamos el poder, ellas solo pueden soñar con él. Y me voy a asegurar de que siga siendo así. No voy a permitir que esta me supere en nada.

Vuelve el rostro hacia la pajarraca, engancha el sobre en el portacartas y le deja una pequeña piedra brillante en la mesa. La animalucha observa el objeto y, cuando está satisfecha, lo coge con el pico y sale volando por la ventana.

Entonces me doy cuenta de que estaba apretando el pomo de la puerta con todas mis fuerzas. Lo suelto con disimulo y avanzo hacia mi cama.

—Te agradecería que no entraras a tu urraca cuando esté yo aquí —digo mirándola fijamente.

Se levanta con calma, avanza unos pasos hacia mí y se cruza de brazos.

—¿Tienes miedo de que deje la habitación hecha una leonera? —pregunta inclinando la cabeza hacia la derecha y alzando las cejas—. Ah, no, para eso ya estás tú.

El pelo del color de las hojas en otoño le cae liso a los lados, sin dejar pasar la luz, oscureciendo su rostro y haciendo que sus ojos, de un aburrido marrón oscuro, parezcan dos abismos.

Es más alta que yo. Por eso intento erguirme sobre mis zapatos. Aun con los centímetros de más de las plataformas, la miro a los ojos desde un poco por debajo.

—¿Te crees mejor que yo? —le pregunto con burla.

—Soy mejor que tú —responde sonriendo de medio lado.

Me río exagerando las carcajadas y su expresión cambia, mostrando rabia y desprecio. Al menos sentimos lo mismo la una por la otra.

—No me llegas ni a la suela de los zapatos —mascullo dando un paso hacia ella—. Mantente lejos de mi camino.

Le aguanto la mirada unos segundos más para ver cómo sus labios se fruncen y toda ella se crispa. Satisfecha, y con una sonrisa de burla en la cara, camino hacia la cama. Cojo la ropa que hay encima y la tiro al suelo. Se va a cagar.

Me siento con la espalda apoyada en el cabecero de madera, que me hunde sus flores talladas en los huesos de la columna. Cojo uno de los libros que hay tirados por la colcha y lo abro para hacer como que leo y que la pelirroja deje de clavarme su mirada.

Nos pasamos la vida encerradas en esta cárcel con ínfulas de palacio para que cada curso vengan las becadas y nos intenten quitar lo que nos pertenece. Nuestras familias pagan más dinero del que ellas podrán ver en toda su vida para que estudiemos aquí y, en cambio, ellas vienen gratis. No. Vienen con el dinero que nosotras pagamos, encima.

Hace dos cursos, una becada le quitó a mi hermana el puesto como primera de la promoción. Quiero mucho a Berta, puede que sea a la única de mi familia que aprecie. Pero nunca entenderé cómo se dejó ganar. Por qué se conformó.

Al menos la tengo cerca gracias a eso. Ser segunda no te da un puesto en el Consejo Regional, pero sí te permite elegir el trabajo que quieras de los que hay vacantes. Así que ella eligió el de directora de esta academia, ya que la que había en ese momento se retiraría al finalizar el curso.

Se ganó el desprecio de nuestra familia, porque para ellas no existe nada más allá de trabajar para el gobierno. Pero ahora es libre, ya no necesita preocuparse por llegar a esos objetivos que madre y padre esperan de ella. Puede que al final valiera la pena no ser la mejor.

La diferencia entre Berta y yo es que a ella nunca la habían mirado con decepción hasta ese momento. No ha crecido sintiendo que nada de lo que hiciera era suficiente, que podría haber desaparecido y a nadie le habría importado.

Yo quiero sentir, aunque sea por una vez, que están orgullosas de mí, que de verdad piensan que soy digna de mi familia. Solo una vez. Y voy a aplastar a cualquiera que se ponga en mi camino.

Capítulo 4

Álex

Las hijas de Minerva heredaron parte de sus poderes, pudiendo así modificar las esencias existentes sin consecuencias: desde hacer volar un guijarro hasta partir una montaña por la mitad. Ese poder, en malas manos, era peligroso. Aun así, Minerva confió en la bondad de sus hijas y las que vinieran tras ellas. Hasta el día de la Ruptura, en el que decidió poner precio a la magia.

Libro Segundo de las Antiguas Escrituras

Salgo de la habitación cuando la becada aún está en el baño. Si me doy prisa puedo ver a mi hermana antes de que empiecen las clases y quedemos sepultadas ella entre papeles y yo bajo apuntes. Porque este año de verdad que pretendo estudiar.

Llamo a la puerta de doble hoja, tan alta como dos veces yo. Oigo un ruido desde dentro que más parece un golpe que una voz. Conociendo a Berta, es probable que se haya chocado con algo del susto y lo haya tirado. La quiero mucho, pero algún día provocará un incendio regando las flores.

Abro la puerta sin esperar invitación por si tengo que salvarla de ella misma. Y me la encuentro arrodillada en el suelo, recogiendo unos cinco archivadores gigantes, algunos cuyas hojas se han soltado y ahora están desperdigadas a su alrededor.

—Me alegra ver que el verano no te ha cambiado —digo acercándome.

Berta levanta la cabeza y me mira con esos ojos idénticos a los míos, entre los mechones de pelo color carbón que le caen sobre la cara. Me hace una mueca y sigue con su tarea.

—¿No deberías estar en clase? —me pregunta, siempre preocupada.

—Aún falta un poco, pesada. —Empiezo a meter papeles en los archivadores sin mucho cuidado.

Berta mira mis manos y luego a mi cara con expresión de derrota.

—Eres un desastre.

—Si quieres no te ayudo. —Me encojo de hombros.

—No sé qué prefiero.

Suspiro y dejo el archivador encima de la mesa.

—¿Qué tal tu compañera de habitación? —me pregunta levantándose y sacudiéndose los pantalones oscuros—. ¿Quién te ha tocado?

Me siento en la silla frente a su escritorio, dejando caer todo mi peso y haciendo que las patas arañen el suelo.

—¿Por qué lo preguntas como si no lo supieras?

—Puede que no me acuerde —dice mientras se alisa el chaleco azul marino.

—¿No podías haberme puesto a otra persona? —Levanto los brazos de los reposabrazos y los vuelvo a dejar caer—. Incluso Roberta es mejor, ya me había acostumbrado al olor a rata muerta.

—Álex —dice con ese tono que tanto se parece al de madre—. Te va a ir bien con ella. ¿No querías esforzarte este año? Seguro que las dos os podéis ayudar.

Suelto una carcajada.

—¿Desde cuándo aquí la gente se ayuda? Son como adelfas, te crees que no va a pasar nada por tenerlas cerca, pero, sin darte cuenta, te dan un poco de su néctar y estás muerta.

—Eres una exagerada. —Hace un gesto con la mano—. Yo tuve de compañera a Carlota Lantana, su hermana. Y fue lo mejor de esos dos últimos años.

Por un momento deja la mirada perdida, acariciando el borde de la mesa sin darse cuenta.

—Te quitó el puesto —digo alzando las cejas.

—No me quitó nada, Álex —dice mirándome con firmeza—, lo hemos hablado muchas veces, se lo merecía.

—Pero si lo rechazó —digo frustrada—. Podría haberte dejado a ti.

—Sabes que no lo quería.

—Pero madre y padre no te habrían echado de casa.

Cierra los ojos y respira hondo.

—Madre y padre me echaron de casa por varios motivos, así que vamos a dejar esta conversación que siempre acaba en el mismo sitio.

Me cruzo de brazos, no muy dispuesta a ceder.

—Si aparezco muerta, ya sabes por dónde tienes que empezar a buscar.

—Cada año entran tres becadas, una por ciclo, y nunca ninguna ha matado a nadie, ni siquiera sin querer. La última sospechosa sería una de ellas.

—Seguro que su hermana le ha enseñado.

Berta niega con la cabeza.

—Si Diana consigue hacer magia mense y crear una nosencia, dudo mucho que sea lo bastante peligrosa como para que tú no puedas derrotarla. Y si lo intenta con magia core, estoy segura de que sabrías defenderte antes de que terminara de pronunciar el hechizo.

—La verdad es que tienes razón. —Sonrío con suficiencia.

Todas las horas que no he estudiado estos años las he pasado entrenando. Y sí, lo hacía solo por molestar a mi familia. No hay nada que desespere más a mi madre que verme hacer todo aquello que no es propio de nuestro estatus. No puedo evitar sonreír al recordar su cara el día que me puse a limpiar el polvo de mi habitación.

Berta mira el reloj de la pared y abre los ojos.

—A clase. Ya —dice seria, casi enfadada, señalando la puerta.

—Vooooy.

Me levanto y camino arrastrando los pies.

—Pues sí que empiezas bien.

Antes de salir la miro, las ojeras ya asoman por debajo de sus ojos.

—No te lo cargues todo a la espalda, cuídate.

Sonríe un poco, como si quisiera decirme que lo va a intentar, pero no lo va a conseguir.

Abro la puerta de clase con mucho cuidado, esperando que la profesora esté de espaldas y pueda sentarme sin que se dé cuenta.

—Alejandra de la Encina.

Debo haber ofendido mucho a Diosa porque últimamente no me ayuda nada.

Cierro la puerta con cuidado y pongo mi expresión más inocente.

—Disculpe, profesora Huerta —digo mirando al suelo, con toda la humildad que soy capaz de rascar dentro de mí—, estaba saludando a mi hermana.

La profesora da un paso adelante en la tarima y me mira con desprecio. Lleva uno de sus vestidos largos de tela gruesa que no cambia desde que tengo uso de razón. Y estoy segura de que el moño de pelo entrecano es una peluca que se pone cada mañana, no puede ser que lo lleve siempre perfecto.

—Su posición y su familia me importan bien poco, De La Encina. Siéntese antes de que cambie de idea y le ponga una amonestación.

Esta señora me odia desde siempre. Debería haberme fijado más en qué clase tenía a primera hora.

Miro alrededor buscando un sitio libre.

Diosa, ¿qué te he hecho?

Avanzo entre los pupitres, intentando no hacer ni un sonido mientras la profesora sigue con su explicación.

Me siento al lado de mi compañera de habitación. Ni se inmuta, ni me mira. Mejor. Nos podemos seguir ignorando mutuamente.

Diana Lantana. Curioso que su apellido sea una flor que en esta zona es de pétalos rojos y amarillos, muchas veces mezclándose y dando un tono naranja similar al de su pelo. También muy acertado que sus hojas sean tóxicas. Eso solo puede ser una señal de advertencia, aunque mi hermana sea tan cabezota como para no verlo.

Huerta nunca me ha soportado, pero yo a ella tampoco. Tiene una voz tan monótona que no dormirse en sus clases es un milagro. Ni siquiera se preocupa por contarnos la historia de una forma más, no sé, ¿distinta? Quiero que me cuente por qué Renata de Nohabe aún no ha elegido pareja. O cómo consigue ignorar al Senado, al que, cuando hay nueva gobernadora, lo único que parece preocuparle es que esta se enlace lo antes posible.

No necesito que me cuente otra vez el origen de la magia. Pero aquí estamos, en la clase más inútil de todas, a primera hora de la mañana y junto a mi querida compañera de habitación, sentada en la silla más tensa que la púa de un cactus.

Intento contener la sonrisa. No sabe cuánto se ha equivocado al venir aquí. La voy a humillar tanto que no querrá volver el curso que viene.

La sigo observando de reojo. Cuanto más sepa de ella, más fácil me será derrotarla. Está escribiendo casi todo lo que cuenta la profesora. Como si no lo supiera ya. Si hay algo que sí estudian los de las escuelas públicas es historia, junto a las demás asignaturas que no sirven para nada.

Rasco con la punta de la pluma la madera del escritorio. Alguien empezó a dibujar una flor y debió terminar la clase antes de que la acabara, así que la continúo. Me concentro en el ruido de las virutas de madera al saltar. Todo lo demás a mi alrededor se funde en un murmullo.

—¡De La Encina!

Doy un respingo y me siento con la espalda recta, mirando a la profesora.

—Como veo que lo que estoy contando se lo sabe tan bien que se aburre, ¿puede seguir usted con la explicación?

Dejo la pluma en la mesa y me levanto todo lo despacio que me es posible. ¿Por dónde podía ir? Intento echar un vistazo a los apuntes de la pelirroja: una letra perfecta si lo que quieres es enviar mensajes cifrados. Soy una desgraciada.

—Cuando Diosa nos castigó por el mal uso de la magia a la que ahora llamamos core, el número de muertes empezó a ser alarmante. El precio de los hechizos era demasiado grande y los curativos no servían casi para nada. —Por favor, que estuviera explicando el origen de la magia mense—. Por eso, apiadándose de nosotras, Diosa nos enseñó otro modo de canalizar la energía.

Miro a la profesora, esperando que siga ella o que me confirme que estaba explicando eso. Pero Huerta lo único que hace es mirarme impasible.

—A esa nueva forma de magia la llamaron mense. Aunque también tenía un precio: crear nosencias, seres que tienen el poder de deteriorar esencias similares a la que se ha aplicado el hechizo.

Huerta me mira por encima de las gafas minúsculas.

—¿Me puede poner un ejemplo de las consecuencias de la magia mense?

Me voy a revolcar yo misma entre ortigas solo para no tener que volver a dar este temario cada puñetero año desde que tengo uso de razón.

—Si aplicamos un hechizo para reparar un espejo con marco de plata, la nosencia generada podrá deteriorar cualquier objeto reflectante o de plata que toque.

Nos quedamos unos segundos de más mirándonos.

—Bien, recuerde que debemos tener siempre presente nuestro origen para no desviarnos del camino —sentencia antes de hacerme un gesto con la mano, indicándome que me vuelva a sentar.

Intento ocultar una mueca mientras me dejo caer en la silla. Huerta nunca ha escondido que nos tiene manía. Sus creencias se acercan demasiado a las más conservadoras. Aquellas que temen otro castigo de Diosa. Por eso no suele hacer hechizos mense, cree que es una magia que Minerva nos dio para casos de vida o muerte. Y, cuando la utiliza, se pasa días murmurando oraciones intentando implorar su perdón.

Las demás clases de la mañana van desde un repaso de lo que vamos a hacer durante el curso (gracias, profesor Espino, por dejarnos claro que su objetivo es que todas suspendamos Cálculo de Energías, y que no tiene ni una pizca de remordimientos) hasta una serie de juegos que se inventa la profesora Noguera para mejorar nuestra gestión de las emociones y así poder hacer hechizos core más potentes. Ya la podríamos haber empezado a dar antes.

Capítulo 5

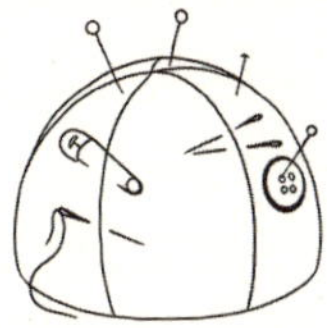

Diana

Después de castigar a las personas por el mal uso de la magia que de ella habían heredado, al ver el sufrimiento al que se enfrentaban cada día, Minerva decidió darles conocimiento para que pudieran adaptarse y evolucionar por sí mismas.
Mandó erigir un edificio donde dar cabida a toda persona que quisiera aprender. Creó los libros, donde recogió todo lo que hasta ese momento sabía. Y ella misma se dedicó durante años a enseñar.

Libro Tercero de las Antiguas Escrituras

Las paredes de la biblioteca están cubiertas de estantes con libros enormes y diminutos, de encuadernaciones gastadas y nuevas. Las escaleras corredizas son tan altas que me da vértigo pensar en subirme hasta allí arriba. Y las que llevan al segundo piso son tan recargadas como las de la entrada. Es todo tan ostentoso que siento que me ahogo.

He conseguido encontrar una mesa pequeña escondida entre libros de hechizos de limpieza, que espero que nadie venga a consultar. No quiero ver a ninguna persona viva y menos a mi compañera de habitación.

Estoy cabreada, frustrada, angustiada… Tengo tantas emociones enredadas en mi interior que siento que voy a explotar. Por si eso fuera poco, llevo toda la mañana con la cabeza embotada. Más aún que estos últimos meses, desde que discutí con mi hermana. Sé que es culpa del estrés y, no entiendo por qué, pensaba que se me pasaría al llegar aquí. Lo que no tiene ningún sentido, porque nunca he estado más agobiada que ahora.

Al menos este día ha tenido algo bueno: De La Encina ha llegado tarde a clase. Solo la presencia de la profesora me ha impedido reírme en su cara por no saber ni llegar puntual a primera hora.

Pero eso ha sido lo único bueno.

En Historia me han dado ganas de prender fuego a la academia. Sabía que aquí no tenían las mismas creencias sobre Minerva que nosotras, pero no era consciente de lo mucho que han cambiado los hechos, ni de que de verdad se lo crean.

Lisandra de Nohabe, que gobernó hace unos doscientos años, mandó escribir los Códices, documentando así, en varios tomos, nuestro origen y evolución. Se suponía que las escribas que lo hicieron debían recoger las creencias populares junto con las Antiguas Escrituras y transcribirlas. Pero lo que hicieron fue modificar lo que quiso la gobernadora para conseguir que la sociedad se adaptara a sus deseos.

Quería que la gente perdiera el miedo a la magia mense. Por eso modificó su origen: lo que me han enseñado desde pequeña, lo que dicen las Antiguas Escrituras, es que ese tipo de magia fue descubierta por un grupo de investigadoras hartas de no poder hacer magia core por su alto precio. En cambio, en los Códices se escribió que el origen real de la magia mense era la propia Minerva, que las investigadoras no lo descubrieron por sí mismas, sino que fue Diosa quien las guio.

Las familias más cercanas a Lisandra de Nohabe apoyaron estos cambios, pero las demás se aferraron con uñas y dientes a los textos más antiguos, a las creencias que habían pasado de madres a hijas, las que siguen transmitiéndose en entornos humildes como el mío, y que la gobernadora había decidido ignorar.

Eso creó una brecha en la sociedad, una distancia que se hizo insalvable porque, además, la gobernadora también tergiversó el origen de las academias. Le convenía que sus aliadas tuvieran más privilegios. Así que, para asegurarse de ello, mandó escribir en los Códices que Minerva creó las escuelas y academias solo para unas pocas, las elegidas, casualmente, las antepasadas de las familias más cercanas a Lisandra de Nohabe.

Yo pensaba que esto solo era una excusa para justificar las academias privadas y la diferencia que hay entre las nobles y el resto de la población, que los Códices eran una forma de mantenernos a raya, no la base de sus creencias. Pero llevan tantos años con ese discurso que de verdad se lo han creído.

La pluma se parte en mi mano. Doy un respingo. No me había dado cuenta de que estaba apretando con tanta fuerza. No me puedo permitir romper una de las dos plumas que tengo.

Pronuncio un hechizo con magia core, canalizando esa rabia que siento hacia la muesca de la pluma. Dejo salir una pizca de energía, la justa y necesaria para repararla sin que se vuelva inservible. Las astillas del cálamo se unen a la vez que las barbas parecen perder brillo y firmeza.

Ahora tengo una pluma chuchurría, pero útil para escribir.

Cojo aire y vuelvo la vista al libro de Cálculo de Energías básico. Debería estar repasando el avanzado, el que ha dicho el profesor que vamos a utilizar. Y lo haría si tuviera la más mínima idea de esta asignatura.

En las escuelas públicas aprendemos Cálculo sin más, el que nos sirve en el día a día. No necesitamos determinar la energía de los hechizos porque no estudiamos magia mense. ¿Para qué vamos a aprender algo que no nos va a ser útil? No hacemos magia a no ser que sea muy necesario o que las consecuencias no sean peores que la solución. No necesitamos calcular cómo de monstruosa va a ser la nosencia que vamos a producir. No nos es útil para hacer pan o cultivar las hortalizas.

No nos podemos permitir una magia que crea un ser que puede destruir aquello que hemos solucionado. No tenemos guardianas que nos acompañan a cada paso para deshacerse de la basura que vamos dejando.

Sabía que iba a ser difícil, que me iba a costar y que la mayor parte del tiempo la tendría que dedicar a esta asignatura, pero no va a ser suficiente. No he entendido ni una palabra de lo que ha explicado el profesor y lo peor ha sido ver como De La Encina terminaba los ejercicios a la velocidad de la luz, sin dudar. Mientras yo ni siquiera he podido empezar. Se nota que sabe que es la mejor, en la forma de mirar a las demás, cómo habla, incluso cómo se mueve y cómo la observan.

Intento volver a concentrarme en las ecuaciones y explicaciones que tengo frente a mí. Pero antes de terminar una frase, oigo risas y susurros cerca. Levanto la vista hacia el hueco entre las estanterías que me rodean y la veo aparecer con esa expresión de estar por encima de todo el mundo, mientras sus amigas paran de reír en seco al verme.

Lleva un pantalón marrón oscuro como los zapatos, los mismos que ayer, con una plataforma que intenta disimular lo bajita que es. El chaleco, también de ese tono, está desabrochado, al contrario que esta mañana, y la camisa color crema, con dos botones menos pasados, muestra en las arrugas las marcas de sus movimientos. Solo una prenda ya cuesta más que toda la ropa que me he traído yo a la academia.

—Este es nuestro sitio, Lantana —dice acercándose a la mesa y dejando su cuaderno encima de uno de los libros que están abiertos.

Levanto el que tengo delante, miro la superficie de madera vieja y gastada y vuelvo la vista hacia ella.

—No veo tu nombre por ningún sitio —digo con mi sonrisa más inocente.

Su expresión se crispa, pero vuelve a la normalidad en un segundo.

—Tú estás aquí gracias a nuestro dinero, así que, si te digo que te vayas, te vas.

—Échame —la reto cruzándome de brazos y recostándome en la silla.

Si cedo ahora no habrá vuelta atrás.

Nos aguantamos la mirada durante unos segundos eternos. En sus ojos puedo ver una tormenta, como esas que se forman en esta época, que dejan el cielo gris y que el sol intenta con todas sus fuerzas atravesar sin conseguirlo. La raya del ojo se alarga puntiaguda como una daga a los lados de los párpados.

Se agacha un poco y se acerca sin romper el contacto visual, hasta que su rostro queda a unos centímetros del mío.

—Te voy a dejar porque debes haber pasado un muy mal día al tener que asumir que esto es demasiado para ti —dice con voz suave, incluso dulce, y una sonrisa ladeada.

Después de unos segundos más se aleja y se gira haciendo un gesto a sus amigas para irse de allí.

Noto el miedo recorriéndome la espalda. Aumentando mis dudas sobre si voy a poder soportar esto sola, sin mi familia cerca, echándolas de menos cada minuto. Quiero meterme en la cama, taparme con la colcha y llorar. Que Olivia me oiga y se haga un hueco junto a mí para decirme que todo va bien, que me aparte el pelo de la cara con sus manitas y me recuerde que, si he aguantado sus travesuras diez años, puedo soportar lo que sea.

Capítulo 6

Álex

Diosa, después de castigar a las personas por el mal uso de la magia que de ella habían heredado, al ver el sufrimiento al que se enfrentaban cada día, decidió darles conocimiento para que pudieran adaptarse y evolucionar por sí mismas.
Mandó erigir un edificio donde dar cabida a aquellas personas que eran dignas de su favor. Las que habían seguido sus pasos y habían respetado el uso de la magia.

Códice Tercero

Último día de clase de la semana. Eso es lo único que me da fuerzas para sacar la cabeza de debajo de las sábanas por la mañana y meterme en el baño lleno de vapor del que acaba de salir la becada.

Me quedo un rato debajo del agua caliente, recordándome por qué hago esto. Por qué estoy aquí arrastrándome hasta unas clases que o me aburren o me parecen inútiles.

Cuando salgo, Lantana ya no está. Probablemente esté ya sentada frente al pupitre, repasando lo que vaya a dar hoy la profesora. Ni en un millón de años podrá alcanzarme con la educación tan pobre que tienen en las escuelas públicas. Creía que iba a ser una rival, pero esta semana, viendo su cara de incomprensión en la mayoría de las asignaturas, me he dado cuenta de que no. No necesitaré esforzarme mucho para ser la mejor, solo tengo que vigilar a algunas otras compañeras que también parecen querer ese puesto en el Consejo.

Miro el horario y no puedo evitar suspirar. Si me dieran a elegir entre comer un trozo de amanita muscaria y Gestión de las Emociones a primera hora, no dudaría ni un segundo.

Llego a clase justo cuando Noguera está dejando sus papeles en la mesa, y me siento sin hacer ruido en la silla junto a mi compañera de habitación. Le he pedido durante toda la semana a Gala y Octavia que me cambiaran el sitio, y lo único que han hecho ha sido decirme que me lo merezco por llegar siempre tarde a primera hora.

Podría amenazar a alguna otra compañera, pero no quiero que piensen que me importa estar sentada a su lado, no puedo permitirme destruir mi imagen de indiferencia.

—La primera semana de clase siempre es dura —comienza la profesora—, y puede despertar muchas emociones contradictorias. Así que hoy vamos a identificarlas y aprender a convivir con ellas para mejorar nuestra salud emocional.

Saltarme esta clase y dormir una hora más sí mejoraría mi salud emocional.

—Lantana —dice la profesora—. Estoy segura de que tú sabes gestionar y compartir tus emociones sin ningún problema. —La espalda de la becada se tensa más si eso es posible—. ¿Cómo te has sentido esta semana?

Casi puedo ver en su cuello la velocidad a la que le palpita el corazón, más rápido que el de un ratón. Suelta la pluma chuchurría que estaba sujetando, estira los dedos y los encoge hasta convertir las manos en puños. Coge aire y empieza a retorcer los bordes de las mangas de la camisa.

—Me he sentido emocionada y feliz de poder estar aquí. —Hace una pausa para volver a inspirar, las comisuras de la boca se alzan un poco apretando los labios en dos finas líneas y deja las manos quietas sobre la mesa—. También abrumada por los cambios.

Noguera asiente feliz, con una sonrisa que enseña los colmillos un poco torcidos. Me caería bien si no viviera en otro mundo. Como si de verdad a alguien de esta maldita academia le importaran los sentimientos.

Sigue preguntando y recibiendo respuestas burlonas que se toma al pie de la letra, e incluso intenta ayudar a gestionar situaciones que se acaban de inventar para reírse de ella.

—Alejandra de la Encina.

Doy un respingo soltando la pluma con la que seguía tallando el dibujo de la flor que terminé el otro día. Ahora ya tengo unas cuantas más y va camino de convertirse en un ramo.

—¿Y tú? —pregunta Noguera.

Rápido. Algo que no de pie a nada, que no sea verdad.

Miro el anillo que me rodea el pulgar derecho, y repaso con el índice de la otra mano las hendiduras que dibujan la flor de luna que parece trepar por el dedo.

—Aburrimiento. —Miro a la profesora alzando las cejas.

Se oyen risas por el aula y esta vez sí se da cuenta. La sonrisa se le va de la cara y frunce el ceño.

—De La Encina, te recuerdo que estás en los estudios superiores, que no son obligatorios, así que será mejor que si lo que sientes es eso, te plantees abandonarlos y dedicarte a algo que te divierta más.

Las risas suben de volumen.

Aprieto la mandíbula y me yergo en la silla. Se pueden reír de mí todo lo que les apetezca, pero no voy a bajar la cabeza.

—Quiero que hagáis un trabajo por parejas para el lunes —dice mientras recoge los papeles de la mesa, sin mirarnos, con el semblante serio—. Tendréis que analizaros y elegir las dos emociones que más imperen en vosotras. Compartir con vuestra pareja cuáles son y analizar la mejor forma de gestionarlas y canalizarlas para conseguir conjuros con magia core más estables y potentes.

Levanta la vista con los papeles en las manos.

—Las parejas serán con vuestras compañeras de pupitre —dice con la mirada puesta en mí.

Enfadar a Noguera: conseguido. Me deberían poner una placa en la puerta del colegio por lograr cosas imposibles.

Empiezo a recoger el cuaderno, la pluma y el libro, intentando ignorar a Lantana. No tengo fuerzas para enfrentarme a ella y a su cara, donde podría leer sin problema lo que piensa.

—Lo haré yo todo —dice levantándose de la silla y mirándome de frente.

Me pongo en pie también.

—No necesito tu ayuda —le digo cogiendo mis cosas con intención de dejarla ahí plantada.

—No vas a saber ni por dónde empezar —afirma alzando la comisura derecha de la boca—. Me puedo inventar tus dos emociones predominantes y hacer el trabajo, no me va a costar nada.

Ojalá tuviera la suficiente calma ahora mismo como para hacer crecer las plantas que hay colgadas por el aula, aprisionarla con ellas y que la nosencia que se forme la destroce con sus espinas.

—No soy ninguna inútil, Lantana. Conozco mis emociones y puedo hacer mi parte del trabajo sin problema.

Los dientes me rechinan. Soy incapaz de mostrarme indiferente con ella. Me crispa.

—Vale —dice con una sonrisa burlona bailando en sus labios—. El domingo juntaremos lo tuyo y lo mío.

Se gira y se marcha sin que yo pueda decir la última palabra.

Me arrastro hasta el aula de pociones sin prestar atención a la conversación entre Gala y Octavia. Solo voy a necesitar estudiar más Lenguaje Prímeo y Magia Core. Con las demás asignaturas no he tenido problema hasta ahora y no creo que cambien tanto las cosas. Estos días he podido comprobar que la becada no tiene ni idea de Magia Mense ni de Cálculo, lo que me da ventaja sobre ella. Solo debo estar atenta por si consigue ponerse al día pronto, puede que su hermana la ayude y, en ese caso, es posible que cuando lleguemos a los exámenes las dos tengamos las mismas posibilidades.

Podría fijarme ahora en Pociones para saber qué tal se le da. Voy por delante de las demás, puedo fingir que hago el ejercicio mientras la observo.

—Vamos a sentarnos aquí —les digo al ver que Lantana se sienta en primera fila.

Octavia suspira y Gala suelta una risita.

—Necesito ver lo que hace —me justifico.

Arrastramos el pupitre que usa Gala, más bajo que los demás, y lo colocamos junto a la mesa que queda detrás de la becada. Mientras mi amiga encaja la silla de ruedas en su sitio, Octavia y yo nos sentamos en los taburetes contiguos, de forma que puedo ver perfectamente el caldero de Lantana.

—¿Qué queremos comprobar? —pregunta Gala alargando el cuello.

—Si me tengo que preocupar.

—¿De que nosotras hagamos un desastre sin tu supervisión? Sí —dice Octavia en un susurro.

Hoy tendrán que seguir las instrucciones ellas solas, necesito saber a qué me enfrento.

Lantana abre el libro y lo pone a un lado. Lee varias veces la poción y, cuando parece que está convencida, va al armarito de los ingredientes a coger lo que necesita. La sigo y me paro junto a ella.

—Intenta no pasarte con la sangre de mamut —digo mientras cojo mis ingredientes.

La becada me mira desde arriba con expresión cansada. Intento erguirme más, pero no sirve para nada. ¿No podía ser de la misma altura que yo?

—Al menos si me equivoco solo puedo provocar mal olor y no que volemos todas por los aires —echa un vistazo a lo que llevo en las manos, hace algo parecido a una sonrisa y se vuelve a su sitio.

Miro el último bote que he cogido sin prestar atención a lo que hacía.

Mierda.

Estaba tan concentrada en meterme con ella que no me he dado cuenta de que cogía gel de priteno en vez de jugo de coco. Se creerá listísima por esto, seguro que está riéndose de mí para el resto de la eternidad. Pero que sepa lo que es el gel de priteno no significa que se le dé bien hacer pociones.

Cuando vuelvo a la mesa con los ingredientes correctos, la sigo observando.

Trabaja con cuidado, leyendo varias veces los pasos antes de hacerlos. Sin querer me quedo embobada mirando cómo corta las raíces de mandrágora y las echa al caldero después de aplicarles un sencillo hechizo core para deteriorarlas. Doy un respingo. Cojo mi libro y paso las páginas hasta la poción de hoy. Eso no lo pone, pero ella lo sabe. Sabe que, si las deteriora antes de echarlas, el resultado final será más estable y tendrá menos efectos secundarios.

Me doy cuenta de que estaba apretando los dientes e intento coger y soltar aire despacio. Vale, no pasa nada, solo es una asignatura más en la que estamos en igualdad de condiciones.

—No puedo con ella —digo al sentarme y dejar caer la bandeja de la comida con un golpe.

Octavia, frente a mí, me mira con las cejas alzadas.

—Nos hemos dado cuenta.

—El primer día cuando protestaste por su urraca —dice Gala levantando el pulgar de la mano izquierda.

—El segundo por los pisotones que dabas al tener que buscar otro sitio en la biblioteca—sigue Octavia mientras Gala alza el dedo índice.

—El tercero cuando te quejaste porque dejaba el baño lleno de vapor.

—El cuarto al suplicarnos que te cambiáramos el sitio.

—Y hoy al ver tu cara de mala leche al terminar la clase de Noguera.

Mi amiga me mira con una sonrisa y los cinco dedos de la mano levantados.

—Aunque nos ha despistado un poco al principio que quisieras observarla en clase de pociones.

—Nos hemos apostado por qué te quejarás mañana —dice Octavia—. Espero que no nos decepciones.

Las miro con los ojos entrecerrados.

—Se supone que deberíais apoyarme.

—Te apoyaría si tuvieras razón. —Octavia corta un trozo de hamburguesa y se lo mete en la boca.

—Tengo razón.

—Debatible —dice al terminar de masticar.

Voy a responderle, pero Gala me corta:

—Lo que quiere decir Octavia es que la chica no ha hecho nada y te cae mal porque te planta cara.

—No, la odio porque no se merece estar aquí y porque me puede quitar la aprobación de mi familia.

Pincho con demasiada fuerza un trozo de carne y el tenedor chirría contra el plato.

—Álex, puedes sacar las mejores notas sin despeinarte, no es ninguna amenaza —dice Octavia.

—Mira lo que le pasó a mi hermana —digo señalándola con el trozo de carne—, no me puedo confiar.

No voy a cometer el mismo error.

—Vale, no te confíes, pero tampoco te pases con ella por contestarte cuando la pinchas.

Niego con la cabeza.

—No quiero hablar de esto.

—Tía, has empezado tú —dice Gala con la boca llena.

—¿Sigues queriendo ir a trabajar con tu madre y padre? —le pregunto ignorando su comentario y cambiando de tema a propósito.

Gala se encoge de hombros, removiendo la comida del plato.

—Se me dan bien los hechizos médicos y solo tengo que quedar segunda —dice con una sonrisa irónica—, porque la vacante que va a salir la va a querer todo el mundo.

—Sabes que te puedo ayudar a estudiar.

Gala asiente.

—Tengo que conseguir ese fino equilibrio entre no quedar la primera porque no quiero sufrir tu ira, pero terminar por encima de todas las que están agazapadas con las uñas preparadas para pelearse por la mejor vacante.

—Lo vas a conseguir, y no te preocupes, porque por mucho que te esfuerces no me vas a alcanzar —digo fingiendo una sonrisa de superioridad.

Gala me lanza dos patatas a la cara y no podemos evitar reírnos.

—¿Y tú? —Señalo a Octavia con el tenedor—. ¿De verdad no preferirías ahorrarte estos dos años y seguir con el negocio de tu madre?

—Paso. —Niega con la cabeza—. A mi hermano le encanta la moda y diseña una ropa que yo ni en sueños. Puede continuar él con la marca y con los problemas que da todo eso. —Bebe un poco de agua antes de seguir—. Yo solo pido un trabajo tranquilo, sin muchas movidas. Ojalá se quede libre algún sitio en la biblioteca.

—Le puedo preguntar a Berta si sabe algo de las vacantes del año que viene.

Aunque aún tenemos dos cursos por delante, todas queremos predecir qué puestos van a quedar libres. Intentamos averiguar si las trabajadoras más mayores tienen edad de jubilarse y, a veces, si tu familia posee mucho poder, puede convencer a la persona adecuada de que ya es hora de tomarse un descanso en un momento concreto para que quede libre la plaza que les interesa. Pero no es el caso de mis amigas.

—Gracias —dice Octavia—, aunque aún es pronto.

—Le preguntaré de todas formas.

—Espero que si hay alguno sea de archivo, esos no los quiere nadie y yo no tengo muchas ganas de matarme a estudiar dos años más.

El resto de la comida lo pasamos hablando de las clases en las que ya nos han mandado trabajos. Pienso en el que tengo que hacer con Lantana. Y en lo que me han reprochado mis amigas. Puede que su urraca y su clase social no sean motivos suficientes para odiarla, pero sí que es inteligente, que sabe lo que hace. No puedo confiarme, no puedo bajar la guardia. No puedo permitirme ni un error, ni ponerle las cosas fáciles.

Capítulo 7

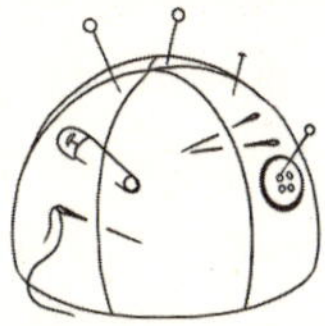

Diana

Desde ese momento, cualquier hechizo con magia core provocaría el deterioro de la esencia sobre la que se aplicara. [...] La medicina fue la más afectada por el nuevo precio de la magia: curar una herida infectada podía provocar úlceras, detener el sangrado de un corte, gangrena; y sanar un órgano vital dejó de ser una posibilidad.

Libro Segundo de las Antiguas Escrituras

Siempre que estudiaba en mi habitación les gritaba a mis hermanas para que jugaran en silencio, que no hicieran ruido, que no me podía concentrar. Me ponía tapones y cerraba la puerta encajando una manta en el pequeño resquicio que quedaba entre esta y el suelo. No servía de nada.

Y ahora no puedo concentrarme porque hay demasiado silencio. Ni siquiera oigo el sonido de las hojas al pasar o a la gente caminar sobre el suelo de madera. Nunca pensé que echaría en falta ese murmullo de fondo que nada de lo que haga puede amortiguar.

He buscado otro sitio en la biblioteca. Me ha costado un poco, pero he encontrado una mesa más pequeña escondida en la sección de costura. Espero que esta no sea de nadie porque no tengo fuerzas para más enfrentamientos. Siento el cansancio en cada nervio, como hilos demasiado tensos, a punto de romperse.

Ojalá pudiera llorar por la noche al meterme en la cama, sacar todo lo que voy almacenando dentro. Las miradas por encima del hombro, las risas por la espalda, los conceptos que siento que no voy a poder entender nunca, las ganas de volver corriendo a mi casa.

Pero no quiero que mi compañera de habitación me oiga. Tengo suficiente con aguantar su frialdad, la de todas estas personas, en realidad, como para soportar también sus burlas porque tengo sentimientos, al contrario que ellas.

Por eso intento dormirme recordando en mi cabeza la nana que mamá nos cantaba las noches que teníamos miedo de la tormenta. Y guardo las lágrimas para la ducha de por la mañana, cuando el ruido del agua camufla mis sollozos.

Cierro el libro de Cálculo de Energías básico.

Nunca he necesitado ayuda para estudiar, solo encerrarme en mi habitación, repasar y hacer ejercicios hasta comprenderlo. Y sé que en algún momento entenderé Cálculo, sé que llegará el punto en el que los hilos se unan en mi cabeza y todo cobre sentido. Pero no tengo ese tiempo, no me veo capaz de comprender lo que ellas estudian durante años, en unos meses. No quiero pedir ayuda, no lo he hecho nunca y me cuesta tanto como enhebrar la aguja a oscuras. Pero lo necesito, necesito alguien que acelere el proceso, que me explique la base para poder seguir sola.

Esta mañana he visto a Marco Morera al ir a comer. Iba a la misma escuela infantil que yo, hasta los seis años, cuando consiguió una beca aquí. Alguna vez nos hemos visto por el pueblo en vacaciones, aunque nunca hemos cruzado más que algún saludo. Aun así, he pensado que era buena idea hablar con él, ver si me podía ayudar con las asignaturas que peor llevo.

No me ha costado mucho darme cuenta de que me equivocaba. Parece que se le ha olvidado de dónde viene. Me ha mirado igual de altivo que lo hacen todas las demás. Aun siendo de la misma altura me ha hecho sentir tan pequeña como un dedal.

También podría hablar con Carlota, pero la siento tan lejos…

Nunca me he llevado tan bien con Carlota como con mis demás hermanas. De niñas estábamos más unidas. Aún no habían nacido las pequeñas y, al llevarnos solo tres años, jugábamos juntas y se nos daba bien pensar travesuras. Pero, cuando nuestras madres empezaron a no dar abasto, todo cambió. Yo ya podía apañármelas sola, incluso levantaba a las demás por la mañana y las ayudaba con los deberes, así que Carlota empezó a distanciarse de mí, como si cargara todo el peso de la familia a sus espaldas, como si fuera una madre más en vez de una hermana mayor. Nunca se lo he contado a ella ni a nadie, pero sentí que me abandonaba un poco. Como si, al no necesitarla tanto, olvidara que seguía siendo una de sus hermanas y aún necesitaba su cariño.

Hace tantos años que no le pido ayuda con nada que se me haría extraño empezar ahora. Además, prefiero vivir creyendo que tengo esa posibilidad, a pedírselo y que se niegue o que no me responda siquiera. Es más fácil tener la duda que confirmar que la distancia entre nosotras ya es insalvable.

Abro el cuaderno para empezar el trabajo que nos ha mandado Noguera e intentar olvidarme de él. Esta es una de las dos asignaturas en las que tengo ventaja sobre las demás. Ojalá pudiera hacer esto sola. De La Encina no debe saber ni de donde viene el agua salada que moja los ojos y se desliza por las mejillas. Igual no tiene ni lagrimales.

Miro el papel en blanco e intento no pensar en ella ni en nadie más de este sitio. Sé cuáles son mis dos emociones predominantes: el cariño y la preocupación. Y también sé cómo recurrir siempre a ellas. El cariño me es fácil encontrarlo y controlarlo, solo tengo que pensar en mis hermanas o madres, en los desayunos caóticos o las tardes de juegos. En cambio, la preocupación no suelo usarla. Sé encontrarla, está siempre aguardando, pero sacarla lo único que hace es que se haga más y más grande, hasta que el hechizo se descontrola.

Aunque casi siempre utilizo la emoción que sienta en ese momento. Mi profesora de Magia Core del colegio insistía en que trabajáramos con lo que sentíamos en ese instante, que eso nos haría gestionar mejor la energía al no tener que recurrir a recuerdos, de esa forma, el deterioro de la esencia sobre la que aplicáramos la magia sería menor, y el hechizo, más efectivo.

En cambio, aquí, por lo que he visto, lo poco que han aprendido hasta ahora de magia core está basado en recuerdos. Me parece tan increíble que no aprovechen todo el potencial de una magia tan sencilla, la que heredamos de Minerva.

El reloj de la academia da las once. Podría pasar por la cocina y saludar a tía Petra, que trabaja allí... No, es muy tarde, ya se habrá ido a casa. Será mejor que me vaya a la habitación e intente dormir. Mañana será otro día. Terminaré el trabajo y después seguiré estudiando mientras las demás se van a sus casas o se tumban en el césped de fuera a tomar los dos rayos de sol que salen en esta época.

No vine aquí con la idea de descansar, pero me gustaría no tener que pasarme cada minuto que estoy despierta mirando las páginas de libros que casi no entiendo.

Cuando salgo hacia la zona más amplia de la biblioteca, veo que ya no queda mucha gente. Algunas incluso se han dormido sobre los libros. Supongo que aquí solo estamos las que nadie invita a las fiestas.

La fantasma que cuida de la biblioteca se despide de mí con una sonrisa y un gesto de la mano. Lleva un vestido verde claro con flores y se nota que la tela era de buena calidad. Me da escalofríos la cantidad de fantasmas jóvenes que hay aquí. Es muy probable que sean estudiantes que acabaron muertas por culpa de un hechizo o una nosencia.

Algo muy curioso de De La Encina es la costumbre de saludar a todas las fantasmas con las que se cruza. A algunas les hace un gesto con la mano en el corazón, pero con otras se para a hablar, se ríe incluso. Juraría que solo he visto esa expresión relajada en su rostro cuando charla con alguna fantasma. Se le marcan las arruguitas de los ojos y hasta parece buena persona.

Camino hacia las escaleras rezando a Minerva para que mi compañera de habitación se haya ido a alguna de esas fiestas, y así evitar sentir su mirada clavada en mi nuca.

Cuando estoy a punto de poner un pie en la escalera que lleva al segundo piso, veo una forma oscura deslizarse hacia uno de los pasillos que da a las aulas.

Es una nosencia, estoy segura. He visto muy pocas en mi vida, pero no puede ser otra cosa.

Me debato entre seguirla para intentar averiguar su esencia original o irme al dormitorio y cerrar con llave.

Unos pasos a mi espalda me hacen decidirme por la segunda opción. Que se apañe quien la haya creado y se le haya escapado. No es mi problema y ni siquiera sabría cómo enfrentarme a ella.

El reloj da las doce. ¿Tanto rato me he entretenido?

Subo rápido las escaleras y me asomo desde la barandilla del descansillo. No veo ni oigo nada, puede que haya atrapado a la nosencia o que la nosencia la haya atrapado a ella. Sea como sea, no debo preocuparme por esto. Que lo solucione quien lo tenga que hacer, yo solo soy la becada a la que odia todo el mundo.

Espero que no la haya visto.
Tengo que ir con más cuidado.
No me pueden descubrir.

CAPÍTULO 8

ÁLEX

Junto con la magia, las hijas de Minerva heredaron la capacidad de decidir, al final de sus días, si liberar su alma para que acompañase a la diosa o mantenerla atada al lugar de su muerte para toda la eternidad.

LIBRO TERCERO DE LAS ANTIGUAS ESCRITURAS

La luna y las estrellas brillan blancas contra el cielo oscuro. Alguna nube pequeña se atreve a taparlas durante unos segundos, hasta que poco a poco se deshace o se va en dirección al viento. Hacia donde también se inclinan las dalias que hay alrededor de la fachada de la academia, como si quisieran huir de aquí. Las entiendo.

Oigo risas y pasos sobre los adoquines que llevan a la verja de salida. Van hacia la casa de alguna de las estudiantes que vive cerca de la academia. La mía podría ser una de esas, donde la música no deja de sonar desde última hora de la tarde hasta la mañana siguiente. Donde la gente baila y se emborracha hasta caer al suelo y dormir sobre una alfombra mullida.

Pero mi madre y mi padre nunca lo habrían permitido. Y mis hermanas eran demasiado buenas hijas como para llevarles la contraria.

Así que siempre me he tenido que conformar con ir a las fiestas de las demás. No me voy a quejar, menos problemas. Solo necesitaba preocuparme de estar lo bastante consciente como para saber llegar a la academia sin acabar en el río.

Hoy no me apetecía. Gala y Octavia sí han ido, y me han insistido durante horas para que las acompañara. Pero no tengo ganas. Hasta hace unas semanas no pensaba estar aquí ahora. Y tengo que ser un buen ejemplo. Para eso he cambiado de idea y no me he ido a cuidar un huerto a las afueras, ¿no? Tengo que ser la mejor estudiante.

—Creía que los ojos me engañaban —dice una voz a mi derecha.

A través de su cuerpo bajito y regordete puedo ver el roble más antiguo de la academia mover sus ramas al son del viento.

—Hola, nana —la saludo con un intento de sonrisa que no siento.

Mi tía abuela Felisa trabajaba cuidando el invernadero de la academia. Es la única persona de mi familia, aparte de Berta, con la que puedo hablar sin que me juzgue. Cada día doy gracias a Diosa de que nana decidiera quedarse como fantasma y seguir aquí en la academia.

—Te hacía trabajando en algún huerto de las afueras —dice sentándose a mi lado.

—Muy graciosa. —Hago una mueca.

Nana se ríe, fuerte, con esa risa grave y un poco rota. Los mechones de pelo que se le escapan del moño alto se mueven a la vez.

—¿De verdad es esto lo que quieres? —pregunta al ver que no estoy de humor.

Miro el cielo otra vez. ¿Qué quiero?

—Si esto hace que madre y padre estén contentas conmigo, sí —respondo sin mirarla.

Nana chasca la lengua.

—Ha pasado mucho tiempo desde que dejaste de hacer lo que ellas decían, no deberías volver ahora.

—Me dijeron que estaban orgullosas de mí.

—Te dijeron lo que querías oír, Alejandra —dice con voz firme cogiéndome de la barbilla para que la mire—. Solo quieren que ocupes el puesto que iba a ocupar Berta. Si ella estuviera en el Consejo, les habría dado igual lo que hicieras.

Noto las lágrimas sobre el párpado inferior. Sé que tiene razón, pero una parte de mí alberga esperanza, quiere creer que de verdad están orgullosas de que haya llegado hasta aquí, de que tenga una oportunidad de trabajar con ellas.

—¿Qué piensas que harán si ocupas el puesto en el Consejo? —sigue nana, sin soltarme—. ¿Pedirte opinión?

Lo dice casi con asco.

Noto varias lágrimas escapar y rodar por mis mejillas. Nana me mira triste y me abraza. Me recuesto contra ella, aunque esté helada y los escalofríos me recorran la espalda.

—Lo que decidas hacer, hazlo por ti, siempre —me dice al oído.

Eso es lo que hizo ella. Cuando terminó la educación superior, salió una vacante de profesora de Herbología en la Academia, y, llevándole la contraria a toda la familia, se dedicó a cuidar plantas.

No tengo ninguna duda de que es la persona más feliz de nuestra familia. Y una de las dos delante de las que me permito demostrar que hay sentimientos dentro de mí.

—No tomes decisiones por miedo —dice sin soltarme.

—No tengo miedo.

Ahora sí, me aleja un poco cogiéndome de los hombros para mirarme.

—¿No te sientes menos que tus hermanas? ¿Incluso que muchas de tus compañeras, aunque no quieras admitirlo?

No respondo, porque nana ya sabe la respuesta.

—Eso que sientes es miedo.

Me limpio la cara con gestos bruscos.

—Da igual, ya está decidido. Cuando termine ya veré lo que hago.

Nana niega con la cabeza y deja caer las manos en su regazo.

—El miedo nunca es un buen compañero para tomar decisiones.

El silencio nos envuelve. Ojalá fuera un roble y pudiera preocuparme solo de las cosquillas que me hacen los pájaros en las hojas y las hormigas en las raíces. De dejarme mecer por el viento y aguantar lo necesario para que este no me parta las ramas.

Ojalá no sintiera tantas cosas que nadie me ha enseñado a entender.

—Venga, cuéntame qué tal tu compañera de habitación —dice nana intentando desviar mi atención a un tema más agradable.

Solo que no lo es.

—Es la becada —digo con una mueca—. Tiene su parte de la habitación que parece de exposición de tienda. Lo bueno es que no le veo el pelo porque se pasa el día en la biblioteca. Solo en clase, pero se nos da muy bien ignorarnos mutuamente.

Nana me observa con una sonrisa divertida.

—Presiento que os acabaréis llevando de maravilla.

La miro como si se hubiera convertido en un sapo de repente.

—Algún día te ibas a equivocar con tus intuiciones y ese día ha llegado.

Se levanta del banco y me da unos toquecitos en la cabeza.

—Ya hablaremos.

Y se va, caminando despacio hacia el invernadero.

Yo también me pongo en pie y entro en el edificio. Subo las escaleras, destrozada. Solo quiero irme a dormir y no levantarme en cinco días. Pero, si algo he sacado de la conversación con nana, es una de esas dos emociones que necesito para el trabajo de la profesora Noguera.

Y la otra me la puedo inventar, o no hace falta, siento mucho asco por la mayoría de las cosas de mi alrededor, eso me servirá. No creo que valga decir que las gestiono dando puñetazos a un saco de boxeo, pero eso me lo inventaré.

Al entrar a la habitación, la pelirroja está sentada en la cama con un libro en el regazo, supongo que estudiando. Y la traidora de *Yina* se ha tumbado a su lado. Levanta la cabeza un segundo, abre los ojos, me mira y vuelve a la posición inicial sin ningún remordimiento. No me puedo fiar ni de mi gata.

—Te he visto antes con el becado de segundo, ¿sois pareja? —le pregunto mientras cojo la ropa que hay tirada en la cama y la dejo en un montón sobre la silla.

El silencio parece pesar, como si con la mirada que está clavando en mí, intentara decirme algo.

—No te lo voy a robar, eh, que yo no soy de esas —digo sin girarme.

Oigo el golpe del libro al cerrarse y no puedo evitar una sonrisa que escondo con el pelo.

—¿Qué tienes? ¿Trece años?

Frunzo el ceño. Esa voz de superioridad. No la soporto. Me giro para enfrentarla de cara, dibujando otra vez la sonrisa.

—Así que sí es tu novio.

Lantana pone los ojos en blanco, se levanta y deja el libro en la mesa.

—No es mi tipo y, aunque lo fuera, no tengo tiempo para él, ni para fijarme en la vida sentimental de mis compañeras.

Se da la vuelta y entra en el baño sin darme opción a decir nada más.

Clavo la mirada en la puerta cerrada como si así pudiera reducirla a cenizas. No me dejará más veces con la palabra en la boca, lo juro.

Capítulo 9

Álex

Cuando Minerva ascendió, muchas personas se sintieron abandonadas. Tanto es así, que renegaron de la magia heredada de su creadora y empezaron a buscar otra forma de canalizar la energía. [...]
Dicho grupo de investigadoras finalmente descubrió una nueva forma de canalizar la energía que, en vez de deteriorar la esencia, creaba un ente al que llamaron nosencia. A este nuevo tipo de magia la llamaron mense.

Libro Quinto de las Antiguas Escrituras

Esta mañana, cuando me he despertado, Lantana aún estaba durmiendo. He descorrido las cortinas, he arrastrado la silla por el suelo para sentarme y he dejado caer los libros con fuerza en el escritorio. Todo eso mientras la oía gruñir y maldecir de forma muy original, eso se lo tengo que reconocer.

Me he pasado media hora mirando la hoja en blanco sin saber cómo empezar el trabajo que deberíamos hacer juntas. Hasta ahora, que la pelirroja se ha levantado, ha abierto la ventana y ha dejado entrar a la pajarraca.

La urraca se planta en su escritorio de un salto y me mira con esos ojos negros como pozos sin fondo, moviendo la cabeza a un lado y a otro. Un escalofrío me recorre de arriba abajo.

Puedo ver de reojo cómo Lantana sonríe con crueldad.

—Podría quejarme y te echarían antes de que acabara el día.

Suelta un bufido sin cambiar la expresión.

—No tenéis suficiente con creeros con derecho a elegir quién recibe la mejor educación, también queréis echar, sin razón, a aquellas que se han esforzado por conseguir un pedazo de ese privilegio.

Dejo la pluma en la mesa y me giro de cara a ella.

—Mi familia también se ha esforzado en conseguir esta posición.

—Ya. —Suelta aire por la nariz.

Saca cereales de una cajita y los deja en la mesa para que se los coma la pajarraca. Me alejo un poco sin levantarme de la silla y vuelvo a mirarla.

—Yo no tengo la culpa de que una de mis antepasadas fuera elegida por Diosa para estudiar en una de sus academias.

Lantana levanta la cabeza despacio, mirándome con las cejas alzadas y los párpados caídos.

—No me lo puedo creer. De verdad estáis convencidas de ello.

—Está escrito en los Códices.

—Como si los Códices no los hubierais escrito vosotras mismas.

—Tienen siglos de antigüedad.

—No tantos como los que hace que Minerva ascendió.

Nos aguantamos la mirada. Noto la respiración acelerada y Lantana parece estar igual. Busco algo con lo que contraatacar, algo que pueda defender.

—Al menos nosotras no la llamamos por su nombre como si fuera nuestra amiga.

La pelirroja sonríe divertida.

—Porque os sentís culpables por haber traicionado su memoria.

—Porque la respetamos.

—Respetarla sería seguir sus principios: procurar la mejor educación a cada persona.

Me levanto arañando el suelo con la silla.

—No te permito que vengas a darme lecciones a mí sobre religión —digo con los puños tan apretados que me clavo las uñas en las palmas—. Si tan mal te parece lo que estudiamos aquí, ya sabes dónde está la puerta.

Camino hacia el baño dejándola con la palabra en la boca.

—Quien se pica, ajos come. —Oigo justo antes de dar un portazo.

Solo hay una cosa que me pueda devolver la calma en este momento.

Es como si todo el enfado que sentía hubiera salido por los nudillos, dejando solo unas pequeñas molestias, y la frustración cayera por mi frente en forma de gotas de sudor.

No hay nadie más que yo, como siempre. El aula de Defensa es el sitio menos utilizado de toda la academia. El primer día que vine aquí creo que les agüé la fiesta a unos cuantos ratones. Aunque por mí no había ningún problema con compartir espacio con ellos, son más agradables que las personas.

Doy unos golpes más al saco centrándome en la posición de mi cuerpo, como me enseñó Zaida: sin pensar en nada más que en mis piernas, mi ombligo y mis puños para no hacerme daño.

El día que mi madre pilló a nuestra guardiana enseñándome a golpear un cojín, es de los recuerdos más felices que tengo. Por la expresión de su cara parecía que estaba matando a alguien. En realidad, para ella estaba cargándome a esa hija perfecta que todas esperaban que fuera.

Por supuesto, despidieron a Zaida. Aunque eso no fue un problema para ella. Hay demasiada demanda de guardianas y pocas que se dedican a ello. Enfrentarte todos los días a las nosencias que crean personas a las que no les importa nada lo que te pase no es el mejor trabajo.

Podría decir que le pedía a Zaida que me enseñara porque no quería depender de nadie para que me salvara de mis propios hechizos, pero la verdad es que mi motivación principal era llevarle la contraria a mi familia. Más tarde vi los beneficios de saber pegar un buen puñetazo o lanzar una daga.

Al curso siguiente cogí la optativa de Defensa contra Nosencias, en la que solo éramos tres, y las otras dos estaban ahí porque no había que estudiar.

Cuando el reloj de la academia da las dos me dejo caer en el suelo frío. Me planteo no ir a comer durante unos segundos. Pero sé que en unas horas parecerá que tengo un león en la tripa, así que decido ir directamente a las cocinas y pedirle algo a Petra, la cocinera.

Salgo de la sala al pasillo oscuro y desierto, con telarañas acumulándose en las esquinas. Subo las escaleras hacia la planta baja, donde hay más luz y menos insectos, pero el mismo número de gente. Todas las que se quedan el fin de semana deben estar en el comedor.

Justo cuando voy a salir de la torre noto en la nuca una sensación que conozco bien.

Me giro rápido, poniéndome en guardia.

Sin apartar la vista de la nosencia que hay en la otra torre, alargo la mano hacia mi bota derecha y saco la daga de diamante con la que no he llegado a practicar hoy. Ahora podré entrenar un poco y con un blanco móvil, qué suerte la mía.

Tiene forma de nube negra y espesa, flota despacio hacia mí. Se detiene un segundo, como si estuviera intentando percibir dónde está o qué tiene alrededor.

El reloj da las dos. Otra vez.

Mierda. ¿En serio?

Hay tantos tipos de nosencias como esencias existen en el mundo. Hay algunas a las que puedes derrotar a puñetazos porque no afectan a nada de lo que está hecho nuestro cuerpo. Otras a las que no debes tocar si no quieres acabar alimentando las raíces de un árbol. Y también existen unas pocas prohibidas, las que está penado por la ley alterar, porque las consecuencias pueden ser desastrosas.

Y aquí alguien ha tenido el poco cerebro de jugar con el tiempo.

La nosencia vuelve a moverse hacia mí, esta vez con seguridad, sabiendo que soy un buen objetivo, que tengo aquello de lo que ella se compone.

Si me toca, mi tiempo se deteriorará, lo que he vivido se enredará, se borrará, ni siquiera sé qué pasará exactamente.

Ya lo está haciendo con el tiempo que hay a su alrededor.

El reloj da las tres.

Se desliza por el pequeño pasillo que une las dos torres, ocupando casi todo el ancho, pero sin llegar al metro de altura. Voy dando pasos lentos hacia atrás, alejándome de ella a la misma velocidad que se acerca a mí. Despacio, por suerte. Lo que me da tiempo a pensar.

Solo tengo una daga y una oportunidad.

La observo y busco su núcleo. Es difícil verlo en este tipo de nosencias. Suele ser un punto donde palpita la esencia concentrada. En esta es como una pequeña nube negra en el interior de otra más grande y dispersa.

Y se mueve demasiado.

Le pido a Diosa que me ayude, aunque sea unos segundos.

Lanzo la daga.

Traspasa a la nosencia, pasando a milímetros del núcleo y cae al otro lado.

Mierda. Está claro que hoy Diosa no se siente muy contenta conmigo. No puedo evitar recordar la conversación que he tenido con la becada.

La nosencia se ha parado unos segundos al notar la daga, pero ahora sigue avanzando hacia mí. Está a poco más de cuatro pasos. Me quedo paralizada un instante.

El corazón me late tan fuerte que no oigo nada más.

Tengo la opción de irme y dejarla aquí. No es mi problema.

El reloj vuelve a dar las dos. Necesito destruirla ya.

Cuando ya la tengo al alcance de la mano, suelto un gruñido y corro, rodeando a la nosencia por la derecha, pegándome todo lo posible a la pared para no tocarla.

Noto un roce en el tobillo izquierdo.

Joder.

Alcanzo la daga. Cojo aire y vuelvo a lanzarla.

Se clava en el núcleo.

La nosencia desaparece con un estremecimiento y una nota aguda.

La daga cae al suelo y yo me dejo caer de rodillas, temblando.

Cierro los ojos. Intentando recordar el día de hoy: la discusión con Lantana, no recuerdo por qué ha empezado, pero sí lo que hemos dicho. Después he ido al aula de Defensa. No consigo atravesar la niebla en la que se han convertido esas horas. Me miro las manos, con los nudillos un poco rojos. Supongo que he estado con el saco.

Levanto la vista para comprobar si alguien ha sido testigo de lo que ha ocurrido. Por suerte es una hora en la que la academia parece abandonada.

No puedo evitar soltar un gemido.

Voy a encontrar a quien sea que está jugando con el tiempo y se le van a quitar las ganas para todo lo que le queda de vida.

No estaba. Cuando he llegado, ya no estaba. Alguien la ha visto. Esta vez sí.

Necesito saber quién ha sido.

Nadie puede descubrirme.

CAPÍTULO 10

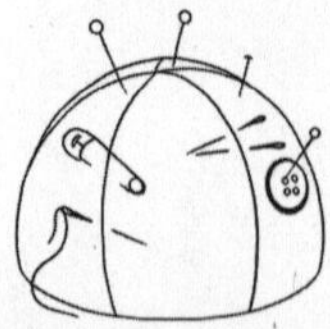

DIANA

Artículo 2.6.: Se establece que las persona que se gradúen a la cabeza de su promoción en las academias raíz de cada región tendrán la opción de ocupar un puesto en el Consejo Regional correspondiente.

EDICTO 6/1725 DEL GOBIERNO. NACIÓN DE AJIONE

Me he pasado el día en la biblioteca solo para no coincidir con De La Encina. Pensar que tengo que superar dos años estudiando sin descanso me agota, pero encima estando con ella al lado, me deja con la misma sensación que llevar una hora cosiendo a máquina sin canilla.

Cuando llego a la habitación, mi compañera está de espaldas, inclinada sobre el escritorio. Cierro la puerta con fuerza por si no se ha dado cuenta de que he llegado. Y por molestar, para qué nos vamos a engañar. Lo que es una malísima idea porque me retumba en la cabeza y aumenta el dolor que llevo arrastrando toda la tarde.

De La Encina da un salto en la silla y se gira con el ceño fruncido, una maldición en los labios y unas gafas de montura negra que le agrandan un poco los ojos.

Sonrío de medio lado.

—Está bien saber que el entrecerrar los ojos cuando intentas leer un libro no es porque te caigan mal las letras —digo evitando soltar una carcajada.

Se quita las gafas en un movimiento rápido y las guarda en su cajón.

—No necesito gafas, ni entrecierro los ojos —dice mirándome fijamente.

Aprieto los labios para no reírme.

—A otra urraca con esa alhaja.

De La Encina forma una fina línea con sus labios, pero no me contesta.

Voy hacia mi escritorio. Dejo los libros y cuadernos sobre él.

—Ya he terminado mi parte del trabajo —dice acercándome los papeles.

—Vale —digo sacando los míos y mirando el conjunto como si fuera a unirse solo en algo con sentido.

—Ponemos una hoja con nuestros nombres, luego mi trabajo y detrás el tuyo y ya está. —Se encoge de hombros.

Pongo los ojos en blanco porque, por supuesto, no ha dudado ni un momento en que el suyo vaya primero. En fin, si algo he ejercitado en una casa con cuatro hermanas pequeñas es la paciencia, y saber qué batallas son las que merece la pena luchar.

—Ese no era el objetivo del trabajo —digo, aun así, porque tampoco quiero dar mi brazo a torcer tan pronto—. Tenemos que entrelazar las conclusiones, que tenga un sentido conjunto.

Me mira desde abajo, aún sentada en la silla, con cara de querer tirarse por la ventana… o tirarme a mí.

—No tengo nada mejor que hacer que estar aquí contigo durante horas para escribir un estúpido trabajo de una asignatura inservible. —Sonríe con los labios apretados y los ojos entrecerrados.

Si no me cayera tan mal, incluso me haría gracia la mueca.

—Bien. —Cojo una hoja, pongo mi nombre y se la paso—. Tendremos la misma mala nota las dos en todo caso.

Escribe su nombre arriba del mío, cómo no, y junta los papeles.

—Hecho. —Se levanta arrastrando la silla—. Un placer conversar contigo, espero no tener que hacerlo en los dos próximos años.

Bufo, y ella se va de la habitación sin mirarme.

Cojo los papeles, me siento en la cama, apoyo la espalda en el cabecero y empiezo a leer su parte.

Escribe bien. No tiene ese tono sarcástico que utiliza al hablar. Parece que lo haya escrito otra persona. Y está bien estructurado, tiene sentido y el texto te lleva desde el principio hasta las conclusiones finales.

Solo que la descripción de las emociones es muy básica, se nota que no sabe nada de ellas, que nadie le ha enseñado lo complejas que son. Vivimos en la misma región, pero parece otro mundo distinto.

Doy un respingo al oír unos golpes en la ventana. Al girarme veo que solo es *Blanca* que pica el cristal pidiendo entrar.

Mientras le abro no puedo evitar sonreír al recordar la cara de pánico de De La Encina cada vez que la ve. Es más pequeña que la mayoría de las urracas, y tan buena que nunca me ha picoteado los dedos, ni siquiera cuando sabe que tengo algo brillante escondido en la mano.

Desengancho el papel que lleva en la pata. Antes de abrirlo, cojo unos cuantos cereales que me he guardado del desayuno y los dejo sobre la mesa.

Yina salta a la silla y de ahí a mi escritorio donde se sienta y maúlla, como si saludara a *Blanca*. El primer día que la gata de mi compañera se me acercó, pensé que me iba a morder, pero me sorprendí al comprobar que es mucho más amigable que su dueña, incluso le gustan los pájaros, y no precisamente para comérselos.

Mientras leo la carta, *Blanca* picotea los copos de avena intercalando algún graznido, como si estuviera hablando con la gata.

La carta tiene manchas de ¿leche? Seguro que ha sido Vera, inclinándose hacia el papel con el vaso lleno en la mano, intentando ver lo que escribía Olivia. Esos tachones tienen la firma de Abril, corrigiendo las faltas, porque ella nunca se dignaría a escribir a su hermana mayor, pero tampoco puede permitir que la pequeña atente contra la ortografía. Al pie, como si fuera una firma, hay unas huellas de chocolate que tienen pinta de ser de Tina queriendo coger la carta, aunque no sepa aún leer muy bien.

Me cuentan un batiburrillo de cosas que no tienen conexión, como en cualquier cena, donde todas hablan sobre lo que les ha pasado sin orden. Uniendo historias que no tienen nada que ver.

En la parte de atrás, con letra mucho más legible, mis madres me animan, me recuerdan que lo voy a conseguir, pero que, si dudo de que valga la pena, puedo dejarlo cuando quiera.

Lloro, como cada mañana, porque las echo muchísimo de menos, porque me gustaría estar ahí en ese desayuno, protestar porque no me dejan tranquila, decirle a Vera que se siente en la mesa para tomarse los cereales y a Abril que ser adolescente no le da derecho a ignorarnos.

Quiero un beso de mamá en la cabeza cuando se va corriendo a trabajar y el abrazo de amá al dejarnos en la puerta de la escuela del pueblo.

Capítulo 11

Álex

Entre todos los incidentes con nosencias de tiempo, destaca el caso de Padme Viña, a la que el roce de una de ellas le quitó los recuerdos sobre su madre, dejando el resto de su memoria intacta. Es difícil saber cómo las nosencias alteran sus esencias de origen, pero lo es aún más en el caso de las de tiempo.

Usos indebidos de la magia en la historia

No he vuelto a ver más nosencias deslizándose por los pasillos. Aunque ha pasado más de una semana, no me confío. Algunas noches antes de acostarme salgo a dar una vuelta, escuchando atenta por si oigo ruidos que me den una pista de quién está tan loca como para jugar con el tiempo.

No sirve de nada. Igual que las clases a las que tengo que ir desde las nueve de la mañana hasta las dos de la tarde. Puede que sea hora de irme a trabajar a un huerto a las afueras, como dice nana.

De camino a clase me encuentro con Elba. Frunzo el ceño, ¿qué hace aquí?

Anda igual de estirada y altiva que siempre. Ya con diez años, cuando yo solo tenía tres, era así. La primogénita, la favorita. Nunca podré estar a su altura, da igual lo que haga.

—Eh, Elba —la llamo intentando poner mi tono más amable.

Se gira como si hubiera oído el zumbido de una abeja y quisiera darle un manotazo para apartarla.

—Alejandra —dice mirándome desde la cabeza y media que me saca.

—¿Has venido a verme? —Sonrío y creo que me sale una mueca más irónica que feliz.

—No. —Esa es mi hermana, dulce como el jazmín.

Me quedo en silencio, esperando que me diga a qué ha venido. En vez de eso me mira de arriba abajo. Sé lo que ve: los zapatos con los cordones metidos a los lados en vez de atados, el pantalón demasiado bajo, la camisa con más botones desabrochados de lo que debería. Pero no dice nada, porque no espera más de mí que una decepción tras otra.

Eso está bien, da igual lo que haga, nunca me echa la bronca, no le parece que valga la pena.

—Vengo a ver a Berta como portavoz del Consejo —dice cuando llega a mis ojos. Desvía un segundo la mirada alrededor—. Será mejor que vayas a clase. —Vuelve la vista a mí otra vez—. Intenta no decepcionarnos.

Se gira hacia la escalera con una sonrisa burlona en la cara y me deja allí.

Suspiro y subo a clase. Menos mal que hoy toca Pociones a primera hora, si no me la saltaría sin dudar. Pero solo hay una cosa que me pueda relajar tanto como lo hace darle puñetazos a un saco.

Entro en el aula. Huele a flores y plantas, a las mezclas que hicieron en las clases de ayer y un poco al humo que desprenden los pequeños leños bajo los calderos. Noto cómo se relajan los músculos, y la conversación con mi hermana se empieza a desdibujar.

Me siento en uno de los taburetes de la última fila, donde siempre, entre Gala y Octavia.

—Admito que estoy sorprendida —dice Octavia mirando el reloj de la pared de enfrente.

—Siempre agradecida por vuestra fe en mí. —Sonrío con los labios apretados.

—Para eso estamos —dice Gala, cuya mesa ya está llena de hierbas y botecitos desordenados.

Lantana entra por la puerta arrastrando los pies y se sienta en primera fila. Desde el día que comprobé que se le daba bien esta asignatura no he vuelto a sentarme detrás de ella. Es cierto que ha preguntado unas cuantas veces a la profesora, pero no ha tenido problema en terminar las pociones y no ha hecho ningún desastre. Aun así, he decidido no preocuparme, esta es la única asignatura para la que no tengo ni el más mínimo problema y eso no va a cambiar ahora.

—¿Qué tal con tu compi? —pregunta Gala sonriendo y con una ceja alzada.

—Llevamos… ¿una semana? —dudo— sin hablarnos.

—Se te da genial hacer amigas —dice Octavia mientras corta ajenjo en trozos muy pequeños.

—No quiero hacer amigas y menos con ella —respondo cogiéndole la mano para que no eche el ajenjo en el caldero—. Antes tienes que hervir el jugo de mandrágora.

—Tía, pues no sé por qué.

También cojo la mano de Gala, que está a punto de picar un trozo de colmillo de narval con el mortero.

—Tienes que deteriorarlo antes con un hechizo core, si no vas a romper el bol y el mazo.

Gala resopla y se pone a ello. Me concentro en mi poción.

La profesora Solís es mi favorita (y yo la suya, no voy a esconderme). Nos deja ir a nuestro ritmo. Solo pide que al final de curso hayamos hecho todas las pociones del libro. Por eso yo voy dos por delante de las demás y, por eso, es probable que termine dos semanas antes de que acaben las clases.

—Lo que te iba diciendo —sigue Gala mientras da golpes al colmillo—. Que no sé por qué, si es guapa.

—Una razón más que suficiente, claro que sí. —Echo unas hojas de ortiga al agua hirviendo.

—Bueno, las dos veces que has intentado hacer amigas era porque eran guapas.

—No le salió muy bien —aporta Octavia, mientras, ahora sí, echa los trozos de ajenjo.

—Con vosotras sí me salió bien, sois mis amigas.

Gala me mira con las cejas alzadas.

—Ya, sabes perfectamente de lo que estoy hablando.

—A la tercera va la vencida —dice Octavia.

—Eso es verdad.

Vuelvo a cogerle la mano a Gala que está a punto de echar el polvo de colmillo sin haberlo mezclado antes con la caléndula.

Como cada vez que aprovechan cualquier pequeña oportunidad para recordar mis dos únicos y desastrosos intentos de ligar con alguien, decido zanjar el tema.

—Se os olvida que ahora mismo esa chica que opináis que es guapa es mi mayor rival. —Le pongo la caléndula a Gala en la mano—. Y será mejor que os concentréis en lo que estáis haciendo porque en el examen yo no estaré para evitar vuestros desastres.

—Opinamos que es guapa, dice —Gala suelta una risita.

Octavia también me mira divertida.

—Vale que quieras con todo tu ser que te caiga mal, pero sigues teniendo ojos funcionales en la cara, ¿no?

Niego con la cabeza y las ignoro, si les explota la poción se lo merecen, por pesadas.

Cojo el bote con baba de caracol y echo una cucharada mientras sigue hirviendo. Puede que Lantana no sea fea y que sus ojos marrones no me parezcan tan vulgares como en otras personas, pero ser su amiga no es una posibilidad.

Sigo concentrada en mi poción, apartando los pensamientos a los que no quiero hacer caso. Hacia mitad de clase ayudo a mis amigas antes de que reduzcan la academia a cenizas.

Cuando el reloj da las once, meto una muestra de la poción en un botecito con mi nombre y lo dejo sobre la mesa de la profesora. Veo a Lantana recoger sus cosas y hacer malabares con los cuadernos, los libros y la poción. Camino despacio hacia la puerta sin perderla de vista mientras Gala y Octavia siguen avanzando sin darse cuenta de que me quedo atrás. Nada más dejar el botecito en la mesa, todo lo que lleva en los brazos se le resbala y cae. Los papeles se desperdigan por el suelo. Lantana se queda unos segundos mirándolo, como si estuviera valorando si vale la pena el esfuerzo de recogerlo. Parece decidir que sí, porque se agacha y amontona todo de cualquier manera.

Antes de que se levante me voy. Es normal que haya sentido el impulso de ayudarla, no tiene nada que ver con que me caiga bien.

Debería estar estudiando o haciendo algún trabajo, no lo sé. Pero después de ver a mi hermana esta mañana solo quería pegarle a algo. La clase de Pociones me ha relajado, pero todas las demás me han sacado de quicio.

Le doy patadas al saco. Lo hago mal y el tobillo se resiente.

Paro, resollando. Me siento en el suelo y escondo la cara en las manos. Podría haber seguido mi camino hacia clase, pero no, tenía que pararme a saludar porque soy masoca. ¿Qué esperaba? ¿Una palmadita en la espalda? Suelto una carcajada amarga.

No importa lo que haga, no es suficiente con ser la mejor de clase. No si mis notas no son tan perfectas como las de mis hermanas.

Hace unos días vi una carta en el escritorio de Lantana. Me llamó la atención porque no estaba sobre el montón ordenado de papeles y no pude evitar leerla.

No debí haberlo hecho. Fue igual que un puñetazo en el pecho. Ver el cariño que le tienen sus hermanas, cómo le cuentan cosas de su día a día. Los tachones y manchas que contrastan con los apuntes impolutos de ella, pero que daban una sensación de hogar que yo no he tenido.

Sentí tanta envidia que solo pude odiarla más aún. Porque yo nunca sabré qué es eso. Porque para tener un único gesto de asentimiento, una pequeña sonrisa, tengo que ser perfecta. Siempre he sentido que estoy unida a mi familia por una rama finísima que en cualquier momento se partirá y el viento se me llevará.

Excepto por Berta. Por ella, solo por ella, no hice lo que tenía que haber hecho hace años.

Me levanto, notando la ropa pegada por el sudor. Subo hacia los pasillos medio vacíos. Es lunes y la gente aún tiene fuerzas para pasar la tarde estudiando. En las escaleras, entre la zona de las profesoras y las habitaciones, noto esa sensación otra vez.

Bajo hasta el rellano y ahí está, deslizándose en dirección contraria a mí. Más pequeña que la del otro día, una forma distinta, pero igual de oscura. Camino sin hacer ruido, moviéndome tan despacio como ella, sacando la daga que ahora llevo siempre encima.

No oigo el reloj. Puede que esta vez tenga suerte y aún no le haya dado por jugar con su esencia. La semana pasada pocas personas se enteraron, pero lo achacaron a un fallo del mecanismo.

Me paro. Apunto a su núcleo. Y lanzo la daga.

Hoy Diosa me da un respiro. La nosencia se desvanece y el golpe del arma retumba en los pasillos vacíos.

Mientras la recojo, intento analizar la situación. Descarto los viajes en el tiempo para cambiar el pasado. Si fuera eso, solo haría falta hacer el hechizo una vez. Esto parece algo más ¿rutinario? Debe ser alguien que necesita tiempo extra. Y a quien no se le da bien matar nosencias o que no tiene suficiente control sobre ese tipo de magia.

Berta está muy segura de que la becada no sabe mense, pero mi hermana es demasiado confiada. Lantana tiene motivos y oportunidad. Siempre que he visto a las nosencias ella estaba en la habitación sola. Es la única persona nueva que ha llegado este curso, justo cuando han empezado a aparecer. Y necesita tiempo, vaya que si lo necesita; en realidad, le hace falta un milagro.

Camino rápido hacia la habitación y abro la puerta con fuerza.

Ahí está, sentada en el escritorio. Con libros y papeles encima, ocupando también el mío.

Se gira con el ceño fruncido.

—¿Estás bien? —me pregunta, confusa.

Estoy a punto de acusarla, pero no quiero que sepa que la he descubierto. Antes necesito pruebas para decírselo a Berta y que la expulse.

—Estaré mejor cuando te pires de aquí.

Entro en el baño y cierro la puerta antes de darle oportunidad de contestarme.

Si lo pienso bien, puede que incluso le tenga que dar las gracias por ser una imprudente.

Debería dejarlo.

Pero necesito hacerlo, necesito tiempo.

Necesito demostrar que puedo con esto, que tomé la decisión acertada.

No pueden verme flaquear.

Solo debo ir con más cuidado.

Capítulo 12

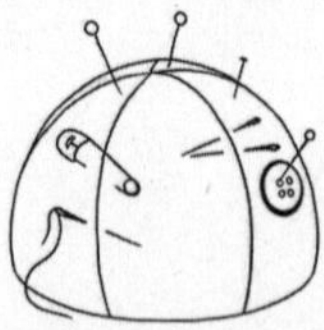

Diana

Hechizo para modificar la forma de un objeto de cristal.
Fórmulas que aplicar: $y = K x r^t$; $b = (K x e) / 2r$
Hechizo base: «Tornar te vidru le manerto ense».
Variantes según el tipo de modificación: «bain», «lerge», «estrite», «orode».
Variantes según los resultados de las fórmulas […]

Magia Mense. Primer curso del ciclo elemental

Ha sido un desastre. Se han reído de mí y me lo merezco. Hasta yo me habría burlado si no hubiera estado al borde de las lágrimas.

La teoría de la magia mense es fácil: aplicar las fórmulas a un hechizo base, de forma que el resultado de las ecuaciones te da el número de palabras y las repeticiones necesarias con las que canalizar la magia.

Ponerlo en práctica no lo es. Mientras las demás hacían hechizos complejos con insectos y plantas, curándolos o revitalizándolos, yo solo tenía que cambiar la forma de un vaso de cristal, reducir su altura.

De pie frente a la mesa, con una daga de diamante en la mano para deshacerme de la nosencia nada más se generara, mirando al vaso fijamente, intentando asegurarme a mí misma que había hecho bien los cálculos. He pronunciado el hechizo, moviendo los dedos de la otra mano para regular la energía. Durante unos instantes no ha pasado nada, pero he intentado no perder la concentración.

De repente el vaso se ha transformado, bajando tanto que parecía un platillo, y junto a él una nosencia del tamaño de mi cabeza ha saltado de la mesa en mi dirección. En vez de clavarle el arma en su núcleo, he echado a correr hacia el otro extremo del aula.

Una daga ha salido volando de algún sitio y ha destruido a la nosencia. No ha pasado más de un segundo cuando se han empezado a oír las risas.

La profesora ha venido hacia donde estaba yo intentando recobrar la compostura.

—Será mejor que no vuelvas a hacer ningún hechizo en esta clase hasta que no tengas más dominio de cálculo —ha dicho mirándome con pena.

Quería salir corriendo de allí, quería irme a mi casa. Quiero irme a casa. Pero en vez de eso, me he sentado en un pupitre y he sacado el libro de Cálculo de Energías básico.

No sé cuál de las dos asignaturas odio más.

Y por eso ahora mismo arrastro mi cuerpo junto a un saco de decepción hacia la biblioteca.

—Lantana —oigo una voz a mi espalda.

Cierro los ojos y cojo aire. Dejadme en paz, que no tengo fuerzas para nada, por favor.

Al girarme veo a la directora. La hermana de mi compañera de habitación. Lo que me faltaba hoy.

—Hola, Diana —dice con una sonrisa al acercarse—. Quería haberte saludado antes, pero no hemos coincidido.

Se lleva la mano al corazón y yo la imito.

—Hola —digo sin saber qué añadir.

—Supongo que irías a estudiar —sigue sin perder la expresión de felicidad—. Pero me gustaría hablar unos minutos contigo, si no te importa.

—Claro, no hay problema.

Entre confusa y asustada, camino un paso por detrás de ella.

Se nota lo diferente que es de su hermana solo en la forma de vestir. No, más en la manera de llevar la ropa. Los zapatos son del mismo estilo, pero sin los cinco centímetros de suela. Los pantalones y el chaleco sobre la camisa tienen tonos más claros y están perfectamente planchados, con todos los botones pasados y en el sitio, no como si se hubiera dejado caer la ropa de cualquier forma sobre ella.

Lo contrario a su hermana. Tan desagradecida... Está claro que lo mejor es no dirigirle la palabra, ni para intentar ser amable. Vale que quiere perderme de vista, pero ayer le pregunté si le pasaba algo, porque no tenía esa expresión de superioridad de siempre, parecía alterada, como si en vez de dar puñetazos para relajarse se hubiera pegado con su peor enemiga y se le hubiera escapado. Y, teniendo en cuenta que su peor enemiga ahora mismo parezco ser yo, esa hipótesis no es una opción.

Antes de que se encerrara en el baño pude ver la cicatriz que tiene en el antebrazo izquierdo. Parece una quemadura, pero no exactamente. Es más como si la piel se hubiera estirado muchísimo y luego hubiera vuelto al sitio arrugándose. No recuerdo haber visto ninguna cicatriz así antes.

Aparto ese pensamiento de mi cabeza. No debo distraerme ahora con tonterías, no puedo entretenerme con nada, ni siquiera con una amiga de mi hermana, pero es la directora y no tengo más remedio.

—¿Cómo está Carlota? —me pregunta mientras abre la puerta de su despacho.

—Bien, trabajando en la Biblioteca General. Si no pasa nada, la directora se retirará el año que viene y podrá ascender a su puesto.

Me señala la silla que hay frente a su escritorio y me siento a la vez que ella ocupa su butaca.

—No te preguntaría esto si no estuviera preocupada —dice con el ceño fruncido—. ¿Sabes por qué renunció al Consejo?

Me encojo de hombros. ¿Qué más le da a ella?

Suspira y se recuesta en la silla, apoyando la cabeza en el respaldo.

—Compartí habitación con Carlota los dos años y siempre tuvo claro que quería ese trabajo, se esforzó tanto… —Niega con la cabeza—. No entiendo por qué lo hizo.

—Yo tampoco. —Se me escapa sin pensar.

Supongo que veo mi misma frustración en ella.

—Creía que os había pasado algo, que no quería un trabajo con tanta responsabilidad para poder estar cerca de vosotras.

—No, estamos bien. Lo único que nos dijo es que no creía que ese fuera su sitio —miento un poco, no sé si puedo confiar en ella.

La mirada de la directora se entristece.

—Habría sido una buena consejera. —Sonríe con tristeza—. Siempre pensé que tenía la suficiente fuerza para llevar la contraria a cualquiera, pero supongo que me equivoqué.

Supongo que yo también.

—Yo pensaba que le había pasado algo aquí. —Me decido a contar, puede que ella sepa aclararme lo que mi hermana no quiere decirme.

Apoya los codos en la mesa, pensativa.

—No que yo recuerde. —Se aparta algunos mechones de pelo de la cara—. El último día que la vi estaba feliz por ser la primera de la promoción, y tan decidida como siempre.

¿Y si pasó algo entre ese día y la reunión con el Consejo? Algo que Carlota no quiere contar a nadie. Ni a su compañera de habitación, ni a su familia.

—Supongo que cambió de opinión en el último momento —digo.

—Sí, supongo que sí —responde no muy convencida.

Después de unos segundos de silencio vuelve a sonreír, no igual que antes. Como si un poco de esa tristeza de estos últimos minutos se hubiera quedado colgada de las comisuras de sus labios y no le dejara subirlas.

—No te entretengo más. —Se levanta y yo la imito—. Supongo que no estarán siendo fáciles las primeras semanas. Pero espero que sigas los pasos de Carlota y pueda ver tu nombre en la parte superior del listado el curso que viene.

Intento no fruncir el ceño, pero no sé si lo consigo. ¿No debería desear echarme de aquí para que su hermana lo tenga más fácil?

Me acompaña hacia la puerta sin que yo sepa qué decir.

Con la mano en el pomo, antes de abrir, me mira con una expresión de duda.

—Sé que Álex es difícil —¿Álex?—. Pero dale una oportunidad. Creo que os podéis llevar bien.

Ah, Alejandra, claro.

Asiento evitando mostrar mi escepticismo.

—Encantada de haber hablado contigo. —Consigo decir al cruzar la puerta.

—Igualmente —responde con esa sonrisa que de verdad parece sincera.

Al llegar a mi habitación, De La Encina está tumbada en la cama, con su gata sobre ella, acariciándola y hablándole. Pero para en cuanto me ve. Noto cómo se le tensa la mandíbula y me mira como si quisiera hacerme desaparecer.

No creo que nos podamos llevar bien ni aunque el mundo esté a punto de acabarse.

CAPÍTULO 13

ÁLEX

No solo disponemos de los elementos que la naturaleza nos proporciona, sino que podemos aplicar hechizos sobre ellos para modificar levemente sus propiedades. […]
No es el caso de la fermentación, que debe hacerse de forma artesanal, ya que no se ha encontrado forma mágica de reproducir la acción de los hongos y bacterias en la materia.

POCIONES: MAGIA EN FRASQUITOS

—De La Encina y Lantana, ¿os podéis quedar un momento?

La voz de la profesora Noguera, con ese tono dulce y tranquilo, no puede darme más escalofríos. Termino de guardar la pluma en la caja de madera y la pongo sobre el cuaderno. Con un suspiro, lo cojo y me acerco a la vez que la becada, pero cada una por un lado de la fila de mesas.

Noguera nos mira con una expresión que no le he visto nunca. Tiene la boca torcida y los párpados un poco caídos.

Aprieto la mandíbula y evito moverme. No puedo demostrar lo nerviosa que estoy. No quiero problemas con esta asignatura.

La profesora baja la vista y nos acerca unos papeles deslizándolos por el escritorio.

—Considero que sois las mejores estudiantes de la promoción. —Debe ser por mi gran destreza para hacerme la raya del ojo, porque no creo que sea por mis aportaciones en esta clase—. Por eso sé que sois conscientes de que este no es el trabajo que pedía.

Lantana no dice nada, solo tira de las mangas de su jersey.

—Hemos identificado las dos emociones y hemos descrito cómo canalizarlas —digo a la defensiva.

—Pero no lo habéis hecho juntas —afirma.

—Pusimos los papeles juntos y los nombres en la primera hoja —digo alzando las cejas.

—Alejandra, no me vaciles.

La he cabreado, otra vez. Tengo un don.

Bajo la vista, pero no me disculpo, me está dando más problemas esta asignatura que todas las demás juntas.

Lantana sigue callada.

—Lo vais a repetir y lo vais a hacer como os pedí, si no, podéis olvidaros de tener buena nota en esta asignatura; me da igual lo que saquéis en el examen final.

Oigo como la respiración de la becada se acelera y mi corazón salta un latido.

No conseguir ser la mejor de mi promoción por culpa de Gestión de las Emociones sería como coger una rosa con una sola espina y que justo se te clave en el dedo.

—Lo haremos, profesora Noguera. Gracias por esta segunda oportunidad.

¿Puede ser más repelente? Seguro que en su escuela era de las que van a ver a las profesoras cada día para hacerles la pelota.

Noguera asiente y, con un gesto, nos indica que podemos irnos.

Al salir me voy en dirección contraria a la de Lantana, hacia el comedor.

Gala y Octavia están sentadas donde siempre, hablando más que comiendo. Cojo la bandeja y voy hacia ellas.

—Es una pesada, solo quiere acercarse a mí por mi madre y mi padre, para averiguar si van a sacar la vacante en el centro sanitario que hay junto al palacio —está contando Gala cuando me siento a su lado.

—¿No se da cuenta de que si eso pasa te la vas a querer quedar tú? —pregunta Octavia con un trozo de pan en la mano.

—Yo qué sé. —Coge una cucharada de arroz, pero sigue hablando—. Lo que más rabia me da es que ni sabía que existía antes de este curso, ni me ha mirado durante quince años.

—La opción más inteligente es decirle que no se va a quedar ninguna vacante.

Gala mastica pensativa.

—¿Qué harías tú, Álex? —me pregunta.

La miro con la cuchara de arroz en la boca y me encojo de hombros.

—La idea de Octavia es buena. Así te la quitas de encima y puede que se relaje un poco.

Gala asiente pinchando los espárragos del plato sin mucho entusiasmo.

—Oye, ¿qué quería Noguera? —me pregunta Octavia.

—Que el trabajo estaba mal.

—Te lo dije.

Solo aguanto a Gala porque la quiero mucho, porque si no…

—He estado pensando y creo que me va a venir bien tener que volver a hacerlo con ella.

Mastico otra cucharada de arroz mientras pienso.

—He visto dos nosencias de tiempo estos días.

—¿Estás segura? —pregunta Octavia, con los ojos abiertos como platos.

—El sábado, ¿no os distéis cuenta de que el reloj dio dos veces las dos?

—Yo me fui a comer con mi familia —responde Octavia.

—Yo me puse tapones para estudiar —dice Gala.

Suspiro.

—Da igual. Estoy segura, las destruí yo misma. Una el sábado y otra anteayer.

Nos quedamos en silencio.

—Creo que es la nueva becada.

—Ni de coña —dice Gala.

—Eso no es cosa tuya, díselo a tu hermana —dice Octavia al mismo tiempo.

—Si se lo digo sin pruebas, no me creerá.

—Pues dile solo lo que has visto y que investigue ella.

—Lo que sea —nos interrumpe Gala—, la becada no puede ser. Si casi se muere ayer en clase de Magia Mense.

—Igual está fingiendo.

—Tía, se quedó más blanca que la pared cuando la nosencia se le abalanzó, no se puso a llorar por orgullo.

—No me fio, la voy a vigilar.

—Haz lo que quieras, pero yo aquí veo otra cosa. —Octavia mueve las manos con las palmas extendidas frente a mí y una sonrisa.

—Mi agotamiento es tan grande que tiene forma tangible.

—Veo una excusa para estar cerca de ella.

Suelto aire por la nariz.

—Te recuerdo que compartimos habitación.

—Sois muy buenas evitándoos. Tú no lo sabes, pero una parte de ti quiere pasar los dedos por ese pelo del color de las flores.

—Para tirar de él —digo.

—Mientras grita tu nombre entre suspiros —añade Gala.

Las dos se ríen a la vez que yo cojo aire e intento no tirarles la bandeja de comida por encima de la cabeza.

Ojalá tuviera poción de la verdad en el baúl. Con la de veces que la he usado para tonterías, ya podía haberme guardado un poco. Tengo savia de encina de Nald, pero no está fermentada, y eso tardaría en hacerlo unas cuantas semanas.

Me despido de mis amigas al salir del comedor. Paso por el aula de pociones antes de ir a la habitación y cojo un fermentador. No puedo hacer la poción ahora, pero sí preparar la savia por si acaso en unas semanas me sigue haciendo falta. Porque voy a desenmascarar a la becada y, como venganza por poner en peligro mi futuro y el de mi hermana, voy a dejar a su urraca calva para hacerme plumas con ella.

CAPÍTULO 14

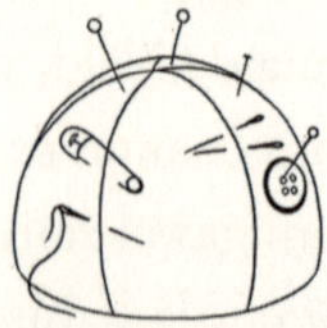

DIANA

Esencia renovable: se dice de aquella esencia que se obtiene a partir de fuentes naturales y que es capaz de regenerarse constantemente por sí misma, como el aire o la luz.

MAGIA CORE APLICADA A ESENCIAS RENOVABLES

Le he enviado una carta a Carlota. Aunque no espero que me diga nada nuevo. Ni siquiera sé si me contestará. Así que he decidido investigar por mi cuenta. Algo ocurrió, algo que no nos ha contado a nadie.

Desde que terminó el curso y fue a la reunión del Consejo, solo pasó un día. Unas horas, incluso, porque fue al día siguiente. Esa noche aún durmió en la academia. Y por la mañana fue a la reunión.

No serviría de nada recrear sus pasos, por eso he pensado empezar por aquí, por la academia.

He descartado que Carlota tuviera miedo o que no se viera capaz. Por lo que la siguiente hipótesis es que alguien le dijo algo, puede que la amenazaran. Tiene sentido. Sería la primera vez que una plebeya entraba en el Consejo. Ya no es que tuviera la posibilidad de poner ideas sobre la mesa que hasta entonces no se habían planteado, es que daría pie a que más personas creyeran que pueden llegar, que esa posibilidad, hasta ahora imposible, estuviera al alcance de nuestra mano.

Mi hermana era un peligro.

La forma más fácil de deshacerse de ella era desde aquí, evitando que fuera la mejor. Pero algo ocurrió, porque no lo consiguieron. Aun así, es el único hilo que tengo ahora mismo del que tirar. Por eso estoy esperando a que Espino salga de la sala de profesoras, donde está el archivo que guarda los expedientes.

Es tarde y no hay nadie en esta zona de la academia. Debería hacerme invisible por si acaso, pero no quiero cansarme antes de que sea necesario.

Cuando estoy a punto de volver a la habitación y dejarlo para mañana, Espino sale y camina por el pasillo en dirección contraria a la mía.

Me concentro en la preocupación por que me pillen, por entender qué pasó y pronuncio el hechizo moviendo las manos, alterando la luz de mi alrededor de forma que no impacte contra mi cuerpo.

Inspiro y miro el lugar donde deberían estar mis brazos. Nada.

Suelto el aire y me muevo hacia la puerta. Busco el bolsillo de la falda. Saco los dos ganchos del pelo. No sé si será muy raro por aquí ver objetos moviéndose en el aire, pero espero que no venga nadie, de todas formas.

Los hechizos que alteran esencias renovables no se aprenden hasta cuarto del ciclo intermedio. No tienen consecuencias porque son esencias que se renuevan constantemente, no da tiempo a que se deterioren antes de que ellas mismas se regeneren y por eso también son los más difíciles. No puedes perder la concentración, debes estar todo el tiempo siendo consciente de esa esencia.

Siempre he tenido miedo a la oscuridad y, cuando aún era demasiado pequeña, incluso para pronunciar bien un hechizo, Carlota me enseñó uno que dirigía la luz hacia mis manos. Era sencillo, solo necesitaba concentrarme en ese punto. Así, cuando estaba oscuro, podía tener cerca de mí todo ese poquito de luz que a mi alrededor parecía no existir.

Por eso llegó un momento en que controlar la luz era tan intuitivo como respirar.

Se oye un clic en la cerradura. Giro el pomo y entro rápido. No deshago el hechizo. De momento siento que puedo seguir concentrada un rato más.

Los ventanales que dan al exterior dejan entrar la luz de la luna, iluminando una mesa de madera maciza, rodeada de sillas, que ocupa gran parte de la sala. Veo la hilera de archivadores al fondo y camino hacia ellos, sin entretenerme a mirar nada más. Ahora sí, necesito deshacer el hechizo para invocar el otro, con el que hago una esfera de luz.

Busco el año que se graduó mi hermana y saco su carpeta. Veo las notas perfectas de Carlota, incluso en Magia Mense. Paso las hojas y leo las valoraciones de las profesoras. Todas dicen que se esfuerza y no da problemas. Nada que no supiera ya.

Hasta que llego a la de Noguera:

Ni siquiera los impedimentos de otras profesoras podrán evitar que Lantana sea la primera de su promoción.

¿Qué otras profesoras? Las de casas nobles, ¿no? Las que verían peligrar el mundo tal como lo conocemos.

Busco la asignatura de Cálculo. Los comentarios de Espino son escasos, pero volviendo a leer hay algo que me llama la atención:

No se admite la revisión del examen por falta de atención en clase.

No tiene sentido que su opinión sea tan distinta a las de las demás profesoras. No tiene sentido que aun sin atender en una asignatura que era totalmente nueva para ella, sus notas sean de casi nueves.

Necesito ver esos exámenes. Puede que Carlota supiera que le había puesto menos nota de lo que merecía, que reclamara y que él no quisiera enseñárselo porque se la tendría que subir.

El reloj da las doce.

Vuelvo a guardarlo todo. Suelto los hilos de luz que formaban la esfera y me hago invisible. Salgo, cierro la puerta con ayuda de los ganchos y vuelvo a la habitación. Justo antes de entrar, deshago el hechizo para que De La Encina no sospeche. Pero, por suerte, no está en la habitación.

Capítulo 15

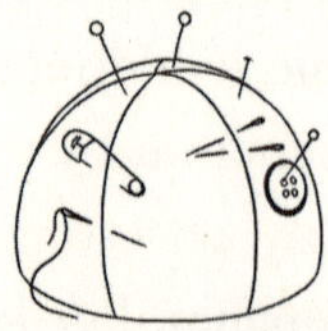

Diana

Hechizo para cerrar heridas:
Solo útil para aquellas heridas que, como mucho, han rasgado un poco de músculo. No se recomienda el uso de magia core basada en recuerdos, dado el alto nivel de concentración y control necesario.
Se debe tener claro en todo momento el proceso de curación natural de la herida mientras se realizan los movimientos de las manos ilustrados en la imagen 24 y se pronuncian las siguientes palabras: Ete moscel e pel apejo [...]

Magia Core. Primer curso del ciclo superior

—No pienso explicarlo más veces, Garza, si no lo entiende ya sabe dónde está la puerta, aquí nadie le obliga a quedarse.

Que la asignatura que peor llevo tenga a un profesor que no se preocupa ni lo más mínimo por que aprendamos es lo mejor que me podía pasar. Espino es ese tipo de señor que lleva tantos años dando clase que se le ha olvidado cuál es el objetivo. Parece creer que venimos ya sabidos y no soporta que le preguntemos dudas, ni siquiera admite que hay temas que no ha explicado, pasa al siguiente sin más.

—Para el próximo día quiero que me entreguen todos los ejercicios de la lección de hoy, así se esforzarán en entender lo que explico y no vendrán aquí a pasar el rato.

Suelto un bufido que espero que haya oído.

—Gilipollas —susurra De La Encina a mi lado sin levantar la vista del papel.

Me quedo mirándola un poco sorprendida, creía que le caía bien, parece su asignatura favorita y, no sé por qué, había asumido que era por el profesor.

Se da cuenta y levanta la vista hacia mí. Una sonrisa divertida empieza a dibujarse en su rostro.

—No te lo esperabas.

Niego con la cabeza, olvidando por un momento que no debería hablar con ella, que cualquier conversación entre nosotras acaba en discusión.

—Pensaba que te caía bien.

Su sonrisa se amplía.

—No sabe hacer su trabajo. —Se encoge de hombros—. Si tuviera que decidir entre pasar tiempo contigo o con él, no dudes que te elegiría a ti con urraca incluida.

Abro la boca para decir algo, pero De La Encina cambia la expresión y se esconde detrás de su cortina de pelo castaño.

Es raro coincidir en algo. Lo es más pensar que prefiere estar conmigo que con cualquier otra persona, por muy mal que le caiga.

No volvemos a cruzar palabra mientras intento tomar apuntes que me puedan servir para ese momento en el que entienda lo que está explicando.

Cuando termina la clase, vamos al aula de magia. En las escuelas públicas sí damos Magia Core, aunque solo aprendemos hechizos que nos pueden ser útiles en la vida diaria. En cambio, aquí, practicamos algunos muy similares a los de la asignatura de Mense, como los de curación.

Estos hechizos solo se utilizan si no hay más remedio, si de verdad el daño no supera el que ya está haciendo la enfermedad y si el tejido sobre el que se aplica se regenera. Es complicado y nunca me he planteado dedicarme a la medicina. Pero tenemos que aprender algunos de esos hechizos.

Y aquí sí tengo una ventaja sobre las demás: se me da mucho mejor que a ellas canalizar la magia de esta forma. Puede que no sepa hacer un vaso pequeño con mense, pero no tengo ningún problema en cerrar una herida de cinco centímetros con core.

Me fijo en el corte que tiene el ratón en el lomo. No sangra demasiado, pero sí parece haber traspasado la capa de pelaje y piel. Unto una pizca más de aceite sedante en su hocico para que no se despierte en medio del hechizo.

Me concentro en la seguridad que siento. Pronuncio el hechizo visualizando cómo se unen las fibras del músculo despacio, moviendo las manos como si estuviera cosiendo, con cuidado, dejando salir solo un fino hilo de energía. Después voy uniendo las tres capas de tejido con los mismos movimientos y lentitud.

Cuando termino, la piel del ratón casi no tiene marcas y su pulso está estable, por lo que no he usado más magia de la que debía. Respiro, tranquila por primera vez en días. Incluso me permito sonreír mientras llamo a la profesora Torres.

—Buen trabajo, Lantana —dice después de examinar al ratón que corretea por la urna como si no le hubiera pasado nada—. Si quieres puedes seguir con el ejercicio del próximo día.

Asiento dándole las gracias.

Antes de pasar la página del libro, miro alrededor. Hay algunos ratones que han perdido tanta sangre que ya casi ni se mueven. En cambio, otros ya no tienen herida, pero el pelo de alrededor se les ha caído y la piel se ha arrugado en esa zona.

No puedo evitar echar un vistazo a De La Encina. Juraría que me estaba mirando y ha apartado la vista cuando he levantado la cabeza.

Tiene una cara de concentración que no le he visto nunca. Lleva una coleta alta con más mechones castaños fuera que cogidos. Se nota que esta asignatura no es su favorita. Siento mis labios alargándose en una sonrisa. La que ríe la última, ríe mejor.

Empieza a vocalizar muy despacio, tanto como mueve los dedos. Incluso me parece ver una gota de sudor resbalarle por la sien.

De repente se oye un sonido agudo que viene del ratón de mi compañera de habitación. Todas clavan los ojos en ella. El animalito no se mueve. Algo ha hecho mal, puede que haya utilizado demasiada energía o que la haya dirigido más adentro del músculo.

De La Encina mira al ratón con los ojos abiertos como platos y deja caer las manos sobre la mesa. Sus amigas le dicen algo, pero ella no reacciona. Tarda un par de segundos más en coger aire. Cierra los ojos y empuja la silla para levantarse y caminar rápido hacia la salida. Algunas estudiantes miran a la puerta, pero vuelven a sus hechizos sin darle mayor importancia.

No está mal que sepa lo que es hacer el ridículo delante de toda la clase.

Debería estar estudiando. Pero estoy bajando al sótano para buscar el archivo. Solo necesito averiguar esto y luego podré centrarme en ser la mejor de esta odiosa academia.

Llego a una puerta donde pone la palabra que busco. La abro con los ganchos y cierro tras de mí, a la vez que deshago el hechizo de invisibilidad. Hay tanto polvo que es obvio que nadie va a encontrarme aquí.

Hileras e hileras de archivadores se alzan hasta casi tocar las vigas del techo, que no es tan alto como el resto de las plantas del edificio, y la sensación es tan agobiante que, al encender la luz, las sombras lo convierten en un lugar más terrorífico todavía.

Recorro la primera fila de archivadores, donde los años escritos son de hace bastante tiempo. Así que camino por el pasillo central, echando un vistazo a los lados hasta ver alguna fecha más cercana.

Casi al final de la estancia llego al año en el que empezó mi hermana. Busco la letra L y me doy cuenta de que, si está ordenado alfabéticamente, la información que necesito se encuentra en el cajón de arriba. Suspiro y vuelvo sobre mis pasos para coger la escalera que he visto apoyada junto a la puerta de entrada.

—¡Hola!

La escalera se me resbala un poco de las manos, pero la consigo sostener para que no dé un golpe en el suelo que pueda oír alguien de la planta de arriba.

Me giro hacia la voz. Un chico más pequeño que yo, con el pelo rizado y una sonrisa traviesa, me mira moviendo la mano a modo de saludo. El pantalón y el jersey que lleva parecen viejos, con hilillos colgando aquí y allá.

Suelto el aire que estaba reteniendo al ver a través de él lo que tiene detrás.

—¿No te han enseñado nunca que no debes hablarle a una persona que cree estar sola y en silencio? —le pregunto mientras vuelvo a coger bien la escalera y camino hacia el archivador.

—Pero así es más divertido. —Su risa es cantarina, más de niño que de adulto.

Lo ignoro y planto la escalera. Me aseguro de que no se va a mover y subo. El fantasma me observa desde abajo sin decir nada más, con una mirada curiosa, pero sin quitar del todo la sonrisa.

Abro el cajón y busco mi apellido. Cuando lo encuentro, saco los papeles que hay entre ese separador y el siguiente.

Me tambaleo un poco y me aferro a la escalera con la mano libre.

—Yo sujeto —dice el fantasma.

Pongo los papeles entre el brazo y el pecho y bajo despacio. Salgo al pasillo central donde hay más luz, dejo el montón en el suelo y me siento con las piernas cruzadas.

El fantasma se deja caer junto a mí.

—¿Qué buscas? —me pregunta inclinándose hacia los papeles.

—Exámenes de mi hermana.

—¿Por qué? —Coge uno de los que he descartado y lo mira con atención.

—Porque creo que no le ponían la nota que merecía —respondo.

—Te ayudo —dice decidido—. ¿Los de Cálculo?

—Sí —digo y dudo—. ¿Cómo lo sabes?

Se encoge de hombros y empieza a separar los exámenes. Frunzo el ceño, pero lo dejo estar, los fantasmas se enteran de todo; al fin y al cabo, nadie les presta atención.

Hacemos la criba en silencio, poniendo en un montón los de Cálculo y en otro los demás. Una vez lo tenemos, me quedo mirándolos. No tengo ni idea de esta asignatura. ¿Cómo voy a averiguar si la nota está bien puesta?

—¿Sabes algo de Cálculo de Energías avanzado? —le pregunto.

El fantasma niega con la cabeza.

—Me quedé en el nivel medio. —Hace una mueca que le quita la expresión risueña durante unos segundos—. Pero ojalá hubiera podido aprender un poco más, así no habría muerto aplastado por una nosencia desproporcionada.

Lo observo sin saber qué decir. Con un escalofrío recorriéndome la espalda.

—No me mires así —Ríe—, ya está superado. Ahora puedo vagar por aquí sin tener que hacer deberes ni exámenes y, además, espío a estudiantes que se cuelan en el archivo para investigar.

Sonrío un poco. Me cae bien.

Viendo que aquí ya no hago nada, cojo los exámenes que no me sirven y me levanto. Subo a la escalera que me sujeta mi nuevo amigo y devuelvo los papeles a su sitio. El fantasma coge los que hay en el suelo y yo la escalera. Cuando estoy a punto de dejarla junto a la puerta, una rata pasa corriendo por delante de mí.

Grito. Y esta vez la escalera sí se me escapa y da contra el suelo.

La puerta se abre de repente frente a mí.

Lo primero que veo es la daga y, después, una cara que conozco muy bien.

Capítulo 16

Álex

En cuanto al uso de hechizos de tiempo, destaca el caso de Juana Pardo, que intentó trasladar a una fantasma al momento de su muerte. La fantasma emitió un grito de dolor y desapareció. [...] Aunque los estudios no han llegado a ninguna conclusión, se cree que, en estos casos, el alma de la fantasma se desvanece, de forma que no está anclada a la tierra, pero tampoco descansa junto a Minerva.

Usos indebidos de la magia en la historia

—¡Lo sabía! —exclamo.

La he pillado. Seguro que viene aquí siempre que quiere hacer el hechizo. He hecho bien en seguirla. Pensaba esperar a que saliera, pero al oír el golpe he decidido entrar y sorprenderla con las manos en el barro.

Veo un movimiento a su izquierda. El becado que entró en segundo ciclo en nuestra promoción me saluda con una sonrisa cuando lo miro. Me caía mal, como todas las becadas, hasta que murió. Ahora me cae bien, igual que las demás fantasmas.

—Hola, Hugo. —Frunzo el ceño— ¿Qué haces aquí?

Se encoge de hombros.

—Ayudando a esta chica tan maja —dice alzando un poco los papeles que lleva en las manos.

Vuelvo la vista a la becada que está recogiendo la escalera que debe haber provocado el golpe. Lleva el pelo en un moño alto, con lo que se nota aún más lo redonda que tiene la cara, igual que un panecillo. Descarto ese pensamiento y me concentro en lo que está pasando delante de mí.

—¿Cómo has engañado a Hugo para que te ayude con esta locura? —le pregunto cabreada. Jugar con el tiempo cerca de un fantasma es una irresponsabilidad.

Lantana me mira entrecerrando los ojos.

—Ha sido él quien ha querido ayudarme. —Echa un vistazo a la daga que llevo en la mano—. ¿Puedes bajar eso?

—No —respondo acercándome—. Vas a salir delante de mí y vamos a ir tú y yo al despacho de la directora.

La becada pone los ojos en blanco y camina con la escalera hacia la puerta. Me muevo a la vez que ella, sin dejar de apuntarla con la daga.

—Solo he cogido unos exámenes de hace años. Vale que está mal, pero ¿es necesario que me apuntes con un arma? —Pone la escalera en pie.

Me río.

—¿Te crees que soy tonta? —Niego con la cabeza—. Sé que eres tú la que está haciendo hechizos de tiempo.

Hugo mira a Lantana con los ojos abiertos, sorprendido. Y ella cambia su expresión a una mueca.

—¿Cómo voy a estar haciendo esos hechizos si no puedo ni transformar un vaso? —pregunta mientras apoya la escalera en la pared.

—Has estado disimulando todos estos días —digo sin apartar la vista de ella, ahora está demasiado cerca.

Me mira desde esos centímetros de más, ya sin rastro de miedo, como si le diera igual que pueda rajarle el estómago con un movimiento.

—No sé qué historia te habrás montado, pero yo solo he venido aquí a por unos papeles.

—¿Y ayer en la sala de profesoras?

Inclina la cabeza hacia un lado y se cruza de brazos.

—¿Desde cuándo me estás siguiendo? —pregunta.

—Eso no es importante ahora.

—No lo será para ti.

Respiro hondo despacio. No puede ser más exasperante.

—O vienes conmigo a hablar con la directora o lo único que encontrarán de ti será un charco de sangre.

—Como quieras —dice, y pasa junto a mí para salir.

—¿Yo qué hago? —pregunta Hugo confundido.

—Dame los exámenes—dice Lantana con un tono más suave del que nunca ha usado conmigo, y coge el montón de papeles—. Gracias.

Le doy un empujón, con lo que me gano una mirada de odio.

Caminamos en silencio por los pasillos y escaleras. Ojalá la echen. Así podré volver a concentrarme en lo importante. No como en clase de Core.

Se suponía que iba a utilizar el recuerdo que uso siempre, el de Berta abrazándome. Es el más estable. Con el que consigo equilibrar la energía lo suficiente como para no hacer ningún desastre. Pero acababa de ver a Lantana terminar un hechizo perfecto y se me ha ido, se me ha cruzado una rabia que me nacía desde el estómago. Y, por si fuera poco, eso me ha recordado también la sensación tan extraña que he tenido en Cálculo, cuando he admitido que prefería pasar tiempo con ella. ¿En qué estaba pensando?

Al empezar a pronunciar el hechizo sabía que no me iba a salir bien. No estaba concentrada, y al notar sus ojos sobre mí he sentido la necesidad de demostrarle que debía tenerme miedo también en esa asignatura.

No esperaba que se me descontrolara tanto. He movido las manos demasiado rápido, he cerrado la piel del ratón por fuera sin curar bien la parte muscular. No habría pasado nada, solo habría necesitado más tiempo para recuperarse del todo, pero el remolino de pensamientos ha hecho que utilizara más energía de la necesaria. El músculo debe haberse deshilachado y la piel se ha arrugado como una pasa. El pobre ratón no lo ha podido soportar. Yo tampoco.

Al llegar a la planta baja vuelvo a esconder la daga. No la pierdo de vista hasta estar frente al despacho de Berta.

Llamo a la puerta y no tarda más de cinco segundos en abrirse.

—¡Hola! —exclama cuando me ve, y abre un poco la boca al ver a Lantana a mi lado.

—¿Qué ha pasado? —pregunta con tono de cansancio.

Esperaba una reacción… ¿diferente?

—La becada está creando nosencias de tiempo —afirmo.

Por un segundo me parece ver miedo en el rostro de mi hermana, pero acaba poniendo una expresión seria.

—Pasad —nos dice terminando de abrir la puerta.

Se sienta en su silla y nos hace un gesto para que tomemos asiento nosotras también. Las ojeras que tenía el primer día se han oscurecido y los montones de papeles que había sobre el escritorio se han duplicado.

—Empezad desde el principio.

—He visto nosencias de tiempo estos días. He destruido dos, incluso. —Su expresión vuelve a cambiar durante un segundo.

—Alejandra —me interrumpe—. Deberías haberme avisado.

—Ya lo sé, —Hago un gesto con la mano quitándole importancia—, pero no tenía pruebas. Por eso he seguido a Lantana. ¡Es ella!

—¡Yo no soy!

Me giro para mirarla. Tiene el ceño fruncido y los labios apretados.

—¿Y qué hacías en el archivo? —pregunto.

—¡Ya te lo he dicho! ¡Coger unos exámenes! Pero tienes la cabeza tan metida en el culo que no escuchas.

—Suficiente.

Aunque Berta no alza la voz, su tono hace que nos callemos y la miremos.

—Diana, ¿para qué querías esos exámenes? —pregunta señalando los papeles que descansan en su regazo.

—Es mentira, seguro que…

—Ya basta, Alejandra.

Giro los anillos sobre los dedos. Se está cabreando conmigo de verdad.

—Pensé en lo que hablamos el otro día —dice la becada.

Y empieza a contarle algo sobre su hermana que no entiendo.

¿Hablaron el otro día? ¿Qué tienen que hablar ellas dos? Pero si no se conocen de nada. Diosa, me lo estás poniendo muy difícil estos días para conseguir mantener la calma. No solo *Yina* me traiciona, sino que mi hermana también.

—¿De qué estáis hablando? —pregunto confusa.

Berta coge aire y se aparta el pelo de la cara.

—Álex, Diana no puede estar haciendo esos hechizos.

—Pero…

—Pero nada —me interrumpe—. Lo que deberías hacer es centrarte en estudiar. De las nosencias ya me ocupo yo.

Gira la vista en dirección a la pelirroja.

—Dame esos exámenes y los revisaré —dice, y alarga el brazo hacia ella.

Lantana coge los papeles y duda.

—Prefiero comprobarlo yo.

Se miran durante unos segundos.

—Vale —concede Berta—, pero no descuides los estudios.

—¿Perdón? ¿Y esa traición?—. Si averiguas algo avísame, yo intentaré indagar un poco por mi parte.

Lantana asiente.

Berta se levanta de la silla y nosotras la imitamos.

—Por favor, intentad llevaros bien —dice mirándonos con algo parecido a la pena.

Ya puedes esperar sentada, hermana.

Ojeo el cuaderno.

Seis días seguidos viajando en el tiempo. Ninguna nosencia se ha escapado.

Lo estoy haciendo bien.

Pero sigue siendo arriesgado. Necesito dejarlo unos días, organizarme mejor.

Capítulo 17

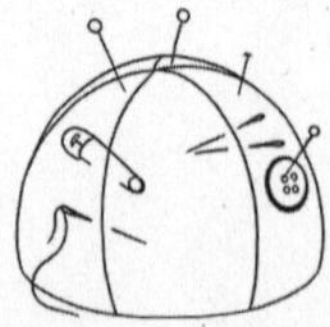

Diana

Después de crear a las personas a su imagen y semejanza, Minerva pensó que necesitarían seres que les hicieran compañía cuando no desearan estar solas, pero tampoco con las de su misma especie. Creó un animal recubierto de pelo que caminaba a cuatro patas y que podía ser independiente y, a la vez, dar apoyo cuando era necesario. De ahí que muchas imágenes de Diosa muestren una gata junto a ella.

La creación de los animales

Si ya había tensión entre De La Encina y yo, después de la conversación con su hermana ya es insoportable.

Cuando volvimos a la habitación, se puso la ropa de deporte y se fue. Creo que no la oí regresar y ayer por la mañana al despertarme ya no estaba, solo la vi en clase. Aunque hay algo ahí… borroso, supongo que lo soñé: iba caminando por el pasillo y, al verla subir por las escaleras, me escondí para que no me viera.

Está claro que me intenta evitar, aunque no sé si porque le da vergüenza haberse equivocado o porque no soporta que su hermana y yo hayamos hablado sin que ella lo supiera. La puedo leer como un libro abierto. La cara que puso ayer al oírnos hablar fue la misma que pone cada vez que ve a *Yina* sobre mi regazo.

Sea como sea, no es algo de lo que me deba preocupar. Está bien así, ella por su lado y yo por el mío. Cuanto menos nos crucemos mejor.

Miro los exámenes de mi hermana, que descansan sobre el escritorio. No sé cómo voy a comprobar si la nota es la que se merecía, no sé siquiera cómo voy a hacer yo mis exámenes de Cálculo en unos meses. Habría sido más fácil dejar que Berta los mirara, pero no me fio. Por muy amiga que fuera de mi hermana, ahora es la directora y es noble, puede estar compinchada con las profesoras más conservadoras. Podría pedirle ayuda a Marco. Aunque si no me echó una mano cuando llegué, por qué lo iba a hacer ahora.

O a la profesora Noguera. Ella debió estudiar en alguna academia para poder tener este puesto. Puede que aún se acuerde lo suficiente de Cálculo como para ver si la nota es la que debería. Además, ella estaba a favor de Carlota.

Al llegar al pasillo donde está el aula, veo muchas personas apelotonadas. Empujo un poco para hacerme sitio. No voy a llegar tarde a Cálculo porque la gente no tenga otra cosa con la que entretenerse que estar aquí plantada. Cuando parece que ya llego al final de la barrera de gente, paro. Recojo el pie con el que iba a dar un paso más y miro el cuerpo que hay tirado en el suelo.

—...olvidar el libro que acababa de leer... —oigo a mi derecha.

—Le tenía que ocurrir —Reconozco esa voz a mi izquierda—, ¿cuántas veces terminó en la enfermería el año pasado?

Me giro y veo a De La Encina hablando con sus amigas.

—¿Quince? —responde la chica del pelo blanco—. La última fue cuando quería modificarse las papilas gustativas para no notar el sabor amargo.

Vuelvo la vista al frente. La fantasma de la chica muerta está en cuclillas junto al cuerpo. Lo mira como si no fuera ella. Alarga una mano y toca la mejilla con el dedo índice, sin estar segura de cuál de las dos es de carne y hueso.

—Estáis majaras —digo.

De La Encina me oye y se gira un poco sorprendida. Pero enseguida cambia la expresión y frunce los labios.

—Yo no tengo la culpa de estar rodeada de idiotas —responde irguiéndose.

—Tía.

—Que no va por vosotras.

Las dejo discutiendo y cruzo lo más lejos posible del cuerpo para seguir mi camino hasta clase. ¿Dónde me he metido?

El reloj da las cuatro. Maldigo entre dientes porque ya no llego a tiempo a la comida. Salgo de la habitación y bajo a las cocinas. Nada más entrar, respiro hondo y me permito imaginar que estoy en casa.

—Hola, tía —saludo.

Tía Petra está junto al banco de madera que hay en el centro de la cocina, guardando la comida que ha sobrado para llevarla a su barrio cuando termine. Levanta la cabeza y, al verme, el ceño fruncido se relaja un poco.

—Hola, bonica. —Sonríe—. Se te ha hecho tarde, ¿no? Ahora te pongo un plato.

Las demás personas que trabajan en la cocina limpian y lo dejan todo listo para la cena. Las ollas se apilan al lado de los fregaderos y los platos ya están casi todos guardados en los armarios. Un cocinero ordena la comida en la fresquera, al fondo de la estancia.

Cuando mi tía me prepara el plato, nos sentamos en una mesita pequeña con dos sillas que hay en una esquina.

—¿Qué tal? —me pregunta.

—Bien. —Me encojo de hombros.

—Ese bien no suena bien.

Mastico la berenjena rellena despacio, ¿qué le voy a decir? No quiero preocuparla y que se lo cuente a mis madres.

—Es difícil.

Me pone una mano sobre la que tengo apoyada en la mesa.

—Si tu hermana lo consiguió, tú también, ya verás. Diosa te pone a prueba, pero no te deja sola. —Me da un apretón para animarme.

Asiento mientras trago y cojo el vaso de agua.

—¿Sabes algo de la directora? —digo antes de beber un poco.

Se apoya en el respaldo de la silla.

—Es buena chica, mejor que la anterior. —Asiente—. Ya lo parecía cuando bajaba a veces con tu hermana a coger los dulces que habían sobrado. —Ríe.

Yo sonrío con un poco de envidia. Ojalá yo tuviera una amiga aquí, igual que le ocurrió a Carlota. Todo sería más fácil.

—¿Cómo están por casa? —pregunto, aunque temo ponerme a llorar.

—Tus hermanas igual de revoltosas que siempre. —Niega con la cabeza—. Pero Abril se está calmando un poco. Parece que ayuda a las demás con los deberes. —Hace una pausa, pensativa—. Creo que es la que más ha notado que no estás.

Asiento e intento retener las lágrimas. Ahora Abril es la más mayor en casa y las demás deben acudir a ella para todo lo que no saben hacer. Espero que no me odie por haberme ido. Tengo que acordarme de escribirle una carta solo a ella.

Cuando termino me despido de mi tía y vuelvo a la habitación.

De La Encina está sentada en su escritorio, con el pequeño baúl abierto. En su interior hay hierbas, flores y botecitos llenos de líquidos de colores. Parece que está ordenándolos, tan concentrada que creo que no me oye entrar.

Cierro la puerta con un poco de fuerza para que sepa que estoy aquí y da un respingo, pero no se gira.

No sé qué prefiero, si esta indiferencia o las miradas con las que desea mi muerte.

Capítulo 18

Álex

La encina de Nald es, como su nombre indica, originaria de Nald. Y, hasta este momento, no se ha podido cultivar en otro lugar. Se dice que la propia Minerva hizo crecer este árbol con propiedades mágicas cuando puso precio a la magia.

Magia en la naturaleza

Ojalá pudiera relacionarme solo con las plantas. Viviría más tranquila y en paz.

Debería haber hecho como nana y buscarme un trabajo en algún invernadero. Quién quiere hablar con humanos pudiendo cuidar flores que, con que las atiendas un poco y sepas entender qué necesitan, te lo agradecen viviendo y dejándote vivir. Al contrario que la gente, que te lo agradece siendo una imbécil.

No he visto más nosencias y no puedo evitar sentir que es la calma que precede a la tempestad. Necesito relajarme, despejar la mente para poder pensar bien quién puede estar viajando en el tiempo.

Reviso el fermentador que tengo escondido en el armario. A la savia de encina de Nald aún le quedan un par de semanas para ser lo más efectiva posible. Lo vuelvo a guardar detrás de un montón de ropa y me siento en el escritorio para revisar mi pequeño baúl de ingredientes.

Árnica para inflamaciones, hinojo para la digestión, lavanda para la ansiedad, caléndula para las heridas; ortiga, laurel de montaña, lirio del valle y semilla de ricino por si acaso…

Miro la bolsita de belladona y el botecito de veneno de culebra Onot, solo me falta la savia de encina de Nald fermentada y corteza de roble para conseguir que mi sospechosa cuente toda la verdad.

Cada día, cuando paso por delante de la puerta de entrada, me tengo que recordar que esto vale la pena, que por fin voy a poder cumplir las expectativas de mi familia. Pero de verdad que me dan ganas de abandonar, me pregunto si vale la pena. Si, al final… ¿cómo dijo nana? Si es el miedo el que me está arrastrando a esto.

Un portazo me hace dar un pequeño salto en la silla. No me giro, no me hace falta.

Repaso las pociones que ya tengo hechas: desinfectar heridas, dolor de cabeza, sedante, cicatrizante, tinte negro y… el último bote lo dejo donde está. Sin nombre. Ni siquiera lo toco, intento pasar la vista por encima sin mirarlo.

Quiero preguntarle a Berta de qué hablaban ella y Lantana anteayer, por qué la becada está tan interesada en esos papeles. Pero no puedo, no debería preocuparme lo más mínimo. Necesito concentrarme en estudiar y en descubrir a la persona más inconsciente de esta academia.

Vuelvo a meterlo todo dentro, con cuidado, dejando lo más útil arriba y lo más peligroso al fondo. Aunque estos días útil y peligroso está empezando a sonar igual.

—Deberíamos empezar el trabajo. —La voz de Lantana hace que dé un respingo.

Cierro los ojos con fuerza para evitar lanzarle algo a la cabeza.

—Paso, me da igual suspender esa asignatura.

Cierro el baúl con un golpe.

—A otra urraca con esa alhaja. Además, yo no quiero suspender, y no tengo por qué hacerlo porque tú seas una cabezota malcriada.

Me giro hacia ella. Tiene los brazos cruzados sobre el pecho y una cara de cabreo que aún no le había visto.

—Por mí le puedes decir que no he querido hacerlo y que por eso lo has hecho sola.

Niega con la cabeza.

—¿De verdad? ¿Tanto te costaría? —Deja caer un poco los brazos y me mira con expresión cansada.

—No voy a perder el tiempo en una asignatura que no me va a servir para nada.

Suelta un bufido.

—Pues no te vendría mal intentar aprender un poco. —Sonríe de medio lado—. Ni a ti ni a las demás.

Me levanto de la silla y me acerco a ella un paso, no tanto como para tener que inclinar la cabeza hacia atrás para mirarla a los ojos.

—¿Ves que lo haya necesitado hasta ahora? —Intento sonar amenazante—. ¿Crees que me va a servir de algo cuando esté en el Consejo?

—Para hacer hechizos core no te vendría mal. —Una sonrisa burlona se dibuja en su cara.

Aprieto la mandíbula y cojo aire. La imagen del cuerpo del ratón inerte del otro día se me viene a la mente. Incluso puedo oír el grito que soltó antes de morir. Intento disimular un escalofrío que me recorre la columna.

—No tengo ningún interés en usar la magia que Diosa dejó a las ignorantes.

Lantana suelta aire por la nariz.

—Increíble. —Niega con la cabeza—. Qué rápido se os olvida que Minerva nos castigó, que nos puso precio a la magia core por usarla para lo que no era necesario.

—Creo que es a ti a la que se le olvida que nos castigó por vuestra culpa, vosotras fuisteis las que la usasteis mal, y que, a cambio, a nosotras, las que seguimos sus enseñanzas, nos enseñó la mense, para poder seguir haciendo magia.

—Creando un ser que te puede matar, claro. —Suelta una carcajada de burla—. Minerva nunca discriminaría a nadie y tampoco crearía una magia que lo único que hace es desapegarte de tus sentimientos y ponerte en peligro.

—Alucino, de verdad te crees eso de que fue una persona la que descubrió ese tipo de magia. —Se yergue, pero sigo hablando antes de que me interrumpa—. Aunque así hubiera sido, si existe es porque Diosa dejó ese resquicio para que alguna de nosotras lo descubriera.

—Es una magia artificial, Minerva no tiene nada que ver.

Pongo las manos en las caderas.

—Pues que vuelva y nos la quite.

—Si viniera se pondría a llorar al ver lo que habéis hecho con sus enseñanzas.

—Si viniera vería lo bien que lo hemos hecho y cómo hemos avanzado, siguiendo sus pasos, educando a las personas que lo merecen.

Lantana da un paso en mi dirección, y ahora sí tengo que mirar hacia arriba.

—Puede que si no fuerais una panda de creídas no pensaríais que sois superiores a las demás.

—¿No lo somos?

Diana me mira fijamente, con esos ojos marrones tan oscuros que parece que me vaya a caer dentro de ellos.

—Puede que lo creáis, pero no lo sois. Esa superioridad es lo que está llevando a alguien a jugar con el tiempo aquí. Esa superioridad es lo que hace que no veáis más allá de vuestro ombligo.

Mientras hablaba, ha dado un paso más hacia mí. La tengo tan cerca que puedo sentir su respiración en mi nariz. Intento enderezarme más, mirarla como si estuviera por encima de ella.

—Pues yo opino que sois vosotras las que os creéis superiores a nosotras, con vuestros sentimientos y vuestras creencias. Y estáis tan apegadas a vuestras emociones que no sabéis mantener la cabeza fría para seguir el ritmo de esta academia y necesitáis ayuda extra…

Lantana sigue sin apartar la vista de mí, cada vez más enfadada.

—¿Qué te apuestas? —pregunta.

Sonrío.

—Suspender un examen.

Se aleja dos pasos de mí y noto cómo vuelvo a respirar con normalidad.

—Vale.

Cruza los dedos índice y corazón y se los lleva al pecho. Hago el mismo gesto sin quitar la sonrisa. Solo tengo que descubrir qué plebeya está haciendo hechizos de tiempo y tendré la plaza en el Consejo mucho más cerca.

—¿Que no va la becada y me dice que la magia mense es artificial?

Dejo la bandeja con la cena en la mesa. Gala da un respingo y Octavia levanta la vista del plato con toda su calma.

—Y que Diosa hizo las academias para todas, no solo para sus elegidas.

Octavia sigue mirándome con los párpados caídos y expresión de estar un poco harta de mis protestas sobre Lantana.

—Habéis discutido.

No me molesto en confirmarlo. Cojo el tenedor y pincho con demasiada fuerza un trozo de tortilla.

—¿Para qué viene aquí si no cree en lo mismo que nosotras? Es una hipócrita.

Me meto el trozo en la boca y mastico con rabia.

—Para tener una oportunidad, Álex —dice Gala torciendo los labios.

—Que se la busque en otro sitio.

Octavia suspira y niega con la cabeza.

—Álex, vale que quieras que te caiga mal, pero no estás razonando.

Voy a responderle, pero Gala me interrumpe.

—Octavia tiene razón.

La miro, traicionada. Son mis amigas, deberían estar de mi parte.

—No puedes venir cada día a contarnos la última discusión que has tenido con ella o lo último que ha hecho y que no te ha gustado —dice Octavia.

Vuelvo la vista a mi plato cabreada.

—No os preocupéis, no volveré a hablar de ella.

Puedo notar cómo se comunican sin palabras.

—Tía, no es eso.

Bebo un poco de agua sin mirarlas para bajar el nudo que tengo en la garganta.

—Solo queremos que te des cuenta de que todo de ella te sienta mal. Y que, la odiarás mucho, pero te fijas en cada cosa que hace, no la pierdes de vista.

Mastico otro trozo de tortilla. ¿No dicen que a los enemigos hay que tenerlos cerca? Eso hago.

—No cree en lo que está escrito en los Códices —digo, como si eso justificara todo lo que me han recriminado.

—¿Y qué?

La pregunta me da una bofetada. Levanto la vista y la clavo en Octavia, que me mira sin alterarse una pizca.

—No cree en lo que pone en unos libros escritos hace cientos de años, cree en lo que pone en unos de hace aún más tiempo. ¿Y qué? ¿Por qué tus libros son más válidos que los de ella?

Noto la respiración irregular y Gala me pasa un brazo por los hombros.

—Hace muchos cientos de años —sigue Octavia— alguien decidió inventar una historia para explicar cómo funcionaba el mundo. Y hace unos pocos menos, la gobernadora Lisandra decidió que no le gustaba y se inventó otra historia para justificar lo que quería hacer.

Noto la rabia bullir en el estómago.

—No te digo que no creas en lo que quieras, ni que no tenga todo esto algo de verdad, pero tu versión no es más válida que la de ella y, al final, las dos creéis en una diosa que premiaba el estudio y el conocimiento.

Pincho otro trozo de tortilla con fuerza.

—Lo que te quiere decir Octavia es que le des una oportunidad, que lo más seguro es que esté asustada y es probable que ni siquiera haga esto por ella sino por su familia.

—No sois tan distintas.

Sí lo somos.

CAPÍTULO 19

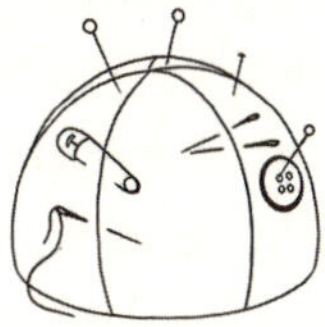

DIANA

El desayuno se servirá entre las 7 y las 9 de la mañana.
La comida se servirá entre las 2 y las 4 de la tarde.
La cena se servirá entre las 9 y las 11 de la noche.
Las alumnas tienen prohibido el acceso a la zona de cocinas.
Se permite tener una mascota, siempre y cuando pueda vivir en la habitación de la alumna. […]

NORMATIVA DE LA ACADEMIA MINERVA

El trabajo es para mañana y lo único que puedo hacer es inventarme su parte. He leído lo que escribió la vez anterior y he intentado unirlo con lo mío, pero queda mal, se sigue notando que no lo hemos hecho juntas. Además, lo tendría que escribir todo yo, con lo que la profesora se daría cuenta y me suspendería.

Podría decírselo. Hacer el trabajo y contarle lo que ha pasado. No es justo que, porque ella no quiera, yo no saque buena nota y tenga que jugármela en el examen.

Deslizo el bote de tinta por la mesa, pasándolo de una mano a otra, mientras pienso cuál es la mejor opción.

Volver a casa también es una posibilidad, supongo.

Pero me da rabia. Aún queda mucho, no quiero rendirme tan pronto y menos porque mi compañera de habitación es una testaruda. Albergaba la esperanza de tener la suerte que tuvo Carlota, poder contar con un apoyo, al menos. Una persona que me ayudara, incluso a la que yo pudiera ayudar. No se me da todo mal, soy mejor que ellas en algunas asignaturas. Puede que no mejor que De La Encina, pero... Me doy cuenta de que más que rabia es tristeza, porque sé que nos podríamos llevar bien, si dejáramos a un lado los prejuicios, si no fuéramos tan orgullosas. Es inteligente, es la única persona con la que he compartido clases que de verdad me puede suponer un reto superarla. Si nos lleváramos bien, nadie podría quedar por encima de nosotras. Pero no puede ser, porque las dos queremos esa primera posición.

La discusión de ayer me agotó. Y me hizo preguntarme si compensa. Si, en el remoto caso de que pueda conseguir esa plaza en el Consejo, servirá para algo. Cómo voy a cambiar las creencias de tantas personas si ni siquiera puedo sembrarle la más mínima duda a mi compañera de habitación.

Incluso me hizo cuestionarme. ¿Y si es verdad? ¿Y si Minerva no nos dio las mismas oportunidades a todas? No puede ser. No debo dejar que me coman la cabeza. Los libros más antiguos que aún se conservan en las bibliotecas públicas están datados de cientos de años antes que los Códices, los cuales se escribieron al inicio del mandato de Lisandra de Nohabe.

—¿Puedes parar? —La voz de De La Encina sale entre sus dientes llena de rabia.

Dejo las manos quietas y la observo. Está sentada en la cama, con las piernas estiradas y un libro sobre el regazo. No me mira, al menos, no directamente.

—¿Te molesta?

Ahora sí se gira, despacio, me mira con la mandíbula apretada y los ojos echando alfileres.

—Cuando ordenes tu parte de la habitación, pararé.

Vuelvo a mover el bote de tinta, intentando hacer aún más ruido. *Yina* nos mira a una y a otra desde los pies de De La Encina, como si estuviera evaluando la situación para saber si tiene que salir corriendo.

Mi compañera me mira unos segundos más. Dobla las piernas y vuelve la vista al libro a la vez que lo aferra con más fuerza.

Está claro que la ira es su emoción principal; una mezcla de rabia, frustración y sarcasmo. Las únicas veces que no la he visto cabreada ha sido cuando habla con las fantasmas.

Al rato oigo que cierra el libro. Se levanta de la cama, coge un montón de ropa que tiene en el suelo y la mete en su armario de cualquier manera. No me muevo mientras la veo apilar los libros y ponerlos en el pequeño estante de la pared. Se me queda mirando con los brazos cruzados y los labios dibujando una fina línea.

—¿Sabes? —pregunto con voz calmada—. Creo que tu segunda emoción más predominante no es el asco. —Espero que diga algo, pero solo sigue mirándome—. Es la tristeza.

Se ríe, vuelve a sentarse en la cama y para seguir leyendo.

—Voy a poner eso en el trabajo —insisto.

Cierra los ojos e inspira.

—Haz lo que quieras.

—Vale.

Me giro hacia el escritorio y finjo empezar a escribir.

No pasa ni un minuto cuando la oigo levantarse y sentarse en su silla.

—¿Qué has escrito? —pregunta inclinándose sobre las hojas.

—Nada. —Sonrío divertida.

De La Encina frunce los labios para evitar que las comisuras se levanten.

Coge el trabajo que nos devolvió la profesora.

—Podemos combinar el primer párrafo, más o menos pone lo mismo.

La observo unos segundos, acordando una tregua sin mediar palabra.

—Claro. —Bufo—. Tú dices que la mejor forma de canalizar la magia es con recuerdos asociados a esas emociones predominantes y yo que es más eficaz analizar lo que se está sintiendo en ese momento. Lo mismo.

Esta vez no reprime la sonrisa. Sigue leyendo el trabajo con los ojos entrecerrados.

—Te puedes poner las gafas.

—No necesito gafas.

Me río bajito con lo que me gano una mirada que podría matarme.

—Podemos juntarlo. —Agarra la hoja que tengo enfrente y una de sus plumas en perfecto estado—. Es posible canalizar la magia core de dos formas: con recuerdos o con el presente.

Escribe en la hoja con esa letra casi ininteligible. Las emes se asemejan a montañas con picos puntiagudos, y no se pueden distinguir de las u. La a parece casi una e y la mitad de las tes tienen la raya separada del palo. Le debería dar las gracias a Abril por escribir así de mal también, pero eso solo haría que se sintiera orgullosa de su caligrafía desastrosa.

—Las personas que no sabemos identificar con detalle lo que sentimos es más sencillo que recurramos a los recuerdos —sigue—, de esa forma es más difícil que la magia se descontrole.

—¿Estás admitiendo que no tienes ni idea de lo que sientes?

Abre la boca para replicar, pero la cierra y hace una mueca.

—No es culpa mía, ¿vale?

Sonrío y niego con la cabeza.

—Bueno, sigue escribiendo —digo—. Las personas que saben determinar lo que sienten en cada momento y gestionarlo consiguen hechizos más potentes y estables.

—Eso escríbelo tú —dice pasándome la hoja y la pluma—. No pienso admitir nada más hoy, ni en un trabajo.

Me río un poco y escribo. Creo que nunca he usado una pluma tan buena. Se desliza por el papel sin esfuerzo y los trazos quedan limpios, como en los libros antiguos.

Seguimos haciendo el trabajo. A veces escribe ella y otras yo.

—Sabes que no es verdad, ¿no? —le pregunto cuando va a escribir que su segunda emoción predominante es el asco.

Me mira con las cejas alzadas.

—Sabrás tú mejor que yo cómo me siento.

Me encojo de hombros.

—Yo solo digo lo que veo.

—¿Acaso me has visto llorar?

Pongo los ojos en blanco.

—No hace falta llorar para estar triste, es más, llorar no siempre es tristeza, puede ser mil cosas.

Me ignora y sigue escribiendo.

Terminamos con la conclusión de que todo depende de la educación que recibimos desde pequeñas.

No esperaba esto. Estar a gusto, incluso reírnos y hablar como dos personas adultas, sin amenazarnos. Ver que podemos trabajar juntas, aunque las dos luchemos por lo mismo. Comprobar que tengo razón, que haríamos buen equipo. Pero me da la sensación de que esto solo ha sido un hilo suelto en medio de un mar de nudos.

CAPÍTULO 20

DIANA

La modificación del tiempo es delicada y peligrosa. Las fórmulas necesarias para canalizar la energía mediante magia mense son complejas, y es difícil dar con los valores precisos que se necesita aplicar. Eso sin olvidar que todo tiene su propio tiempo, incluso los elementos inanimados, y la nosencia generada puede alterarlo.

JUGAR CON EL TIEMPO Y SUS CONSECUENCIAS

El viernes vi al profesor Espino salir de la academia con una pequeña maleta y no lo he visto en todo el fin de semana. Quedan solo unas horas para que las puertas cierren hasta mañana por la mañana, puede que aún no haya vuelto.

De La Encina se ha sentado en la cama, como antes de hacer el trabajo. La miro de reojo. No tengo por qué decirle nada, ¿no? Si intento justificar por qué salgo a estas horas de la habitación pareceré aún más sospechosa.

Cierro el libro de Cálculo. Me levanto de la silla y voy hacia la puerta.

—¿Dónde vas? —oigo su voz a mi espalda.

—A la biblioteca —respondo abriendo la puerta.

—Quedan cinco minutos para que cierre.

Salgo de la habitación sin contestar. No somos amigas, ni lo seremos. Podemos hacer trabajos juntas y no lanzarnos alfileres a los ojos, pero de ahí a confiar en ella hay un trecho.

Camino hacia la torre para bajar por las escaleras. Las habitaciones de las profesoras están en la primera planta, en las dos torres más grandes.

Al llegar al rellano compruebo que no hay nadie y me vuelvo invisible. Oigo a alguien maldecir detrás de mí y deshago el hechizo. Miro en la dirección de la que venía la voz. De La Encina sale al rellano del piso superior y me observa con una mezcla de confusión y enfado.

—¿Así es como llegaste al archivo? —pregunta con el ceño fruncido.

—¿Qué más te da? Lo que yo haga es problema mío.

Vuelvo a hacer el hechizo.

De La Encina baja las escaleras mirando alrededor, intentando encontrarme.

—¿Qué estás buscando? —insiste.

Bufo.

Mi compañera de habitación enfoca la vista en el punto donde estoy.

Sin decir nada más, camino. Tenía que haber pensado un poco antes, porque no tengo ni idea de cuál es la habitación del profesor. Me paro frente a una de las puertas.

El golpe hace que pierda el equilibrio y la concentración. La luz que estaba desviando de mi cuerpo se convierte en haces que bailan y nos ciegan hasta volver a su estado natural. De La Encina se separa como si se hubiera chocado con una nosencia y no conmigo. Nos quedamos unos segundos parpadeando, intentando quitarnos los destellos de los ojos.

—¿Me quieres dejar en paz? Nos van a pillar —susurro apretando los párpados con fuerza.

Cuando los abro la veo cruzarse de brazos e intentar erguirse más.

—Pues dime qué estás haciendo.

—No te voy a contar nada, no es de tu incumbencia y no me fio de ti. —Vuelvo a caminar sin preocuparme por el hechizo. Con ella aquí, completamente visible, no sirve para nada.

—¿Y yo me tengo que fiar de ti? —pregunta siguiéndome—. Debería estar avisando a mi hermana.

—Tu hermana sabe que estoy investigando algo.

—Mi hermana dijo que se encargaría ella.

Me giro y casi se choca otra vez contra mí. Está tan cerca que puedo ver las motas gris oscuro de sus ojos.

—Me dijo que no dejara de lado los estudios y que ella averiguaría lo que pudiera, no que yo no lo hiciera.

Respiro hondo intentando calmar las puntadas que da mi corazón. Si seguimos alzando la voz nos van a oír.

—¿Y cómo sé que no la estás engañando? —Me mira con los ojos entrecerrados.

Niego con la cabeza.

—Vuelve a la habitación o nos pillarán a las dos.

Doy tres pasos más y dudo. De La Encina se da cuenta y puedo imaginarme la sonrisa burlona que debe tener pintada en la cara.

—Ni siquiera sabes dónde está la habitación que buscas. —Me mira con expresión de superioridad.

—Entonces dime cuál es la del profesor Espino y ya te puedes ir.

—Te digo cuál es, pero no me voy.

Suspiro. Hago un gesto de asentimiento.

—La siguiente torre, la tercera de la derecha.

—Hazte invisible al menos.

Desvía la vista sin bajar la cabeza.

—No sé hacer ese hechizo.

—Cómo no. —Pongo los ojos en blanco—. Da igual, si nos pillan invéntate algo.

—¿Yo? —pregunta indignada.

—Si nos pillan será por tu culpa, así que sí.

Ignoro sus protestas y sigo caminando. ¿Puede ser más entrometida y terca? Creía que si no le contaba lo que estaba haciendo se iría, pero no, aquí está, tocando las narices y poniéndonos en riesgo a las dos. Aunque si la pillan a ella no creo que le pase nada, en cambio yo no dormiría ni una noche más aquí.

Justo un paso antes de cruzar el arco que comunica con las torres, noto su mano cogiéndome el antebrazo con fuerza. El corazón me da un salto.

—¿Qué…?

No me da tiempo a seguir con la pregunta ni a girarme hacia ella, porque delante de mí aparece una nosencia. Parece humo negro, flota unos centímetros por encima del suelo y es de la altura de mi hermana Tina.

De La Encina tira de mí, se pone entre la nosencia y yo y le clava una daga que no sé de dónde ha sacado.

El corazón me da golpes tan fuertes que parece que me vaya a romper las costillas. Suena como la máquina de coser vieja que tenemos en casa.

La daga cae al suelo cuando la nosencia se desintegra.

De La Encina la recoge, se la guarda en la bota y vuelve a cogerme, esta vez de la mano.

—Vámonos.

Corremos por las escaleras. Me concentro en no tropezarme mientras su mano sigue tirando de la mía. Está fría y no puedo evitar pensar que una pizca de mi calor se desliza hacia ella. Deshaciendo un poco el hielo que la cubre.

No paramos hasta llegar a nuestra habitación y cerrar la puerta. Con suerte, si algún profesor nos ha oído, no le habrá dado tiempo de vernos, o de seguirnos.

Me dejo caer en el suelo y De La Encina se apoya en la pared, inclinada, con las manos en las rodillas.

No estoy respirando bien, no inspiro bastante aire ni lo suelto todo y siento pinchazos en la cabeza.

—Gracias —digo casi como un suspiro.

—¿Te ha tocado? —pregunta, ignorando mi agradecimiento.

Me mira con los ojos abiertos. Parece preocupada de verdad.

Niego con la cabeza. La observo sin saber bien qué señales deja una nosencia de tiempo.

—¿A ti?

Frunce el ceño.

—Creo que no. —Intenta calmar la respiración—. Esta tarde hemos hecho el trabajo y después te he seguido, ¿no? He estado leyendo. No ha pasado nada más, ¿no?

—No. —Me concentro en su bota, buscando la daga que esconde, pero no la veo desde donde estoy—. ¿Qué ocurre si te toca?

Se encoge de hombros.

—Lo más normal es que altere tu tiempo más reciente, pero solo el de la persona que toca. —Hace una mueca—. Si nos hubiera rozado a alguna de las dos, habríamos vivido cosas distintas en las últimas horas, lo recordaríamos borroso… No sé cómo explicarlo.

—Creo que lo he entendido.

Empiezo a volver a respirar bien, a llenar los pulmones y vaciarlos del todo.

De La Encina no parece tan alterada, solo ha tenido que recuperar un poco el aliento.

Toma aire una vez más y se incorpora con expresión decidida.

—Me da igual lo que diga Berta, voy a descubrir quién está viajando en el tiempo.

Capítulo 21

Álex

Es complicada la decisión: anclarte a un lugar y apariencia o liberar tu alma sin saber bien qué va a ocurrir después. Y cualquiera de las dos opciones es para toda la eternidad. Hay quien opina que permanecer es rechazar a Diosa, pero ¿lo es, si fue ella la que nos dio esa posibilidad? ¿O fue un efecto colateral que no esperaba?

La existencia como fantasma

—Pero… —empieza Lantana.

—Nada, tú tampoco le estás haciendo caso. —Vuelve a abrir la boca para hablar, pero la interrumpo—. Berta está muy ocupada, no tiene tiempo de hacer de detective.

Voy hacia la cama para coger el pijama, necesito darme una ducha y quitarme esta sensación que siempre me deja la cercanía de una nosencia.

—No vas a investigar tú sola —dice levantándose del suelo.

Suelta un bufido y se sujeta la cabeza con las manos.

Sonrío.

—No estás en muy buena forma.

La mirada que me echa podría matarme.

—Seguro que solo te centras en las pocas plebeyas que hay aquí —dice cuando parece haberse recuperado—. Y ninguna de ellas sería capaz de crear una nosencia como la que hemos visto hoy.

—Pues yo pienso que sí, sobre todo si no calculan bien la energía. —La miro alzando las cejas—. ¿O ya no te acuerdas de lo que hiciste en clase?

Lantana hace una mueca.

—Me darás la razón —digo.

—Entonces las dos estaremos equivocadas.

Nos miramos unos segundos. No me gusta la idea de que se entrometa en esto. Pero no puedo quitarme la sensación que he tenido hace unos minutos: no estaba sola. Me imagino que vamos las dos investigando por los pasillos, como en los libros que leía de pequeña, donde las amigas Luna y Sol resolvían los misterios que ocurrían entre las paredes de su academia.

—Lo que quieras —claudico.

Lantana asiente y yo voy al baño dando la conversación por terminada.

En realidad, si está entretenida con esto, ocupará menos tiempo en estudiar y yo lo tendré más fácil. También lo hago por eso.

A la mañana siguiente, ya estoy lista cuando aún queda una hora para que empiecen las clases. Debería ir a desayunar, pero antes necesito robar un mapa.

—¿Dónde vas tan pronto? —pregunta Lantana levantando la cabeza de los libros que tiene sobre el escritorio.

—Tengo cosas que hacer —contesto mientras me pongo el chaleco.

Me mira con los ojos entrecerrados.

—¿Qué cosas?

—Cosas que no te incumben.

—Si tiene que ver con las nosencias me incumbe.

Suspiro.

—Después de comer te lo cuento, ¿vale? Si no, se me hará tarde.

Sigue mirándome como si no se fiara de mí (lo entiendo), pero no le hago caso y salgo de la habitación.

Bajo las escaleras por donde las estudiantes más madrugadoras ya se dirigen a desayunar. Al llegar a la planta baja me desvío hacia la biblioteca en vez de seguir a las demás que van al comedor.

Al entrar saludo a Guadalupe, la bibliotecaria. Murió cuando yo estaba en segundo curso. Siempre conseguía encontrarme cuando me escondía en algún rincón de la biblioteca y me traía el postre que yo nunca llegaba a tiempo de coger en la comida o en la cena.

Una de esas veces que buscaba un nuevo sitio para refugiarme, llegué a la zona donde guardan los planos. Aquí almacenan desde los de la ciudad de Nohabe entera hasta el de la estación de tren. Y también los de esta academia.

El único problema es que no se pueden sacar de aquí. Problema que no voy a tener porque la camisa que llevo es bastante ancha.

Busco los planos que quiero entre los tubos negros que se amontonan en los estantes divididos en cuadrados. Me cuesta un buen rato entender cómo están ordenados y conseguir llegar a los de la academia. Cuando encuentro el más reciente, miro alrededor, quito la tapa, saco los papeles y los pliego para metérmelos bajo la camisa, aguantándolos con la cintura del pantalón.

Vuelvo a dejar el tubo en el sitio y al pasar por el mostrador me despido de Guadalupe, que me sonríe sin sospechar nada.

Cuando vuelvo a la habitación, Lantana ya se ha ido. Dejo el plano sobre mi escritorio y cojo los libros y el cuaderno de apuntes.

El trabajo de Noguera no está, se lo debe haber llevado la becada. Lo que sí veo es una pluma con la punta desgastada. La tiro a la basura y dejo una nueva mía en su lugar.

Bajo las escaleras, rápido. Al llegar al comedor solo quedan las más remolonas, y esas no son Gala y Octavia. Cojo la última magdalena que queda y me bebo de dos tragos un vaso de zumo. Camino sin correr hacia la salida trasera y sigo el sendero hasta el invernadero.

Distingo la melena pelirroja de la becada junto a Gala y Octavia. Cuando me acerco veo su sonrisa divertida y confusa a la vez.

—… al suelo con un grito. —Gala suelta una carcajada—. No volvió a dirigirnos la palabra.

Lantana sonríe un poco más.

—Y por eso Morera nos odia desde que teníamos diez años —digo.

Al verme, su sonrisa tiembla, como si no supiera bien si me la merezco. Tiene los ojos entrecerrados por el sol, el mismo que parece haber despertado un montón de pecas pequeñas y claritas que le cubren la nariz y las mejillas.

—Acercaos todas. —La voz de nana me salva de que se den cuenta de que llevo demasiado rato mirándola sin decir nada.

—¿Es tu abuela? —pregunta Lantana, que se ha colocado junto a mí.

Frunzo el ceño.

—¿Cómo…?

—Se apellida igual que tú. —Señala su cuaderno, donde tiene apuntado el nombre de la asignatura y de la profesora.

—Ah… No, es mi tía abuela.

Asiente.

Lo que más me molesta de todo esto es que no me ha costado nada hacerle caso a Octavia. Darle una oportunidad a Lantana.

Que no me cae mal y que me ha gustado estar con ella sin discutir. Incluso correr por las escaleras de la academia. Reprimo una sonrisa al recordarla intentando coger aire después de la carrera. Y siento calor en las mejillas, notando el recuerdo de su mano en la mía.

—¿Por qué parece que todas decidís quedaros como fantasmas aquí? —me pregunta en un susurro sin despegar la vista de nana.

Me encojo de hombros.

—¿En tu pueblo no hay tantas fantasmas?

Niega con la cabeza y me mira con esos ojos, en los que me vuelvo a perder unos segundos antes de apartar la vista con esfuerzo.

—No sé, nan… a mi tía Felisa le gustaba cuidar las plantas y dar clase, así que decidió que no le importaba pasar la eternidad haciéndolo. De todas formas, cuando se cansara podía buscar cualquier otra cosa con la que ocupar el tiempo.

—Ya… —Hace una mueca—. Supongo que nosotras preferimos no estar toda la eternidad viendo cómo nuestras familias lo pasan mal.

Noto el tono de reproche en su voz.

—¿Tú sabes qué harás? —pregunto, y me arrepiento al instante. Es un tema demasiado personal, ni siquiera lo he hablado con Gala y Octavia.

La miro, esperando su enfado. En cambio, asiente sin dudar.

—Irme.

—¿Y tú? —Me observa, curiosa.

—No lo sé.

Siempre me ha asustado ese momento, esa decisión que te acompañará toda la eternidad. Ir con Diosa y descansar por fin o quedarme y dedicarme a aquello que no me ha dado tiempo en vida. La verdad es que descansar suena bien. Puede que, al final, Lantana y yo no seamos tan diferentes.

Que ella lo sepa es lo último que quería.

Me va a descubrir.

No puedo permitirme ni un solo fallo.

No ahora, cuando hay personas que dependen de que yo llegue a todo.

Es mi responsabilidad.

CAPÍTULO 22

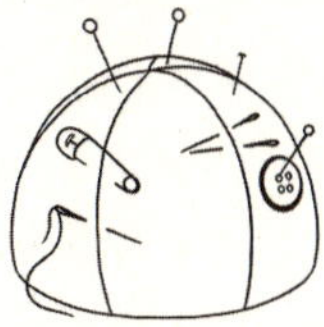

DIANA

Aurora de Nohabe, descendiente de Minerva y primera gobernadora de Ajione

Después de la ascensión de Diosa, se decidió que fuera la nieta de su primogénita quien tomara su testigo, y que ese cargo fuera hereditario en lo sucesivo. [...] Es curioso cómo todas las gobernadoras han compartido esos ojos de un color esmeralda, tan peculiar, excepto Lisandra de Nohabe y las que la siguieron.

LO QUE NO TE HAN CONTADO DE LA HISTORIA DE AJIONE

Pliego el bajo de la falda y clavo la aguja en la tela. Hice bien en traerme un pequeño costurero, así puedo arreglarme la ropa y relajarme un rato sin tener la sensación de que estoy perdiendo el tiempo.

Noguera solo asintió cuando le di el trabajo el viernes pasado. Espero que nos ponga buena nota y eso me deje margen por si en Cálculo no consigo aprobar o sacar algo más de un cero. Debería pedir ayuda. Por mucho que lea libros y libros de Cálculo básico, no voy a conseguir llegar al nivel que necesito en las semanas que quedan hasta los primeros exámenes.

Solo que para eso tendría que confiar en alguien y eso no es una posibilidad. No quiero prestar atención a las demás estudiantes, pero es inevitable escuchar conversaciones. Hacen cualquier cosa por conseguir lo que quieren, traicionan a sus amigas, si es que saben qué significa esa palabra. ¿Qué podría esperar? Si incluso cuando no te juegas una plaza en el Consejo, la gente que crees que te aprecia te puede dar la espalda.

Me siento incapaz de volver a confiar en nadie, tengo pavor a sentir otra vez cómo me rompen algo dentro de mí, cómo me quedo sola por razones que no llego a comprender, o que no quiero entender porque me parecen injustas.

Remato el bajo y corto el hilo con los dientes. Compruebo que no me he torcido y la dejo encima de la cama. Ahora sí que ya no me queda más remedio que estudiar.

Cojo los apuntes de Historia. Aquí no nos van a contar que hubo descendientes de Minerva que no les convenían a las nobles, ni que los cambios tan drásticos de Lisandra de Nohabe no fueron casuales.

Me habría gustado ser historiadora. Si mi hermana hubiera aceptado esa plaza en el Consejo, yo podría haber entrado en alguna academia más asequible, graduarme sin matarme a estudiar y hacer justicia a la memoria de Minerva. Descubrir los trapos sucios que intentan esconder.

Toda su ideología se asienta en la creencia de que Diosa creó las academias para las mejores. Por eso el Consejo de cada región está compuesto por quienes se gradúan primeras de su promoción en la academia raíz. Y el Senado, por la integrante más antigua de cada Consejo Regional. Lo mejor para avanzar: tener a las personas más arraigadas al pasado aconsejando a la mujer de la que todas dependemos.

Es increíble la forma en que las nobles tergiversan la historia para justificar sus acciones. Y me sorprende más aún cómo la profesora Huerta aguanta contar todas esas mentiras. Pero ¿qué va a hacer si no? Una plebeya trabajando en la Academia Minerva, ella sabrá lo que le habrá costado. A veces hay que tragarse el orgullo para que tu familia pueda comer todos los días.

¿Eso es lo que hizo Carlota? ¿Tuvo que dar un paso atrás para poder asegurarse un trabajo y un sueldo con el que ayudarnos?

Aparto los apuntes y saco de debajo del todo los exámenes que aún no sé cómo revisar. Se los tenía que haber dejado a Berta, pero tampoco me acabo de fiar de ella.

Cojo la pluma que ha quedado al borde de la mesa, a la pobre solo le falta caerse al suelo. La miro bien. No es la mía. Debe habérsele caído a De La Encina. Para ella, una pluma más o menos no es un problema.

La dejo en su escritorio y busco la mía entre los papeles, en el suelo, encima de la cama... No puedo haberla perdido. Bufo. Es poco probable que encuentre una tienda donde vendan plumas a buen precio por aquí. Gimo. Es una tontería, pero no puedo más, llevo tantos días sin poder más que esto es la gota que colma el vaso. Escondo la cara en las manos.

Oigo la puerta y me giro hacia la ventana, de frente al escritorio, fingiendo que estoy estudiando.

—Eh —saluda De La Encina.

—¿Has visto mi pluma? —le pregunto sin girarme, intentando que mi voz suene normal—. La que estaba encima de la mesa.

—Claro —Oigo cómo camina hacia mí, pero no me giro, no quiero que me vea así—. Está en la basura.

Su voz suena tranquila, divertida incluso. La rabia que me nace del estómago hace que me levante arrastrando la silla y me dé igual que me vea con las lágrimas mojándome las mejillas.

La miro. Lleva la ropa de deporte, y no puedo evitar fijarme en los músculos marcados de sus brazos. Cierro los ojos un segundo, antes de mirarla a la cara. Tiene esa sonrisa que solo muestra cuando está cómoda.

—¿Eres idiota? —pregunto alzando la voz.

Yina, que estaba dormitando sobre la cama de mi compañera, da un salto y se esconde bajo ella con un maullido molesto.

A De La Encina se le va la sonrisa del rostro. Abre la boca y los ojos, con la expresión más vulnerable que la he visto mostrar.

—¿Qué…?

—¡Solo tengo dos! —exclamo— ¿Quién te da permiso para tirarla? ¿Crees que chasco los dedos y aparecen cien en mi escritorio?

—No…

Me río mientras más lágrimas se escapan sin pedir permiso.

—No, ¿qué? ¿Sabes por qué está hecha polvo? Porque prefiero repararla con magia core a gastarme el dinero que no tengo en una nueva.

Su expresión vuelve a cambiar y esta sí la reconozco, la mandíbula apretada, el pecho subiendo a la vez que coge aire.

—La he tirado porque estaba destrozada, sí —dice con voz calmada y una nota peligrosa al fondo—. Y te he dejado una mía a cambio para que no tengas que escribir con eso.

El corazón me da un golpe.

De La Encina coge la pluma que yo había devuelto a su escritorio y la deja en el mío otra vez.

Nos miramos unos segundos. Ella con la ira bullendo en sus ojos y yo con demasiadas ganas de llorar, de esconderme, de huir de todo.

Cuando corta el contacto, coge la ropa de encima de su cama y entra en el baño dando un portazo que hace que me encoja.

Me dejo caer en la cama. Todo iba bien, ¿no? Habíamos conseguido tener varias conversaciones sin discutir, casi podía imaginar que iba a ser así hasta terminar los estudios. Pero solo ha sido una ilusión. Somos demasiado distintas, venimos de mundos demasiado contrarios. Ni siquiera he entendido un gesto amable que ha tenido conmigo, solo he podido pensar en lo peor. Me tapo sin quitarme la ropa y lloro hasta dormirme.

CAPÍTULO 23

ÁLEX

Para eliminar a una nosencia es imprescindible identificar de qué esencia proviene, ya que debemos tener especial cuidado con aquellas que nos pueden dañar: agua, hueso, piel [...], además de todos aquellos componentes químicos presentes en nuestro cuerpo [...]. Solo se puede eliminar a una nosencia atacando su núcleo.

DEFENSA CONTRA LAS NOSENCIAS

—Perdón por lo de ayer.

Me giro hacia Lantana, que acaba de despertarse y está de pie junto a su cama, frotándose la cara y los ojos rojos e hinchados.

Hoy no se ha levantado la primera.

—Ya, no esperes que vuelva a ser amable contigo.

Aparto la vista de ella y sigo terminando los ejercicios de Cálculo que me dejé para última hora.

—No... —Niega con la cabeza—. Da igual. Perdón por cómo te hablé y gracias por la pluma.

Coge la ropa del armario y se encierra en el baño.

Que lo primero que pensara fuera que le había tirado la pluma a la basura porque sí... Me da tanta rabia... Ojalá no tuviera que volver a dirigirle la palabra en lo que nos queda de convivencia.

Sí, esa es una buena excusa. Puedo seguir mi investigación sin tener que hablar con ella y lo justificaré con que estoy ofendidísima. Además, aunque se enfadara conmigo, ¿qué más me da? Puede que eso la distraiga más, que se ponga a investigar por su cuenta lo de las nosencias. Todo el tiempo que pierda en cosas que no son estudiar es una ventaja para mí.

Vale que no le haga la vida imposible, pero tampoco tenemos por qué llevarnos bien. Podemos ignorarnos mutuamente, no se nos da mal.

Cuando estoy metiendo las cosas en la mochila, Lantana sale del baño. Sigue con los ojos rojos. Aparto la vista de ella para que no me pille mirándola.

Le podía haber dejado una nota junto a la pluma, en vez de tirarle la otra y asumir que lo entendería.

Salgo de la habitación antes de que el ambiente se vuelva aún más insoportable. Desayuno con Gala y Octavia mientras hablan sobre algo en lo que no me puedo concentrar. Solo quiero volver a la habitación y mirar los planos de la academia. Ojalá esta tarde Lantana se vaya a estudiar a la biblioteca. O no. Una parte de mí quiere verlos con ella, seguir investigando juntas. Me gustaría que me enseñara a hacerme invisible. ¿Por qué? Esto solo lo complica más. No debería querer pasar tiempo con ella. Pero no puedo evitarlo. Es lista y graciosa, y ojalá ayer no se hubiera enfadado creyendo que le había tirado la pluma, ojalá se hubiera burlado de mí por tener corazón o algo así.

Cuando terminamos de desayunar, caminamos hacia el ascensor que hay en la parte trasera de la academia.

—Esto va lentísimo —digo mirando hacia arriba, como si así fuéramos a subir más rápido.

—Y aun así yo siempre llego antes que tú a clase —se burla Gala.

Le hago una mueca y resoplo.

Las clases pasan sin más. Lantana y yo no nos dirigimos la palabra. Y una parte de mí, que intento ignorar, no deja de empujarme a mirarla.

Cuando por fin toca Magia Mense, salgo de clase con Gala y Octavia. Por suerte, al entrar al aula, Lantana camina hacia su sitio de siempre, donde practica separada de las demás.

—Hoy vamos a acelerar el crecimiento de una planta —dice la profesora Juárez.

Cada una nos ponemos frente a una de las macetas con solo una ramita verde diminuta y abrimos el libro donde está el hechizo base. Mientras hacemos los cálculos, Juárez habla con Lantana.

—Prueba hoy a reparar este trozo de tela —oigo que le dice.

Aprieto los dientes al notar el tono de desprecio que utiliza.

Observo a Lantana escribiendo con la mano izquierda mientras con la derecha juega con la manga del jersey. Cuando parece que ha terminado de modificar el hechizo, lo deja a un lado, pone el trozo de tela frente a ella, coge la daga que le ha prestado la profesora con la mano derecha y respira hondo.

—¡Cuidado! —exclama Vitalba.

Me giró cogiendo la daga, preparada para lanzarla. Pero no veo ningún peligro.

—La becada va a intentar matarnos con una nosencia gigante. —Suelta una carcajada—. Y después se pondrá a llorar del susto.

Pero quién se ha creído esta.

Le doy un vistazo a Lantana, que ha escondido la cara detrás de su melena y tiene las manos apoyadas en la mesa como si intentara aguantar todo su peso con ellas.

—Cuidado —digo sin alzar la voz y con el tono más amenazante que puedo.

Todas se giran hacia mí y yo avanzo en dirección a Vitalba con la daga en la mano.

—No vaya a ser que al concentrarte tanto en burlarte de las demás descuides tus estudios y la becada quede por encima de ti.

—Por encima de ti seguro —dice con una sonrisa ladeada.

Giro la daga en la mano.

—¿Es un reto?

Alza las cejas.

Pienso en un hechizo sencillo que me sepa de memoria y que me pueda servir para atacarla. Sonrío de medio lado al dar con él. Empiezo a pronunciarlo, moviendo las manos sin dudar, y unos segundos después ella hace lo mismo. La profesora nos grita, pero ninguna de las dos le prestamos atención.

El suelo de madera a mi alrededor empieza a partirse y una nosencia oscura que parece un montón de astillas enormes va apareciendo junto a mí.

La piel de Vitalba se vuelve más blanca con cada palabra que pronuncio, gotitas de agua salen de su cuerpo y caen al suelo, a la vez que una nosencia casi transparente empieza a formarse a sus pies.

No dejo de repetir las palabras mientras Vitalba intenta hacer lo mismo, hasta que cae desmayada al suelo. Clavo la daga en la nosencia de madera. Antes de desaparecer, me roza, y un escalofrío me recorre de la mano a los pies. Sin pararme un segundo, lanzo el arma y destruyo la masa de agua que se acercaba despacio hacia el cuerpo de mi compañera.

El silencio pesa, y solo se oyen las respiraciones aceleradas de todas.

La profesora tarda tanto en reaccionar que estoy a punto de decirle algo.

—Al despacho de la directora —dice al fin señalando la puerta con una expresión descompuesta.

Antes de salir la veo agacharse junto a Vitalba. Mientras Octavia y Gala me miran con hartazgo. Sí, no ha sido mi mejor idea.

Echo un vistazo a Lantana, esperando la misma cara de terror que tenían las demás. Pero me encuentro con su ceño fruncido y una expresión ¿divertida? en los labios.

Salgo de clase antes de que la profesora me dé otro grito.

Cuando entro al despacho de Berta, me recibe con una mirada de cansancio que no sé si se debe a mí o no. Bajo los ojos sigue teniendo esos dos pétalos oscuros, más pronunciados si cabe.

—¿Qué ha pasado? —pregunta con un suspiro.

—¿Por qué tiene que pasar algo? Igual solo vengo a verte —digo con mi sonrisa más inocente.

Pero a ella no la puedo engañar. Me mira sin decir palabra, con las cejas alzadas.

—He deshidratado un poco a Vitalba —digo sentándome en una de las sillas frente a ella.

Berta se queda mirándome impasible, como si no hubiera acabado de entender lo que he dicho.

—¿La razón? —pregunta al fin.

Me remuevo en la silla.

—Se ha metido con Lantana.

Berta arruga un poco los labios y, para cualquier otra persona, parecería que está enfadada, pero yo sé que, en realidad, intenta aguantar la sonrisa.

—Adelante, ríete de mí, me lo merezco.

Mi hermana niega con la cabeza y relaja los labios.

—Lo sabía.

Me cruzo de brazos y me echo atrás apoyándome en el respaldo de la silla.

—La muy gilipollas se ha burlado de Lantana y va y me dice que quedará por encima de mí.

—Y claro, tú has tenido que defender tu orgullo.

—Igual me he pasado, pero ella ha destruido propiedad de la academia, que tendrías que ver cómo ha quedado el suelo del aula.

Berta suspira.

—¿Por qué no ha venido ella también?

—Creo que la profesora ha pensado que mejor llevarla primero a la enfermería, por lo de que se ha desmayado y eso.

Mi hermana coge aire y lo suelta, despacio.

—No podrás salir de la academia en lo que queda de mes.

Me encojo de hombros.

—Tampoco pensaba hacerlo.

—Es más interesante lo que hay dentro, ¿no? —Me sonríe divertida—. En tu habitación, concretamente.

Le hago una mueca y ella se ríe con ganas.

—En serio, intenta no meterte en líos —dice pasándose una mano por la cara —. Te quiero mucho, pero no puedo gestionar ni un problema más.

Parece haberse echado siete años encima desde que empezó el curso.

—¿Qué te pasa este año? El pasado no ibas tan agobiada.

Se recuesta en la silla.

—El Consejo de Nohabe quiere que el sistema de becas sea competencia regional, creo que para quitarlas, por lo que he conseguido averiguar.

—Pues ya podían haberlo hecho antes.

Berta arruga los labios, pero esta vez no es porque le divierta.

—Álex, las becas no pueden desaparecer, al contrario, deberían extenderse, deberíamos becar a más alumnas.

La he escuchado discutir sobre esto con nuestra familia suficientes veces como para saber que defenderá el derecho de todas a tener la mejor educación. Siempre ha sido así, cuando empezó a tener esas ideas tan distintas a las que nos han inculcado desde pequeñas ni siquiera conocía aún a Carlota.

—De todas formas, aunque consiguieran que fuera competencia regional, la gente no va a permitir que las quiten —digo.

Berta apoya la cabeza en la mano, pensativa.

—Puede que las reduzcan, o que solo cubran hasta el nivel intermedio, que las eliminen en el superior… No lo sé, pero algo harán, seguro.

—Vale, pero ¿eso qué tiene que ver contigo?

—He pensado redactar un informe —dice poniendo delante de mí un taco de papeles—. Cuando el Consejo haga la petición, presentaré un recurso explicando por qué el sistema de becas es necesario y debe ampliarse.

Aunque no sé si estoy de acuerdo con ella, no puedo evitar sentirme orgullosa por la forma que tiene de defender lo que piensa. Incluso creo que eso que siento en el fondo es envidia, porque sé que yo no podría hacerlo.

—Entonces estás haciendo tu trabajo y esto. —Berta asiente—. ¿Y por qué no le das más responsabilidades a tu ayudante? Que haga algo, que no la veo nunca en su sitio.

Baja la vista y se alisa el chaleco.

—En realidad le he quitado responsabilidades.

La miro sin comprender.

—Lo hace todo mal y estoy segura de que es a propósito. —Levanta la vista con los ojos tristes y agotados—. Me cuesta más solucionar sus meteduras de pata que hacerlo todo yo.

Ahora entiendo su aspecto.

—Eso no puede ser, Berta.

—No le caigo bien, y no puedo hacer nada contra eso.

—No puedes hacerlo todo tú sola.

—En cuanto termine el informe estaré mejor.

La miro sin creerme sus palabras.

—Avísame si necesitas ayuda, por favor.

Asiente, aunque no termino de confiar en que me haga caso, por esta vez lo dejo pasar.

—Anda ve a clase y, por favor, no intentes matar a nadie.

—Lo tenía controlado.

Lo que no tengo tan controlado es cómo me siento cuando Lantana está cerca. ¿De verdad era necesario deshidratar a una compañera de clase?

Anoche me quedé dormida antes de que Lantana volviera a la habitación. Y cuando me he despertado, ella aún seguía en la cama. No hablamos hasta que sale del baño.

—He sacado estos planos de la biblioteca.

Al final he decidido que igual lo mejor es que deje de ir en mi propia contra y me he justificado con que prefiero desviar su atención a esto antes que a lo que pasó ayer.

Lantana frunce el ceño, pero se acerca al escritorio.

—¿Dejan sacar planos de la biblioteca?

—Si te los escondes bien, sí. —Me encojo de hombros.

Pone los ojos en blanco y yo intento disimular una sonrisa.

—He pensado marcar los puntos donde hemos visto las nosencias —digo desplegando el de la planta baja—, así podemos ver si hay alguna zona cerca común. No han estado mucho rato paseándose, porque nadie se ha dado cuenta, así que todas las debemos haber visto cerca del origen.

Saco el bote de tinta rojo del cajón de mi escritorio y oigo un bufido de Lantana que ignoro.

—La de la torre de las profesoras. —Dibujo una x en el sitio donde nos atacó el otro día.

—El pasillo que va del aula de Magia Core a la nuestra. —Lantana señala un punto en el plano y hago otra x.

—También el que va del gimnasio a la planta baja. —Dibujo otra marca—. Y entre las habitaciones de las profesoras y las nuestras.

Nos quedamos unos minutos observando los planos. Todas han aparecido en la planta baja y la primera.

—Puede ser una profesora —dice Lantana señalando la última que vimos—. Son quienes más fácil lo tienen para moverse con libertad sin que nadie sospeche.

—Pero, ¿por qué va a querer una profesora viajar en el tiempo?

—¿Para verse a sí misma dando clase?

—Si eres graciosa y todo, Lantana.

Sonríe un poco.

—Sigo creyendo que es una alumna.

—Una becada, es lo más lógico.

—No lo es. —Me mira con una mueca.

—Da igual, sois pocas, podemos empezar por ellas, no nos puede llevar mucho tiempo descartarlas.

—Si era una alumna, ¿qué hacía en el pasillo de las profesoras, tan lejos de las aulas y de nuestras habitaciones?

—¿Qué hacíamos nosotras?

Lantana suspira y asiente.

El reloj empieza a dar la hora.

—No, no, vamos a llegar tarde —dice mientras coge el cuaderno, dos libros y el estuche con la pluma que le di.

Hago lo mismo, pero con la tranquilidad que me da llegar siempre tarde. Que nadie espere que sea puntual es una ventaja. Que nadie espere nada mejor de mí es un descanso.

Salimos de la habitación. Cuando Lantana empieza a caminar en dirección a las escaleras, la cojo de la manga y la estiro hacia el lado contrario.

—¿Qué haces? —pregunta sin resistirse mucho.

—Conseguir que no lleguemos tardísimo.

Sorprendentemente no se queja.

Bajamos rápido unas escaleras que han conocido mejores años, corremos por un pasillo en el que las luces parpadean y llegamos a la puerta del aula justo un minuto pasada la hora.

Noguera nos mira con el ceño fruncido.

—Preferiría que cada una cogiera de la otra las características positivas, no las negativas.

Intento reprimir la risa mientras voy hacia nuestros pupitres. Cuando nos sentamos veo a Lantana roja como la flor de Lureida.

—Vente a comer con nosotras —susurro—. Igual nos pueden ayudar Octavia y Gala.

—¿Y si son ellas? —pregunta abriendo el cuaderno sin mirarme.

Resoplo.

—No tienen tanta energía como para maquinar todo esto.

Capítulo 24

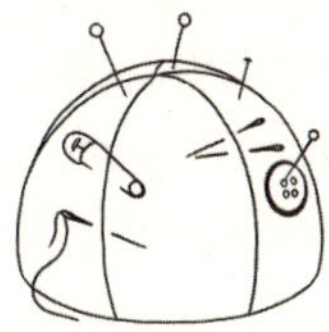

Diana

Por fin hemos podido probar el nuevo restaurante abierto en la avenida principal de Nohabe. […] Durante los primeros minutos fue incómodo estar comiendo junto a una nosencia de agua de la que solo nos separaba un cristal, pero una vez te acostumbras, es curioso ver cómo la nosencia se mueve e intenta alcanzarte.

El noticiario de Nohabe, n° 47.965

—Me apuesto el bizcocho del desayuno de mañana a que termino antes que tú.

Por primera vez en clase de Core nos hemos sentado juntas. Y no puedo evitar sentir un poco de miedo por dónde está yendo esto, a la vez que disfruto de cada segundo.

—Sabes que soy mejor que tú con estos hechizos —respondo.

—Eso ya lo veremos.

Sonríe con superioridad y empieza a pronunciar las palabras. Sin perder un segundo, yo también lo hago. Me concentro en la calma que siento ahora mismo, en la sensación de comodidad. Descarto el miedo, que pierde fuerza a cada momento.

El brazo del candelabro que está torcido empieza a enderezarse. Regulo la energía de manera que el proceso es más lento, pero puedo controlarlo mejor. A la vez que vuelve a su forma erguida, alrededor de ese punto donde estaba doblado aparece un poco de óxido que se va extendiendo por el metal.

Cuando termino, el candelabro está perfecto, excepto por esa pequeña mancha que no llega a dos centímetros. Observo el de De La Encina, que tiene una marca bastante más grande.

Con la mirada puesta en el mío, aprieta los labios y suelta el aire por la nariz.

—No sé cómo lo haces.

Me encojo de hombros.

—No te voy a contar mis secretos, para una cosa que se me da mejor que a ti.

—Lo entiendo —asiente derrotada.

La miro de reojo mientras hace el siguiente hechizo. Esta es una de las asignaturas en las que lo debería tener un poco más fácil que ella y sí, ahora es así, pero no hay tanta diferencia como en Mense, donde yo aún sigo haciendo hechizos de primero. Es tan difícil que pueda superarla, que pueda superar siquiera a cualquiera de las demás, que no sé si vale la pena el esfuerzo.

Recojo mis cosas con toda la tranquilidad de la que soy capaz y me acerco a la mesa del profesor. Espino no me mira, ni hace ninguna señal de haberse dado cuenta de que estoy frente a él.

Carraspeo.

—Hola, profesor.

Hace un casi imperceptible asentimiento de cabeza sin mirarme.

—Quería preguntarle sobre los exámenes. —Hago una pausa de unos segundos en la que solo se oye el rasgueo de su pluma contra el papel—. Estoy teniendo alguna dificultad para ponerme al día con esta asignatura. Y quería saber si cabría la posibilidad de, más adelante, hacer un examen de recuperación.

—Con esa actitud no llegará muy lejos, Lantana.

Reprimo las ganas de soltar un bufido.

—Mi intención es esforzarme en sacar los exámenes de este semestre, pero quería saber si existía esa opción en caso de que no pueda o de que la nota no sea la que necesito.

Ahora sí, levanta la cabeza y me mira con esos ojos pequeños detrás de las gafas que le caen por la nariz.

—¿Necesita? —pregunta—. ¿Para qué?

¿Qué pasará si le digo que quiero acceder al Consejo? ¿Eso es lo que le pasó a mi hermana?

—Para optar a un buen puesto de trabajo —digo mientras arrugo la manga del jersey entre los dedos—. Preferiría no estar en los últimos puestos de la lista.

Espino entrecierra los ojos.

—Yo no hago exámenes de recuperación. —Vuelve la vista a sus papeles—. No doy segundas oportunidades.

Ni que lo digas.

—¿Hay opción de revisar los ordinarios? Así podría ver los errores y me sería más fácil avanzar para los siguientes.

—Con las explicaciones que doy en clase debería ser suficiente, si al ver su nota no sabe qué errores ha cometido en el examen me temo que este no es su sitio.

No me había dado cuenta de que estaba en la escuela de adivinación.

—Vale, muchas gracias.

Por nada.

El profesor no vuelve a levantar la cabeza ni a hacer ningún gesto.

¿Tendrá esa actitud con todas o solo con las becadas? De todas formas, está claro que no se lo puso fácil a mi hermana. Si de verdad le puntúo peor en los exámenes de lo que debía, a mí me va a hacer lo mismo.

—¡Subimos el contador general a tres muertes!

Es un poco siniestro que Gala parezca de verdad divertida con esto.

—Solo te alegras tanto porque no tendréis que llevarme al restaurante —dice Octavia señalándola con el tenedor.

—¿Cómo ha sido esta vez? —pregunta De La Encina.

—Unas de quinto. Querían copiarse los recuerdos, lo que había estudiado una pasarlo a la otra, así solo tenían que estudiar la mitad de las asignaturas cada una.

Me meto en la boca otra cucharada de lentejas para disimular la cara de horror que debo tener. Creo que nunca me acostumbraré a estas muertes tan estúpidas.

—Nada de nosencias de tiempo, ¿no? —pregunta De La Encina mientras juega con las lentejas de su plato.

Gala niega con la cabeza masticando un pedazo de pan.

—¿Estás segura de que eran de tiempo? —pregunta Octavia pinchando un trozo de piña.

—Sííííí —responde con cansancio.

—Vale, vale, es que me extraña mucho.

—Tía, ¿no sería que funcionaba mal el reloj ese día? —pregunta Gala.

De La Encina coge aire despacio, las mira con los ojos entrecerrados sin decir nada y vuelve la atención a su comida.

Ninguna de las dos parece sospechosa, pero cabe la posibilidad de que estén disimulando. Están insistiendo mucho en que igual no son de tiempo. Puede que de verdad no lo sean, al fin y al cabo, no tengo ni idea de nosencias, solo la palabra de De La Encina. Igual es cierto que el reloj funcionó mal esos días. Puede que sean ellas las que estén creando nosencias, pero de otro tipo. No. Entonces no intentarían desviar nuestra atención.

¿Qué razones pueden tener para viajar en el tiempo? ¿Más horas para estudiar? No las veo muy preocupadas por eso. ¿Modificar el pasado? No nos daríamos cuenta, ¿no? Pero entonces, podrían, ya que cambian el pasado, destruir a la nosencia antes de que nadie la vea y quitarse líos. ¿Por qué la persona que está viajando en el tiempo no aprovecha para cargarse las pistas que puedan llevar a ella? Me va a explotar la cabeza. Ni siquiera llego a entender bien cómo funciona ese hechizo.

Puede que esa despreocupación de Gala y Octavia sea una fachada. Que en realidad sí les importe ese sitio en el Consejo, que se hayan acercado a De La Encina por interés. Claro, por eso parecen tan despreocupadas todo el tiempo, porque cuando pueden vuelven atrás, se esconden en cualquier sitio y se ponen a estudiar. De esa forma, dan la impresión de que no les interesa y no las vemos como una amenaza. O puede que se me estén enredando los hilos en la cabeza, porque ahora mis pensamientos se parecen bastante a la caja de ovillos de mi abuela.

—¿Vas a ir a casa por Lureida? —me pregunta Octavia.

Niego con la cabeza mientras termino de masticar.

—El billete de tren es caro para estar allí solo el fin de semana y prefiero aprovechar para estudiar.

—Entonces os haréis compañía —dice Gala con una sonrisa dirigida a De La Encina.

Mi compañera de habitación coge una patata de su plato y se la tira a la cara. Gala se la devuelve y empiezan a reír mientras no paran de lanzarse la comida. Octavia las mira con los párpados caídos, como si las diera por perdidas.

Me dan un poco de envidia. Lo bien que se llevan, la forma en la que encajan y se complementan. Si lo pienso bien, yo nunca llegué a tener una relación así con mis amigas.

—¿Ves lo que tengo que aguantar?

Río, y De La Encina se gira con una sonrisa que le marca un hoyuelo en la mejilla izquierda.

—Si sabes reírte.

—Y tú.

Me parece ver un poco de rubor en sus mofletes, pero se gira para mirar a Gala y su pelo hace de barrera entre nosotras.

Un pinchazo en la sien me hace cerrar los ojos. Por un segundo nos veo desde fuera, como si estuviera en la puerta del comedor. Cuando vuelvo a abrir los ojos, ha pasado y solo noto el malestar que me acompaña algunos días.

Nadie se ha dado cuenta, así que sigo comiendo mientras mis compañeras hablan. Solo respondo cuando me preguntan, sin saber muy bien cómo interactuar con ellas. Aun así, ojalá esto pudiera ser para siempre, pero es mejor que no me acostumbre, no quiero que duela cuando termine.

CAPÍTULO 25

ÁLEX

La forma más eficiente de alcanzar el núcleo de una nosencia y destruirlo es utilizar un arma que pueda dañar el tipo de esencia que la ha originado. […] La inviabilidad de alterar el diamante con magia de cualquier tipo hace que este material sea el idóneo para las armas destinadas a la lucha contra nosencias.

DEFENSA CONTRA LAS NOSENCIAS

No me puedo dormir.

Me levanto sin hacer ruido, me pongo las botas, compruebo que la daga está en su sitio y salgo de la habitación. Ojalá supiera volverme invisible. Pero para eso tendría que pedirle ayuda a Lantana, y no es una opción. Una cosa es llevarnos bien y otra admitir que hay cosas que no sé hacer y que se me dan bastante mal. Aunque ya me haya visto cagarla en clase.

Camino con cuidado hacia la torre. Si yo quisiera viajar en el tiempo lo haría en este momento, cuando todo el mundo está en sus habitaciones y, si se me escapara alguna, nadie se enteraría hasta que me diera tiempo a cazarla.

Pero no sé si la persona que lo está haciendo es lo suficientemente inteligente como para llegar a esa conclusión, porque parece hacer el hechizo cuando le va bien sin pensar en que la puedan descubrir.

Bajo las escaleras de la torre hasta la planta baja. No hemos llegado a ver ninguna aquí, pero en esta zona hay habitaciones que no se han usado desde hace siglos.

Paso la primera torre donde están las escaleras y entro en la segunda. Miro alrededor: hay unas cinco puertas en la pared curva. Intento abrir la primera, pero, por supuesto, está cerrada. Lantana sabe abrir puertas. Mierda. Habría sido mejor venir con ella.

Estoy a punto de probar la siguiente, cuando oigo música. Una melodía tranquila, como una nana para dormir. La sigo hasta la puerta que conecta con la torre más pequeña. El pomo gira sin oponer resistencia y abro despacio, pidiendo a Diosa que no hagan ruido las bisagras.

Asomo la cabeza lo justo para ver una fantasma tocando un piano de cola. La sala ocupa toda la superficie circular de la torre. Parece que en algún tiempo fue un salón para fiestas. Sobre los ventanales cuelgan cortinas que en el pasado fueron blancas. Ahora tienen un tono grisáceo y los bajos están deshilachados y arañados, prueba de que las ratas y los gatos las han usado de juguete.

La única luz proviene de la lámpara gigante de araña que cuelga del centro del techo. En algún tiempo las pequeñas luces de las paredes funcionarían, pero ahora son solo hierros viejos y sucios que hacen de hogar a las arañas.

Doy unos pasos para entrar y cierro a mi espalda.

La fantasma no ha debido darse cuenta de que estoy aquí, o le da igual.

Me acerco despacio para no interrumpirla. Lleva un vestido oscuro de manga larga que estaría de moda hace unos cincuenta años. No consigo reconocerla.

La última nota de la canción queda suspendida en el aire.

La fantasma levanta la vista en mi dirección e inclina la cabeza hacia la izquierda.

—Ya veo que por muchos años que pasen las estudiantes siguen teniendo la costumbre de no respetar las normas.

—Yo no...

Mueve la mano como si estuviera espantando un insecto mientras con la otra empieza a tocar una nueva canción.

—Me importa bien poco lo que hagáis ahora, ya no soy directora y no sois mi responsabilidad.

Frunzo el ceño e intento relacionar ese rostro con alguno de los retratos de las antiguas directoras.

—Eres Imelda del Olmo.

La fantasma asiente sin levantar la vista de las teclas. Ahora tocando con más fuerza, moviéndose más rápido.

—Y tú eres una De La Encina. —Se mueve a la vez que lo hacen sus manos—. Una de las que no sigue la partitura.

—¿Cómo...?

—Tienes esa mirada, todas la tenéis, aunque algunas no queráis seguir el camino que vuestra familia os ha orquestado.

—Si lo dices por lo del Consejo, estoy aquí para eso, ya estoy en los estudios superiores.

Alza un poco las comisuras de la boca, sonriendo sin alegría.

—Estás aquí, pero ¿para eso? —Antes de que pueda responder sigue hablando—. Te pareces mucho a Felisa.

Hago unos cálculos rápidos. Imelda debió estudiar aquí a la vez que nana.

—¿También se daba paseos por la academia de noche? —pregunto.

La fantasma sonríe un poco más.

—Por el invernadero, concretamente.

Me río imaginándomela.

Mientras la observo tocar con una energía que no parece propia de una persona de su edad, se me ocurre que puede que ella sepa algo.

—¿Has visto a alguien hacer hechizos de tiempo?

Me echa un vistazo antes de volver la mirada a las teclas.

—Las fantasmas oímos muchas melodías.

Cuando creo que ya no va a decir nada más, sigue:

—A veces pasamos por alto las notas más obvias por no plantearnos siquiera ese acorde.

Cuanto más viejas son las fantasmas más les gustan los acertijos.

—Si sabes algo, por favor, dímelo. Es muy peligroso y no quiero que mi hermana tenga que enfrentarse al Consejo porque alguien no tiene dos dedos de frente.

Imelda sonríe triste.

—No es mi papel decírtelo. Lo que sí te puedo aconsejar es que tengas en cuenta todas las notas, aunque compongan la melodía que peor suene.

Sigue tocando sin mirarme y sin añadir nada más. Si no tengo ninguna sospechosa, quien menos me imagino es toda la academia. Puede que quiera decir que es una profesora, es a las primeras que descartamos Lantana y yo. Pero no tiene sentido.

Imelda termina la canción y se levanta de la butaca. Camina hacia mí.

—Siempre te han dicho que no te esfuerzas suficiente.

Frunzo el ceño y asiento.

—Pero ¿deseas hacerlo? ¿De verdad es eso lo que te haría feliz?

Sonrío confusa por el cambio de tema.

—Claro, ¿quién no quiere que su familia esté orgullosa de ella?

—La que sabe que no sería feliz solo con eso.

Algo dentro de mí se retuerce. Odio a las fantasmas ancianas, parece que te lean el interior.

—Seré feliz cuando mi familia esté orgullosa de mí.

—¿Lo serás?

—Sí —digo con una seguridad que no siento.

Imelda asiente.

—Es hora de que vuelvas a tu habitación, pero antes, recuerda que el miedo no es una buena tonalidad para componer melodías.

La miro con los ojos entrecerrados. Si traducimos las metáforas, son las mismas palabras que me dijo nana.

Se da la vuelta, camina hasta sentarse otra vez frente al piano y vuelve a tocar la canción que he escuchado al principio.

Capítulo 26

Álex

Las vacantes laborales se anunciarán un mes antes del fin del curso académico. Optarán a ellas todas aquellas estudiantes que finalicen sus estudios superiores en dicho curso académico. [...] Las estudiantes elegirán la vacante por orden de calificación final. Las estudiantes de la academia raíz de cada región tendrán prioridad para ocupar las vacantes de sus regiones correspondientes.

Edicto 7/1782 de empleo. Nación de Ajione

Llamo a la puerta, y entro sin esperar a que me responda. Berta está sentada con los codos apoyados en el escritorio y la cara entre las manos, que las aparta al oírme abrir.

—Tienes una pinta horrible —digo sin poder evitarlo.

Se le dibujan unas ojeras que no se las había visto ni en los últimos exámenes del último curso. Parece que lleve tres días sin dormir.

—Vas a llegar tarde a clase otra vez —dice cogiendo los papeles sobre los que estaba apoyada para hacer un montón con ellos.

—Voy bien. —Miro el reloj de la pared. Cinco minutos—. Me ha llegado una carta de madre y padre.

Berta hace una mueca.

—Quieren comer conmigo el domingo.

Al leerla esta mañana casi me pongo a dar saltos por toda la habitación, pero he conseguido mantener la compostura y no parecer un cuadro delante de Lantana.

Nunca me han gustado las comidas en familia el fin de semana. Cuando mis hermanas aún estudiaban, solo comentaban lo bien que iban, lo orgullosas que estaban de ellas. A veces hablaban de mí para decir que no me esforzaba lo suficiente. Pero esta vez solo estaré yo. Mi madre, mi padre y yo comiendo mientras hablamos de lo bien que me está yendo a mí y lo contentas que están conmigo.

—¿Qué día es hoy? ¿Jueves? —pregunta.

Asiento.

Se pasa una mano por la cara.

—No te hagas ilusiones, Álex.

Berta cuando quiere es la alegría de la huerta.

—Va a ir genial porque no estaréis mis hermanas perfectas para quitarme protagonismo.

Se recuesta en la silla con los brazos apoyados en los reposabrazos. Parece que se va a deshacer en cualquier momento y va a caer con los huesos desmontados.

—Sea lo que sea lo que te pidan, Álex, piénsalo bien.

La miro confundida.

—¿Pedirme qué?

Se aparta los mechones de pelo de la cara e intenta engancharlos detrás de las orejas, pero son demasiado cortos y vuelven a escapar.

—Madre y padre son miembros del Consejo y, a veces, para conseguir sus objetivos piden ayuda.

—No creo que me pidan ayuda a mí —digo alzando las cejas.

Una cosa es que estén contentos de que haya seguido estudiando y otra que confíen en mí para nada.

—De todas formas, si me pidieran algo, sería bueno —digo inclinándome hacia delante.

Berta cierra los ojos y niega con la cabeza.

—Que no te cieguen las palabras bonitas, Álex, por favor.

Al abrir los ojos veo tanta preocupación en ellos que me asusto.

—Vale —digo casi susurrando.

Vuelve a ponerse derecha y coge uno de los archivadores que abarrotan su mesa.

—¿Qué tal con Diana? —pregunta.

—Bien…

—Sabía que os acabaríais entendiendo —dice con una sonrisa cansada.

—No he dicho que nos llevemos bien.

—¿Cómo llamas a lo de dejar medio muerta a una compañera de clase porque se rio de ella, entonces?

Hago una mueca.

—Tienes razón, igual no os lleváis bien, puede que sea otra cosa…

Suspiro.

—Gala, Octavia y tú os podríais ir las tres a recolectar estramonio.

Se ríe y al hacerlo me fijo en que parece casi un fantasma, tan delgada y con la piel blanca de no haber visto el sol en semanas.

—¿No puedes pedir que te envíen a otra persona para ayudarte? —pregunto preocupada.

—Tendrían que crear un nuevo puesto de trabajo, y no van a hacerlo, no es que sea la persona favorita del Consejo. —Suspira—. Me dan ganas de hacer como la anterior directora y pasar de todo.

—Lo estás haciendo genial, desde que estás tú, aún no he oído gritarse a Noguera y Espino. —Camino hacia la puerta—. Creo que si sigues así conseguirás que se saluden por los pasillos.

Berta ríe un poco y niega con la cabeza.

—Ve, anda, llegas tarde.

Me despido con la mano y salgo corriendo.

CAPÍTULO 27

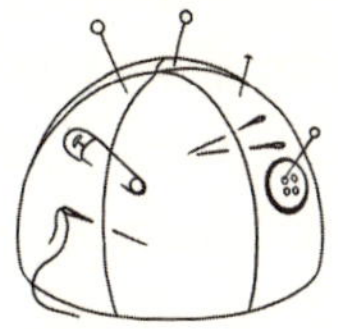

DIANA

Minerva llamó Diana a su segunda hija. [...] Relegada a la sombra de la primogénita, Diana quiso demostrar su valía. [...] El hechizo se descontroló, la tierra se alzó y creó la cordillera que separó para siempre Ajione del resto de la tierra firme.

LIBRO SEGUNDO DE LAS ANTIGUAS ESCRITURAS

Es un hechizo sencillo, los cálculos son fáciles. Lo hacen las niñas en el primer año. No debería salir mal. Es el mismo que no llegué a terminar en la clase anterior.

Pensé que de verdad iba a matar a Vitalba. No puedo negar que es lista. Usar un hechizo para mover el agua, que requiere poquísima energía y que, con los cálculos correctos, puede crear una nosencia pequeñísima. Y que, además, hace más daño que cualquier otro, como el de destruir el suelo que usó Vitalba. Intento disimular una sonrisa.

Tampoco voy a negar que me asustó, pero una parte de mí se sintió tranquila, protegida. He estado intentando evitar pensarlo porque me hace sentir tan vulnerable que me dan ganas de echar a correr. Ha pasado tanto tiempo desde la última vez que bajé la guardia, que confié en alguien, que el corazón da puntadas enfurecidas con el solo recuerdo de De La Encina defendiéndome.

La profesora está explicando algo al resto de la clase. Algo que me estoy perdiendo y que necesito saber para los exámenes, pero que no puedo aprender sin controlar antes lo básico.

Me gustaría poder hablar con Carlota. Saber qué hizo ella, cómo se puso al día. Cierro los ojos con fuerza. Seguro que Berta la ayudaba.

Fijo la vista en el trozo de tela que tengo delante. Solo necesito coser el desgarrón. Eso debería crear una nosencia de no más de cinco centímetros.

Inspiro. Empiezo a recitar el hechizo moviendo las manos despacio, dejando salir la menor cantidad de energía posible, concentrándome en cada palabra y asegurándome de no equivocarme en la pronunciación.

Una nosencia empieza a aparecer junto al trozo de tela. Nada más terminar el hechizo empuño la daga y la clavo en la mota que ya empezaba a moverse hacia el borde de la mesa.

Ahora en vez de un desgarrón hay unos hilos débiles que unen las dos partes de la tela, como si estuviera a punto de romperse. Al menos no he creado una nosencia gigante. Pero no puedo evitar sentirme decepcionada. Noto la rabia que me bulle en el estómago por no poder hacer un hechizo sencillo.

—Casi —dice De La Encina divertida.

Toma la tela y la alza en el aire para observarla.

—Estaba ya preparada por si tenía que volver a salvarte de tu propia nosencia. —Me enseña el arma que lleva en la mano derecha.

El corazón me late más rápido. El primer día fue ella. Ella lanzó la daga para destruir la nosencia de cristal. Darme cuenta de eso hace que la quemazón que siento en el estómago se extienda hasta el pecho. ¿Cuántas veces me ha salvado ya? No quiero. Y siempre con esa sonrisilla. Creyéndose mejor que yo. Cuando parece que todo va bien, saca a relucir esa superioridad que me recuerda que no debería confiar en ella, que ser amigas no nos va a llevar a ningún sitio. Que por mucho que me apetezca apartarle el mechón de pelo que le cae sobre los ojos es una grandísima mala idea. Y que lo más probable es que se vuelva a reír de mí.

Clavo la daga en la mesa con fuerza, me levanto y salgo de clase sin mirar atrás.

Tía Petra me pone delante un plato de sopa, una manzana y un flan.

Cojo la cuchara y empiezo a dar vueltas a los tropezones. He venido aquí porque no sabía dónde ir y echaba mucho de menos mi casa. Pero no tengo hambre.

—Te sentará bien comer algo caliente —insiste mi tía.

Me meto una cucharada en la boca. La verdad es que tiene razón.

Me termino la sopa despacio mientras las cocineras preparan todo para servir la comida.

Las observo moviéndose de un lado a otro. Conocen tan bien lo que tienen que hacer que sus movimientos son casi automáticos. De primeras parece caótico, pero, si me fijo, está todo organizado, cada una con sus tareas y bien coordinadas.

Podría tener un trabajo así. Ahora mismo podría renunciar a mi beca, volver a casa y buscar un trabajo que solo requiera de mí aprender a hacer las tareas que me toca. No necesitaría magia, ni cálculo, ni lidiar con personas que se creen superiores y que no pierden oportunidad en demostrarlo.

Muerdo la manzana mientras sigo mirando cómo cogen las bandejas de comida y las sacan al comedor.

—¡Hola, Petra!

Me giro hacia la puerta. ¿En serio?

De La Encina camina en dirección a mi tía, que la saluda y le señala la mesa donde estoy sentada. Cuando me ve, alza las cejas. Avanza hacia mí y se sienta en la silla que hay enfrente.

—No sabía que te escondías aquí —dice como si no se acabara de burlar de mí hace unos minutos.

No le respondo, sigo comiendo sin mirarla.

Mi tía le pone la misma comida que a mí delante.

—Los dos últimos flanes. No sé qué pasa desde hace más de un año que no deja de desaparecer comida —dice antes de irse a seguir con su trabajo.

Haber venido aquí para esconderme y tener que compartir espacio con mi compañera de habitación debe ser una broma de Minerva.

—¿De qué conoces a Petra? ¿Sois del mismo pueblo?

—Es mi tía —respondo cortante.

—Oh. —Abre mucho los ojos y después sonríe de medio lado—. No lo parecéis, con lo maja que es ella y lo borde que eres tú.

—¿Yo? —pregunto clavando los ojos en los suyos—. Yo soy borde.

Levanta la mano y junta los dedos índice y pulgar.

Bufo. No entiendo cómo puede estar así, de broma, como si la situación fuera divertida. Para ella lo es, ¿no? Debe ser divertidísimo reírse de la becada que no sabe hacer un simple hechizo. Un día me defiende y al siguiente es ella la que se mete conmigo.

—¿A qué ha venido lo de antes? —pregunta dejando la cuchara en el plato y apoyando los codos en la mesa—. ¿Te pasa algo conmigo?

La miro esperando que me diga que es broma. Tiene el ceño fruncido, como si estuviera intentando descifrar un acertijo.

—Hace un momento te has burlado de mí en clase.

—No me he burlado de ti.

—¿Y qué pretendías con lo que me has dicho? —pregunto dejando lo que queda de manzana en el plato con demasiada fuerza.

—Era una broma. —Sonríe confundida.

—Una broma sobre algo que se me da mal. —Me cruzo de brazos—. Hasta donde yo sé, eso es burlarse de alguien.

Se remueve en la silla.

—Vale, no… lo siento, solo quería quitarle hierro a la situación.

La miro sin entender.

—¿Por qué?

—No lo sé. Creía que…

Nos observamos durante unos instantes que se alargan como horas. El corazón me retumba en el pecho y hace que los ruidos de las cacerolas queden en un segundo plano.

—¿No os vais a terminar la comida?

La voz de mi tía nos devuelve a la realidad.

Asiento y cojo el flan y la cuchara. De La Encina sigue con la sopa.

El silencio que nos rodea ahora pesa tanto que parece que aplasta el aire a mi alrededor sin permitir que pueda respirar bien.

Cuando termino, apilo todos los platos y dejo los cubiertos encima.

—Te puedo ayudar —dice De La Encina justo antes de levantarme—, si quieres.

No me está mirando, tiene la vista clavada en la manzana, a la que da vueltas como si estuviera decidiendo por donde morder primero.

—No necesito tu ayuda —digo brusca.

Veo que hace una mueca. Cojo los platos, los dejo en el fregadero, me despido de mi tía con la mano y salgo de la cocina.

No la necesito para nada, ni para sacar buenas notas, ni para que me salve de nosencias. No la necesito de la misma forma que no he necesitado a nadie estos últimos años. No quiero confiar en ella, pensar que estará ahí cuando la necesite y que un buen día decida que ya no le apetece. Tuve bastante cuando me dejó de lado Carlota y cuando lo hicieron mis amigas. He aprendido la lección. No vale la pena confiar en nadie que no sean mis madres o mis hermanas pequeñas, nadie más se va a molestar en esforzarse por mantenerse a mi lado.

Capítulo 28

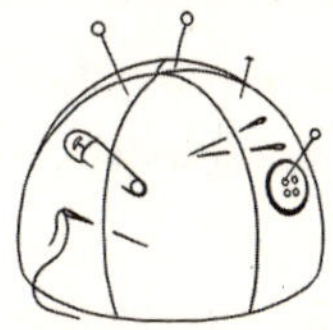

Diana

Varias investigaciones han demostrado que, en general, la magia no afecta a las fantasmas. Lo que no está tan claro es por qué. ¿De qué están compuestas las fantasmas? Si tuviéramos respuesta a esa pregunta, probablemente pudiéramos llegar a conclusiones más precisas.

Excepciones de la magia y otras curiosidades

Salgo de la habitación cuando todas están cenando. Bajo a la primera planta y me vuelvo invisible. Dudo, ¿en qué torre estaba la habitación de Espino? Tardo unos segundos hasta que consigo hacer memoria de la puerta que me indicó De La Encina el otro día. Y, aun así, no estoy del todo segura.

Llego a la que creo que es su puerta y pido a Minerva que sea la correcta.

—¡Hola!

Doy un salto. Me giro hacia donde viene la voz y Hugo me sonríe.

—No vuelvas a hacer eso —digo intentando recuperar el ritmo normal de respiración.

—Es divertido.

Bufo.

—Ya.

Estoy a punto de abrir la puerta cuando me doy cuenta de que Hugo lo sabe todo sobre la academia.

—¿Esta es la habitación de Espino? —le pregunto.

El fantasma señala la de al lado con una sonrisa.

Gracias, Minerva.

Saco los ganchos y abro sin problema. Al entrar, dejo pasar a Hugo y cierro. Deshago el hechizo y miro confusa al fantasma.

—¿Me veías?

—No exactamente. —Se encoge de hombros—. Te sentía.

—Vale, da igual. —Sacudo la cabeza—. ¿Me quieres ayudar?

Hugo asiente con una sonrisa.

—Busco alguna prueba de que hay gente que quiere impedir a toda costa que las becadas lleguemos al Consejo.

—Claro que hay.

—¿Cómo que claro? ¿Por qué no me lo dijiste el otro día?

Hugo inclina la cabeza hacia un lado.

—Pero si el otro día estabas buscando exámenes.

—Claro, para comprobar si este profesor estaba puntuando bajo a propósito.

—Ah, era por eso. —Camina hacia el escritorio. Juraría que está haciéndose el despistado—. Pues claro, si no, ¿cómo crees que lo consiguen?

Cierro los ojos y respiro hondo.

—Vale, cuéntame lo que sabes y, mientras, vamos a buscar alguna prueba.

Miro alrededor, pero no hay ningún sitio donde esconder cosas. Es prácticamente igual que nuestra habitación, solo que individual.

Me acerco a Hugo, que está sacando papeles de los cajones del escritorio.

—El Consejo de Nohabe no quiere plebeyos en sus sillas —empieza a contar—. Por eso quieren quitar las becas. Y las profesoras que están de acuerdo con eso les ayudan. Como Espino o Juárez.

Descarto los papeles que parecen personales en un montón.

—Con la directora anterior era más fácil para ellas, pero Berta De La Encina no está de acuerdo con hacer trampas, así que desde el curso pasado lo tienen un poco más difícil. Supongo que tuvieron suerte de que el becado que se graduó ese año no estaba entre los mejores.

Una de las cartas que me tiende Hugo está escrita con el papel que utilizan en el Consejo: con la marca de agua en la esquina superior derecha; dirigida al profesor. Y con una fecha cercana a la que se graduó mi hermana.

Estimado don Eulogio Espino:

Le agradecemos su inestimable ayuda para evitar que personas indignas lleguen a las sillas del Consejo.

Aun con todos sus esfuerzos, la estudiante Lantana ha conseguido su plaza. A partir de aquí nos encargaremos nosotras de gestionar la situación.

Esperamos que no vuelva a ocurrir.

Consejo de Nohabe.

Le hicieron algo. Cuando llegó al Consejo debieron decirle o hacerle algo para que no aceptara la plaza. Esta es la prueba que necesitaba.

Hugo ha dicho que a Berta esto no le parece bien. Le enseñaré la carta. No sé si podrá hacer algo, pero lo tengo que intentar.

—Con esto es suficiente, Hugo —digo antes de que siga sacando papeles.

Los volvemos a guardar, intentando dejarlos como estaban. Me hago invisible y salimos al pasillo. Cierro la puerta con los ganchos.

—Avísame siempre que tengas que investigar —dice con una sonrisa de oreja a oreja—. Esto es más divertido que vagar por la habitación donde morí.

No lo dudo, pienso antes de despedirme de él y caminar hacia las escaleras. Al salir al pasillo que conecta las dos torres, veo una nosencia. El hechizo de invisibilidad se deshace a la vez que la respiración se me acelera y pierdo la concentración.

Es muy parecida a la del otro día. Está parada junto a la puerta que va a la sala de la torre pequeña, al lado de la zona de descanso de las profesoras. No llevo ninguna daga y, aunque la llevara, ¿qué iba a hacer con ella?

La nosencia empieza a moverse. Salgo corriendo antes de que se gire y me ¿vea?, ¿sienta?

Cuando llego a la habitación, De La Encina aún no está. Mierda. Aún están cenando. No tenía que haberme ido, debía haberme escondido y vigilarla, esperar a ver si iba alguien a destruirla.

Saco fuerzas, no sé de dónde, y vuelvo a bajar. Llego a las torres de la primera planta sin aliento. Intento volver a hacerme invisible, pero no consigo calmarme lo suficiente para centrarme.

Desisto. De todas formas, deben estar en el comedor aún. Recorro las tres torres, pero no veo nada. He perdido la oportunidad.

Voy a la planta baja, por si la nosencia ha llegado a bajar por las escaleras. La gente empieza a salir del comedor y a subir a las habitaciones. Si estuviera aquí, ya se habrían oído gritos. Camino hacia la zona de debajo de las escaleras principales para recuperar la respiración antes de tener que subir al quinto piso otra vez.

—¡Joder! —Oigo una voz a mi izquierda.

—¿De La Encina? —pregunto.

Está en cuclillas, pegada a la pared. Se pone de pie rápido.

—¡Joder! — Vuelve a decir al darse en la cabeza con la parte baja de la escalera.

—¿Qué haces aquí?

—Espiar.

—¿A quién? —Miro alrededor.

Desde aquí se puede ver sin problema la puerta del comedor, de la biblioteca y la entrada a la academia. En cambio, a nosotras debe ser difícil vernos, porque ninguna lámpara ilumina la zona de debajo de las escaleras.

De La Encina me coge del brazo y tira de mí para que me ponga a su lado. Me agacho un poco para no darme con la escalera.

—Ahí. —Señala a Marco, el becado de segundo.

—¿En serio?

—Pero míralo.

Marco parece cabreado. Está discutiendo con el profesor Espino, que niega con la cabeza una y otra vez y empieza a caminar hacia las escaleras.

—Seguro que lo ha pillado y está intentando que no diga nada —insiste.

—No es él —digo apartando la vista de ellos y alejándome de De La Encina para colocarme en un sitio donde pueda estar erguida sin darme en la cabeza.

—No tienes forma de saberlo —dice girándose hacia mí.

Respiro hondo.

—No es nadie que estuviera hoy cenando en el comedor.

Casi no le veo la cara, pero puedo imaginarme cómo frunce el ceño.

—No estaba en el comedor, acaba de llegar.

Cojo aire.

—Había una nosencia en la zona de las habitaciones de las profesoras.

De La Encina se acerca un poco a mí y consigo distinguir su cara.

—¿Otra vez?

Asiento.

—¿Entonces es una profesora? —pregunta tapándose la cara con las manos.

Me encojo de hombros, pero no me ve.

—¿Qué profesoras faltaban en la cena?

—Juárez y Huerta—responde sin destaparse los ojos.

—No veo qué razones podrían tener ellas para hacerlo, pero podemos estar atentas a lo que hacen.

—Y a Morera, él sí tiene razones —insiste.

Levanta la cabeza de repente.

—¿Qué hacías tú en las habitaciones de las profesoras?

Aparto la vista.

—Nada que te incumba.

Salgo de debajo de la escalera y subo.

—Eh, yo te he contado lo que estaba haciendo —protesta mientras se pone a mi altura.

—Pero lo que estaba haciendo yo no tiene nada que ver con esto.

Subimos en silencio hasta la habitación. Y seguimos así mientras nos ponemos el pijama.

Quiero mantenerme enfadada con ella, pero ni siquiera sé bien por qué. Cuando se me ha pasado el cabreo, me he dado cuenta de que lo había malinterpretado todo, que de verdad parece estar intentando que nos llevemos bien. Pero tengo muchísimo miedo, me da tanto vértigo acercarme a ella y que un día se aleje sin más... Se me escapa el aire de los pulmones cada vez que indago un poco en los sentimientos que se me enredan en el pecho cuando hablo con ella.

—Iba en serio lo de antes. —Oigo su voz detrás de mí.

Me giro. Tiene aún la camiseta en la mano y veo su tatuaje: una planta trepadora con flores de color naranja que comienza en el ombligo y sigue hasta esconderse debajo del sujetador.

Subo la vista a su cara donde dibuja una sonrisa divertida.

—¿El qué? —pregunto intentando centrarme solo en sus ojos.

—Lo de ayudarte.

Esos ojos del color de una tormenta tampoco están ayudando a que me concentre mejor en la conversación.

Al ver que no respondo, sigue hablando:

—Vale, hacemos una cosa —insiste—. Yo te ayudo con Magia Mense y tú me ayudas con Core.

Necesito ayuda, lo sé. Y me vendría muy bien este trato. Lo puedo intentar, ¿no? Acercarme solo lo justo y necesario para no ir perdida en clase. Si veo que se me va de las manos lo dejo. No puede ser tan difícil.

—Vale.

Cruzo los dedos índice y corazón sobre el pecho y De La Encina me imita con esa sonrisa que dibuja un hoyuelo.

Me siento en la silla abrazándome las rodillas y hundiendo el rostro entre ellas.

Creía que estaría bien aquí, pero no puedo con todo, es demasiado, no soy capaz.

Las lágrimas me mojan los pantalones.

Llorar no sirve para nada, me diría mi madre. Y entonces, ¿por qué es lo único que tengo ganas de hacer cada día?

Intento recomponerme. Podría entrar alguien y verme así.

Sería una vergüenza, más de lo que ya lo soy.

Capítulo 29

Álex

Lureida: Bendición.
Nombre que se le da a la festividad dedicada a la diosa Minerva.

Diccionario Prímeo - Común

Sería genial poder sacarme el corazón del pecho, dejarlo encima de la mesa un rato, hasta que se calmara, y después volvérmelo a meter dentro. Así no tendría que aguantar su golpeteo contra mis costillas.

Aunque me lo merezco, por gilipollas.

¿En qué estaba pensando?

Venga, vamos a ayudar a la becada, la que te puede quitar tu futuro. Qué buena idea. Sobre todo, porque parece que cada vez que te acercas a ella el corazón quiere salir por la boca.

Ya he pasado por esto antes y nunca ha ido bien. Unas veces porque solo querían estar conmigo para conseguir algo de alguien, otras porque yo buscaba algo que durara más de dos semanas, y ese tipo de compromiso parece que les da alergia aquí.

Ojalá fuera más como Gala y Octavia, poder estar con alguien unos días sin más. No sentir tanto las cosas. Se me da genial dar esa imagen. Se me da de maravilla parecer quien no soy.

Cada vez me doy más cuenta de que delante de Lantana me cuesta mantener el muro que me protege. Se me olvida y me confío. Cuando me mira no puedo evitar relajarme, y me cuesta horrores no contarle lo que me pasa por la cabeza. No puedo evitar querer ayudarla, aunque eso vaya contra mí misma.

Sigo mirando el techo de la habitación durante lo que parecen horas hasta que los ojos se me cierran por fin y duermo.

Cuando me despierto, Lantana ya está vestida, con una coleta alta más estirada que las hojas de una sansevieria, y a punto de salir de la habitación.

—¿Dónde vas? —pregunto restregándome los ojos—. Aún no han abierto el comedor.

—A hablar con la directora —dice abriendo la puerta.

Los ojos se me abren de golpe. Si va a hablar con mi hermana quiero estar delante. Necesito saber qué es eso que no me está contando.

—¡Espera! —Me levanto de la cama y me tropiezo con las botas.

—No te incumbe lo que voy a decirle.

—Joder, espérame, por favor —digo adormilada mientras me cambio de ropa.

Duda unos segundos y cierra la puerta. Sus ojeras deben estar compitiendo con las mías para ver quién gana la batalla. Aunque al menos hoy no parece haber llorado.

—Tengo prisa.

Gruño. Termino de ponerme las botas lo más rápido que puedo.

—Ya, vamos.

Salimos de la habitación al pasillo que aún está desierto y en el que no se oye ningún ruido.

En el rellano de la segunda planta le doy un pequeño estirón a la manga de su jersey para que se detenga y le coloco bien el cuello de la camisa por detrás.

—Ya está —digo.

—Gracias —dice en un susurro.

Me mira unos segundos con los labios apretados y, con la mano izquierda, me peina algunos mechones de pelo que debo llevar alborotados. Si me hubiera dejado mirarme un segundo al espejo…

Hace un intento de sonrisa que le queda raro, y se gira para seguir bajando por las escaleras. Me parece ver que tiene las mejillas más rosadas que de costumbre y no puedo evitar sentir calor en las mías, ¿qué ha sido eso?

Cuando llegamos frente a la puerta del despacho de Berta, Lantana llama con unos golpes.

—Adelante —se oye.

Entramos, y nos hace un gesto para que nos sentemos.

Tiene aún peor cara que el otro día, si es que eso es posible.

—¿Qué ha pasado ahora? —dice cansada, apoyando los codos en el escritorio.

—Encontré esto ayer —dice Lantana dejando sobre la mesa una carta.

Berta la coge y la lee. Va frunciendo el ceño un poco más a cada línea.

—¿Dónde la has encontrado? —pregunta.

Lantana se pone roja.

—Creo que estar tanto tiempo conmigo le ha pegado eso de saltarse las normas.

Berta me mira y suspira.

—Casi que prefiero no saberlo. —Vuelve la vista a Lantana—. ¿Tienes los exámenes?

Asiente y se los da.

—Vale, lo miraré y lo comunicaré a... —Se pasa la mano por la cara—. A no sé quién, porque si el Consejo está metido en esto...

—Antes de seguir, ¿me podéis contar qué pasa?

Las dos se miran. Berta se encoge de hombros y me lo explica. Con cada palabra me parece todo más inverosímil.

—Pero madre y padre están en el Consejo —digo después de unos segundos asimilando todo lo que me han contado—. Se lo puedes decir a ellas.

Berta niega con la cabeza.

—Esta letra es de madre. —Me tiende la carta.

Me remuevo en la silla, porque a una parte de mí le gustaría que nunca hubieran descubierto esto. De esa forma estaría segura de que, aunque Lantana fuera mejor que yo, habría profesoras en la academia dispuestas a ayudarme un poco y ponérselo más difícil a ella.

Aunque sé que está mal. Porque no me caen bien las becadas, es cierto, pero también debo admitir que no es porque no quiera que tengan las mismas oportunidades que yo, sino porque sé que al tenerlas me pueden superar. Que soy la mejor sin esforzarme, pero ellas están acostumbradas a dejarse la piel para todo, y contra eso no sé luchar.

—Entonces —Le devuelvo la carta—, ¿qué vas a hacer?

Se aparta el pelo de la cara.

—No todas las integrantes del Consejo piensan igual, creo que sé a quién puedo tantear un poco. —Se recuesta en la silla—. De momento no hagáis nada más.

Nos mira alternativamente a las dos muy seria. Asentimos.

El reloj da las ocho. Ahora debería estar levantándome. Contengo un gemido.

—Y tú —Me mira—, ¿a qué venías?

Me quedo callada unos segundos, debatiéndome entre confesar que solo quería enterarme de qué se traían entre manos o inventarme algo.

—Las nosencias —digo al fin.

Berta se yergue en la silla.

—¿No te dije que te estuvieras quieta? —pregunta.

—Pero nos hemos encontrado más —digo haciendo un gesto hacia Lantana, que asiente para darme la razón—. Ni siquiera las hemos buscado…

—Es verdad, nos las hemos encontrado cuando investigábamos otras cosas…

Va bajando la voz poco a poco cuando se da cuenta de que decir eso no era la mejor idea. Pero Berta no lo percibe. Está demasiado enfadada.

—Es muy peligroso.

Se levanta de la silla y camina de un lado a otro murmurando.

—Vale, pero sabemos cosas —insisto—. Ayer a la hora de la cena, Lantana vio una, así que no puede ser nadie que estuviera en el comedor.

Berta me mira con las manos en los bolsillos y la expresión tan tensa como la púa de un cactus.

—Sí, en las torres, junto a las habitaciones de las profesoras —sigue Lantana— Y Huerta y Juárez no estaban cenando.

—Tampoco Morera, el becado de último curso —termino.

Berta nos mira muy seria.

—Se acabó. No os quiero ver fuera de la habitación ni las zonas comunes a deshora. —Apoya las manos en la mesa—. Como me entere de que os estáis paseando por ahí cuando no toca, tendré que tomar medidas.

Me encojo un poco en la silla.

—Vale —decimos las dos a la vez.

Después de unos segundos más mirándonos, se sienta, y deja a un lado los papeles que le ha dado Lantana.

—¿Nos podemos llevar los exámenes? —pregunto con un poco de miedo—. Yo los puedo revisar.

Berta suspira y asiente cerrando los ojos y volviendo a recostarse en la silla.

Cojo los papeles y salimos del despacho.

—¿Por qué los quieres revisar? —pregunta Lantana mientras subimos las escaleras—. ¿Me vas a ayudar con esto también?

—Nos voy a ayudar —digo sonriendo—. Porque Espino no cambia los exámenes desde hace años.

Lantana va a protestar, pero parece pensárselo mejor y se queda en silencio.

—No está bien —dice sin mucha convicción.

—Es un gilipollas. — Le doy un codazo—. Además, esto no tiene emoción si suspendes Cálculo.

Lantana sonríe un poco y asiente.

Seguimos en silencio hasta llegar a la habitación.

—¿Tu hermana no debería tener una ayudante o algo así? —pregunta al entrar.

—La tiene, pero no hace nada. —Me encojo de hombros—. Creo que no es el trabajo que quería, que está ahí esperando a que salga una vacante. Además, se lleva fatal con mi hermana.

—¿Por?

—Digamos que Berta es demasiado dada a rebatir e intentar cambiar la forma en la que se hacen las cosas.

—Me cae bien tu hermana.

—Mejor que yo incluso, ¿no?

Lantana sonríe divertida y un golpe en el pecho me recuerda que vaya con cuidado, que a la tercera no tiene por qué ir la vencida y que lo más probable es que lo único que quiera es aprovecharse de mí para conseguir sacar buenas notas.

—¿Vas a bajar mañana a la fiesta de Lureida? —pregunto, porque soy masoca.

—No pensaba. —Frunce los labios y recoge los apuntes de su escritorio.

—¿Vas a quedarte estudiando?

—Así os llevaré ventaja —dice con una sonrisa cansada.

—Vente —digo antes de pensarlo.

Lantana fija la vista en mí durante unos segundos con una mirada que no sé descifrar.

—Ya veré.

Una parte de mí se alegra de esa posibilidad y la otra le da una colleja por gilipollas.

Capítulo 30

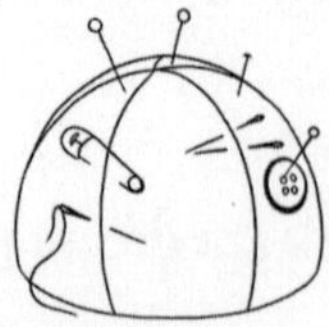

Diana

El día de Lureida (primer sábado del onceavo mes del año) se conmemora el descenso de Minerva. Es habitual reunirse en la plaza del pueblo o barrio para celebrar el día en que Diosa decidió vivir entre nosotras.

Costumbres y tradiciones de Ajione

Cuando De La Encina sale del baño, viste con la misma ropa que podría llevar cualquier otro día, pero no es igual. Se nota que el pantalón azul marino está hecho a medida. Al contrario que los que lleva normalmente, que le quedan un poco largos, estos le llegan justo por los tobillos. El chaleco es de la misma tela y se ajusta a su cintura y su pecho, porque, por una vez, lo lleva abrochado. Incluso los botones de la camisa blanca de debajo están pasados hasta arriba. Aunque se ha remangado dejando los antebrazos al descubierto.

Yo, en cambio, llevo la camisa beige que menos días me he puesto y la falda de tablas gris y marrón a la que arreglé el bajo el otro día. Ni siquiera voy a pararme a comparar la calidad de la tela.

De La Encina parece que va a decir algo. En cambio, va hasta su armario, lo abre y saca un chaleco del mismo gris que mi falda.

Me lo tiende.

—Póntelo.

Lo cojo, y no necesito tocarlo más para saber que es cachemir. Estoy a punto de preguntarle si está segura, pero todos los que tiene deben ser como este o mejores, no creo que un chaleco más o menos de cachemir le vaya a suponer un drama.

Me lo pongo y noto cómo el calor que desprende mi cuerpo ya no se escapa.

—Gracias.

De La Encina se encoge de hombros.

—Ahora ya nos podemos ir.

Me coge de la mano y tira de mí. Sus anillos se me clavan en los dedos. Bajamos los cinco pisos sin soltarnos. Noto que la palma me empieza a sudar. Y a cada escalón se me hace más extraño esto.

Debo recordar que es una de mis rivales aquí, que mi objetivo depende de que ella no consiga el suyo. Que, aunque a veces se nos olvide, sabemos que ayudarnos es un error. Y llevarnos bien solo nos va a hacer más daño. Con cada palabra siento un tira y afloja dentro de mí. Sé que lo mejor es alejarme, pero algo me impide hacerlo. Algo hace que cuando le hablo mal se me encoja el pecho. No tenía que haber aceptado ir a la fiesta. Tampoco he encontrado fuerzas para negarme.

Bajamos el último tramo de escaleras, que tiene una flor de Lureida a cada lado de cada escalón. En la planta baja todas las luces están encendidas. Las puertas del comedor abiertas. La gente baila delante de una pequeña orquesta situada junto a la entrada del edificio. Es tan distinto… Como estar en otro sitio, no en la planta baja por la que pasamos todos los días.

Aquí la gente baila en orden, con pasos aprendidos, siguiendo una coreografía que ni siquiera necesitan pensar. En parejas que van cambiando, a veces en grupo, otras cruzándose. Es bonito verlo, pero le falta ese desorden, las risas cuando alguien se tropieza.

En casa todas salimos a la plaza. Allí también hay una orquesta, con bastantes más personas, las mismas que te venden la fruta o te arreglan los zapatos. Y quienes no sabemos tocar, bailamos de cualquier manera. Nos da igual que la tonadilla requiera hacer un círculo o dar vueltas sobre una misma, hacemos lo que sentimos en ese momento, sin más.

—Debo advertirte que solo hay una forma de sobrevivir a esto —me dice mientras me guía hacia una de las mesas del comedor donde hay un grupo de estudiantes de segundo hablando y riendo.

—Eh —saluda De La Encina.

La chica que está más cerca de nosotras hace un gesto con la cabeza.

—Dos vasos.

Otra de las personas los llena de un líquido transparente y nos los da.

—No es agua, ¿no? —pregunto al alejarnos un poco.

—Licor de bela.

Arrugo la nariz.

—No tenemos otra cosa. Cuando Romina termine el curso y se gradúe, no sé qué vamos a hacer. —Dibuja una mueca—. No tenemos a otra estudiante cuya familia comercie con alcohol y pueda meter alguna botella.

—¿Y las profesoras no se dan cuenta? —pregunto con el ceño fruncido.

—Hacen la vista gorda. —Me encojo de hombros—. Si no lo quieres, guárdamelo para mí que en un rato lo voy a necesitar.

Da un trago al suyo y espera a que me decida.

Miro el interior del vaso y a mi alrededor, donde la gente parece que en vez de estar en una fiesta esté en un entierro.

Doy un trago pequeño y cierro los ojos intentando que el líquido se quede dentro y no escupirlo.

—Tres más y ya te habrás acostumbrado —dice sonriendo.

Vuelve a cogerme de la mano y me lleva a la esquina de la biblioteca, donde estamos lejos de la gente que baila, pero vemos toda la sala. Nos sentamos en el suelo y miramos alrededor un rato.

—¿Esto es lo que vosotras entendéis por fiesta?

Se encoge de hombros.

—Las que pueden se van a celebrarlo a su casa, como Octavia y Gala. Pero no creo que sea mucho mejor: una cena y un poco de música.

—Vaya aburrimiento.

—¿Qué hacéis vosotras? —pregunta alzando las cejas.

—Vamos a la plaza donde está la estatua de Minerva y bailamos y bebemos, pero no tan… —Hago un movimiento con la mano libre, señalando a la gente que se mueve frente a nosotras—. Encorsetadas.

—¿Y eso no va en contra de las enseñanzas de Diosa? —pregunta con los labios fruncidos.

—No creo que divertirse vaya en contra de nada. —Río.

Se queda un rato pensativa. Yo bebo un poco más. Puaj.

—¿No echas de menos a tus amigas? —me pregunta.

—No tengo amigas —digo cortante.

De La Encina se inclina hacia delante para mirarme a la cara.

—Con lo lista que eres no puede ser que no tengas amigas —dice con el ceño fruncido—. Aunque solo sea para copiarse los deberes.

Esta vez doy un trago largo y me arrepiento al instante.

—Soy demasiado lista, por lo que se ve. —Sonrío sin sentirlo.

De La Encina se arrastra sentada hasta quedar delante de mí con las piernas cruzadas.

—Dime quién se cree que eres demasiado lista —dice muy seria—. Porque voy a tener que dejarle claro que no lo eres más que yo.

Me río sin poder evitarlo y De La Encina sonríe también. La miro unos segundos. Algunos mechones de pelo se le han soltado de la coleta y me dan ganas de apartárselos para poder ver bien sus ojos, pero recuerdo la vergüenza que me dio ayer y no lo hago.

—Se me daban bien —empiezo, sin saber por qué se lo cuento—, los hechizos. Los de magia core, claro. Siempre me ha sido fácil. ¿Intuición? —Me encojo de hombros—. No sé, intentaba explicarles a mis amigas lo que hacía, pero a ellas no les salía igual, no les era tan sencillo.

Paro un segundo para beber un poco más. Es verdad que ya no sabe tan mal.

De La Encina está una pizca inclinada hacia delante, sin despegar los ojos de mí. Asiente para que siga contando.

—Las pociones se me daban regular, se me dan regular. Pero estudiaba hasta quedarme dormida delante de los apuntes, las memorizaba, intentaba encontrarles la lógica, para que al llegar a clase fuera más difícil equivocarme al hacerlas.

Muevo el vaso entre las manos.

—Se lo decía, que lo único que hacía era estudiar, pero ellas se creían que no las estaba ayudando suficiente, que me guardaba cosas para mí, para que no fueran mejores que yo…

Con un último trago me termino el vaso.

—Te empezaron a dejar de lado —afirma De La Encina.

Asiento.

—Aseguraban haberme avisado de que iban a quedar, aunque yo no recordaba que me hubieran dicho nada. Creí que alguien estaba alterando mi memoria. Cuando les conté mis sospechas, no las desmintieron.

Dejo el vaso en el suelo sintiendo la rabia bullir en mi estómago.

—Pasé meses intentando averiguar quién podía odiarme tanto, pero mis madres y mis hermanas no notaban nada raro. Lo que vivía con ellas no se alteraba. —Aprieto con fuerza los puños de la camisa entre los dedos—. Un día, cuando llegué a la escuela, las vi hablando. Ellas aún no me habían visto, así que me escondí. Las escuché hablando de mí, riéndose de lo que me estaban haciendo.

Suelto la tela de la camisa al ver que las costuras están a punto de rasgarse.

—Me hicieron creer que alguien borraba de mi mente lo que ocurría; y mientras yo creía que estaba perdiendo la cabeza, ellas se burlaban a mis espaldas.

Sentí agujas clavándose en el pecho, en el estómago, en cada parte de mí. Quise irme de allí, volver a casa y esconderme bajo las sábanas de mi cama. No sé de dónde saqué las fuerzas para acercarme como cada mañana y hacer como si no pasara nada.

—Espero que te vengaras de ellas —dice De La Encina con una sonrisa triste.

Suelto algo entre un bufido y una risa. La miro a los ojos, porque quiero ver su cara de horror cuando le cuente lo que hice. Quiero sacarlo, que lo sepa alguien más que yo y que sienta el mismo terror que siento yo al recordarlo.

—Sabía cómo hacer el hechizo core para modificar la memoria. Conseguí quedarme a solas en el baño con una de ellas, la que siempre había sentido más cerca, la que parecía que no me odiaba tanto. Empecé a pronunciar el hechizo, a cambiar esos momentos en los que me criticaba con las demás por otros en los que estábamos juntas, ella y yo. —La expresión de De La Encina sigue seria, atenta—. Paré. Con cada pensamiento que modificaba me sentía peor. Me estaba haciendo más daño a mí que a ella. Borré esos últimos minutos, volví a dejar los recuerdos como estaban. Seguramente más borrosos y confusos. Pero esperaba que no se diera cuenta.

Noto las lágrimas llenándome los ojos, parpadeo para poder ver ese momento en que De La Encina procesa lo que le he contado, pero no llega. Solo veo tristeza en su mirada. Deja su vaso en el suelo, al lado del mío. Se acerca un poco más y me pone las manos encima de los hombros.

—Diana. —El corazón se me acelera—. Esas eran unas gilipollas, y si no soportaban ser menos listas que tú es su problema.

Cierro los ojos y cojo aire. De La Encina pasa los brazos alrededor de mi cuello y me abraza. Apoyo la cabeza en su hombro, aunque la posición sea incómoda, con nuestras piernas cruzadas en medio.

Unas pocas lágrimas se escapan y mojan el chaleco de mi compañera. Noto como si me hubiera sacado un alfiler de dentro que no me dejaba respirar del todo bien. Porque de alguna forma, en el fondo, sabía que si había alguien que no me iba a juzgar iba a ser ella.

Capítulo 31

Álex

La campana de hija es una flor que tiene, como su denominación indica, forma de campana. Mientras que la segunda parte de su nombre se debe al tiempo en que Minerva caminaba entre nosotras, pues se dice que emitía un tintineo cada vez que Diosa daba a luz.

Magia en la naturaleza

Cuando noto que la respiración de Diana se calma me separo y la miro. Tiene los ojos un poco rojos, como las primeras mañanas cuando salía del baño.

—Sorprendentemente, tu pasado oscuro es más oscuro que el mío —digo cogiendo el vaso, y le doy un trago—. Así que, aunque voy a quedar fatal porque lo mío a tu lado es una chiquillada, te voy a contar mi mierda para estar en igualdad de condiciones.

Diana alza las cejas y asiente.

—Planeé escaparme de casa. —Me miro las manos y doy golpecitos en las botas con la que tengo libre—. Estaba harta de que siempre me compararan con mis hermanas. Quería buscarme otra familia donde no importaran las notas que sacaba en los exámenes.

Bebo un poco más.

—Pero no quería que me buscaran, no quería que se acordaran de mí, quería empezar de nuevo en otro sitio. —Me río sin alegría—. Como ves, tenía unos cuantos agujeros el plan.

Diana me sonríe y asiente.

—Encontré una poción para olvidar a una persona y la hice. Robé la mayoría de los ingredientes del armario del aula de pociones.

Me termino la bebida.

Aún puedo sentir en la nariz el aroma de la campana de hija. Incluso puedo notar el picor en las manos cuando la cogí sin guantes del despacho de la profesora Solís.

—Estuve a punto de hacerlo. Estaban todas reunidas en casa. Tenía la bandeja del té delante de mí. Iba a echar la poción en la tetera, cuando oí la voz de Berta. —Me aparto el pelo de la cara—. Era la única que no me exigía nada, que me ayudaba y me calmaba siempre que no podía parar de llorar.

Sentí que me rompía al pensar en no tener la posibilidad de hablar nunca más con Berta, que no me reconocería.

—No lo hice. Guardé la poción y no la he llegado a usar.

Solo una lágrima me resbala por la mejilla. Sonrío triste.

—Fui una cobarde.

Diana niega con la cabeza.

—Te importó más el amor de Berta que el desprecio de las demás.

Nos quedamos en silencio unos minutos. Con la música y las voces de fondo. No me molesta, estar así, sin decir nada. Debería, ¿no? Debería ser incómodo.

De repente, de mi barriga sale el rugido de un león. Muy oportuna. Diana me mira como si acabara de volver de algún lugar muy lejano.

—Hora de comer —digo levantándome para evitar alargar algo que no sé bien qué es.

Diana se intenta poner en pie, pero se sienta otra vez y niega con la cabeza.

—No.

Me río.

—¿A que te ha gustado el licor de bela? —pregunto agachándome.

Hace una mueca y vuelvo a reír.

—Te ayudo.

La cojo de la mano, aunque no le haga falta, hasta una mesa del comedor donde aún hay comida.

Nos sentamos y comemos unos minutos sin decir palabra.

—¿Por qué te costó tanto aceptar que te ayudara? —pregunto, siendo consciente de que puede que todo el buen rollo desaparezca.

Diana frunce el ceño y tarda unos segundos en entender mi pregunta. Suspira.

—No era buena idea. Sigue sin serlo. No sé por qué me preguntas si lo sabes.

Desvío la vista al trozo de empanadilla que tengo en la mano. Lo sé y aun así…

—Además, no creo que te beneficie en nada ayudarme —añade.

No lo hace y, a la vez, no puedo evitar insistir en ello.

—Puede que no, pero al menos sabré que si saco mejor nota que tú lo habré hecho en igualdad de condiciones, que no ha sido porque yo llevo años estudiando algo para lo que tú has tenido meses.

Diana da un mordisco al panecillo de tortilla.

—Imagínate que aun sin yo ayudarte sacas casi tanta nota como yo —digo con una sonrisa divertida—, mi orgullo acabaría por los suelos. De esta forma al menos podré justificarlo.

No he dicho ninguna mentira, tampoco toda la verdad.

Por fin, Diana alza un poco las comisuras de la boca y me mira.

—Tu orgullo va a acabar por los suelos igual. Estoy segura de que en unas semanas mis hechizos mense tienen mejor resultado que tus core.

—Eso ya lo veremos. —Nos aguantamos la mirada unos segundos en los que me pierdo en el marrón de sus ojos—. Tengo una idea.

Me levanto y camino hacia la puerta. Diana me sigue. Vuelvo a cogerla de la mano. Cruzamos entre la gente que baila cada vez más animada, porque no somos las únicas que hemos decidido arriesgarnos a que nos pillen bebiendo alcohol.

Entramos en la biblioteca vacía. Solo Dorotea nos saluda desde el mostrador. Caminamos hasta la sección de limpieza. Le suelto la mano sin ganas y cojo un libro de cada tipo de magia.

—Yo elijo un hechizo mense para ti y tú uno core para mí —digo tendiéndole uno de los libros.

Los ojos de Diana tienen un brillo divertido cuando entiende lo que quiero hacer.

Paso las hojas del libro hasta que encuentro uno ni muy fácil ni muy difícil. Lo dejo abierto en la mesa y ella hace lo mismo.

Leo el hechizo que ha elegido.

—Te has pasado —digo con una mueca.

—Pero si eso lo hacía yo todos los fines de semana en casa. —Me mira—. Además, tú tampoco has elegido el más sencillo.

Me encojo de hombros.

—Empiezo yo, así si creas una nosencia gigante podemos salir corriendo.

—Ja, ja, ja, muy graciosa. —Me da un empujón con la mano.

Se me escapa una risa tonta que intento disimular con una tos.

Leo el hechizo otra vez. Cojo aire y cierro los ojos. Pienso en buscar uno de los recuerdos a los que suelo recurrir para hacer magia core, pero lo pienso mejor, no quiero que se mezcle con el batiburrillo agradable que siento ahora. Así que intento centrarme en esa sensación de que todo está bien, de que estoy donde quiero estar, y empiezo a pronunciar el hechizo. Abro los ojos y muevo las manos para dirigir el aire a mi alrededor. Me imagino que se desplaza en forma de finos hilos, que se cuelan por las vetas profundas de la madera de la mesa. El polvo que hay escondido empieza a salir y flotar delante de mí. Sonrío y miro a Diana que sonríe también. Algo se mezcla con esa paz que siento, pero lo aparto y me centro solo en el primer sentimiento. El hechizo parece desestabilizarse, las motas vuelan a nuestro alrededor como si alguien hubiera soplado con fuerza.

Dejo de canalizar la magia y todo el polvo se reparte sobre la mesa, los libros y nosotras, haciéndome estornudar

—¿Qué ha pasado? —pregunta con el ceño fruncido.

—Me he desconcentrado —digo haciendo un gesto con la mano para quitarle importancia—. Pero casi lo consigo y nadie ha salido herido. —Levanto la cabeza con orgullo.

Diana no parece muy convencida por mi explicación, pero sacude el polvo de su libro sin añadir nada más. Lee otra vez, pasando el dedo por encima de las fórmulas, haciendo los cálculos de cabeza y pronunciando en un susurro cómo quedaría el hechizo. Cuando parece convencida, empieza a mover las manos a la vez que dice las palabras. Las manchas de tinta de la mesa tiemblan y comienzan a despegarse. Justo al lado, una forma negra aparece, haciéndose cada vez más grande.

Saco la daga de la bota sin despegar la vista de la nosencia.

Las gotas de tinta se arrastran por la mesa juntándose en una sola. La nosencia casi es más grande que mi cabeza.

—¡Para! —grito.

Diana calla y baja las manos.

Clavo la daga en la nosencia antes de que llegue a moverse.

Suelto el aire que no sabía que estaba conteniendo y Diana cierra el libro de un golpe.

—No sé cómo podéis acertar con las palabras de los hechizos al milímetro.

—Y yo no sé cómo podéis hacerla basándoos en algo que cambia cada segundo.

Nos miramos y reímos.

Diana se sienta en la mesa mientras yo vuelvo a poner los libros en el sitio. Tardo un poco de más mientras intento buscar algo de lo que hablar.

—No he visto a tu hermana —dice cuando me giro hacia ella.

—Estará matándose a trabajar, supongo. —Me encojo de hombros.

Debería haber ido a verla. He estado tan pendiente de… otras cosas, que ni se me ha pasado por la cabeza.

Me siento al lado de Diana y, cuando nuestros brazos se rozan, no me aparto. Ella tampoco, aunque parece tan concentrada en algo que no debe haberse dado cuenta.

—¿Y la tuya? ¿Le gusta su trabajo? —pregunto con curiosidad.

Diana se encoge de hombros.

—No hablamos.

Frunzo el ceño,

—¿Por qué?

Se remueve y nuestros brazos vuelven a rozarse, aunque ella sigue sin darse cuenta.

—Discutimos.

No añade nada más y, estoy a punto de cambiar de tema, cuando sigue hablando:

—Me enfadé con ella porque había renunciado a su sueño y ni siquiera sabía explicarme por qué. —Se recoge un mechón de pelo detrás de la oreja—. Sentí que nos había fallado… Por eso estoy aquí. No era mi idea, pero no sé, ¿orgullo? —Se estira las mangas de la camisa—. Necesitaba demostrarle que sí se podía, que era lo que debíamos hacer para cambiar las cosas.

Me mira un segundo y vuelve la vista al frente, hacia las estanterías.

—¿Todo esto es porque te enfadaste con tu hermana? —pregunto sorprendida.

Suelta una risa que tiene más forma de bufido.

—Sí, ese sería el resumen.

—Entonces, ¿no quieres estar en el Consejo?

Se vuelve a remover.

—No es eso exactamente. —Coge aire—. No era lo que yo quería hacer en un principio al terminar los estudios obligatorios, pero alguien tiene que intentarlo. Y yo podía, tenía buenas notas, no me cuesta estudiar. —Juega con el botón del puño derecho—. Me sentí responsable al ver que Carlota no lo iba a hacer. No quiero que mis hermanas sigan teniendo que vivir así, sin poder aspirar a un buen trabajo que les guste de verdad porque no pueden pagar los estudios superiores.

Nos quedamos en silencio. Sabía que eso era así, pero supongo que nadie me lo había dicho tan directamente. Yo estaba a punto de dejar de estudiar sin más y buscarme un trabajo. Y hay quien tiene que hacerlo porque no le queda más remedio. Algo se me remueve en el estómago y siento que la distancia entre Diana y yo se hace un poco más grande.

—Yo quería dejarlo.

Diana clava la mirada en mí y ahora soy yo la que aparta la vista.

—No iba a seguir estudiando, pero mi madre me dijo que estaba orgullosa de mí… es complicado… —Doy vueltas a los anillos sobre mis dedos—. Quería tener su aprobación, dejar de sentir que no era tan buena como mis hermanas por una vez.

—Al menos a ti no te va a costar mucho esfuerzo conseguirlo —dice con un poco de reproche.

Hago una mueca, pero no digo nada. Tiene razón.

—De todas formas, ahora me preocupa más Berta y las no-sencias de tiempo que los exámenes.

Diana aprieta los labios.

—Podríamos investigar —duda—. Se que tu hermana dijo que no, pero…

Sonrío de medio lado.

—Estamos tan cerca de saber quién es…

Diana asiente.

—De todas formas —digo—, hacer un hechizo hoy sería muy idiota por su parte.

Nos quedamos en silencio otra vez. Y me sorprendo al notar que no estoy incómoda, que no lo he estado en toda la noche.

—Ahora podemos irnos a dormir o… —Me bajo de la mesa, me pongo enfrente de ella y le tiendo la mano derecha— bailar.

Diana alza las cejas.

—No pienso salir ahí a hacer el ridículo.

—Solo tienes que seguirme —insisto.

—No. —Niega con la cabeza.

Suspiro, pero no me rindo. Le cojo la mano y tiro de ella para que se baje de la mesa. No opone mucha resistencia, aunque tiene expresión contrariada.

—Aquí no nos ve nadie —digo mientras empiezo a hacer los pasos de baile.

La música llega amortiguada, pero el silencio absoluto de la biblioteca ayuda a que se oiga lo suficiente.

Diana intenta seguirme: un paso atrás, uno adelante, una vuelta, nos cogemos de la mano, giramos.

—Tenéis una asignatura de baile —afirma.

—En cuarto.

Pone los ojos en blanco.

—Cómo no.

Seguimos bailando hasta que Diana se aprende los pasos y deja de mirar al suelo. La canción cambia y la coreografía debería ser otra, pero me da igual. Porque por fin está cómoda y sonríe y me mira como si no tuviéramos ningún problema más, como si solo existiera hoy.

Capítulo 32

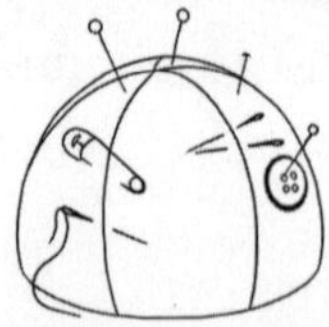

Diana

La mañana siguiente a beber licor de bela, lo mejor es tomar una infusión elaborada con las hojas de esa misma planta, un poco de azúcar y una pizca de jengibre.

Remedios caseros para cualquier situación

La cabeza me palpita, no es como el embotamiento que me acompaña estos días y por eso decido que no voy a volver a beber licor de bela en la vida. Gimo y me doy la vuelta para que no me dé la luz que entra por la ventana. Deberíamos haber comido algo más que unos panecillos.

Anoche, cuando Dorotea nos encontró bailando, nos echó fuera de la biblioteca con una cara de enfado que intentaba disimular la sonrisa que querían dibujar sus labios. De La Encina no paró de reír hasta que llegamos a la habitación.

Nada más sentarme en la cama, noté el cansancio, me tumbé y me dormí con la ropa puesta. Algo de lo que me estoy arrepintiendo por cada pinchazo que me da la cadera, donde se me ha clavado la hebilla de la falda.

Oigo ruidos a mi espalda. Supongo que De La Encina estará mejor, no pareció afectarle tanto el licor ese.

La puerta de la habitación se abre y se cierra. Me vuelvo a girar y, despacio, me muevo para sentarme. Abro los ojos poco a poco. Me quedo en esa posición mucho rato, sin saber qué es peor, si volver a tumbarme o levantarme del todo.

La puerta se vuelve a abrir y De La Encina entra con dos tazas. Me tiende una.

—¿Qué es esto? —pregunto cogiéndola.

—La solución a tu dolor de cabeza.

Se sienta en su cama y da un sorbo. La huelo, intentando averiguar que lleva ese brebaje.

—¿Vas a envenenarme? —pregunto un poco de broma.

—Por supuesto. Todo lo de anoche lo planeé solo para llegar a este momento y poder darte de beber una infusión que disimulara el veneno.

Pongo los ojos en blanco y doy un sorbo. No sé qué lleva, pero sabe bien. Soplo para que se enfríe más rápido y bebo un poco más.

—Tengo comida con mi madre y mi padre hoy —dice mirando a su taza—. Pero podemos estudiar hasta que me vaya si no has cambiado de idea.

Debería cambiar de idea, debería decirle que no. Debería alejarme de ella lo máximo posible, debería hacer una lista de todas las cosas odiosas de ella y recordármela cada día cinco veces. Porque esto se parece más a una amistad de lo que es inteligente.

—Vale. —Doy otro sorbo—. Te puedo enseñar a hacerte invisible y así te escondes de tu familia.

De La Encina levanta la vista y sonríe.

—Hoy no hará falta.

Cuando me termino la infusión me doy una ducha y me pongo el pijama. No pienso salir de la habitación en todo el día.

—Estaba pensando que, si te cuesta tanto la magia mense, podrías usar un canalizador —dice De La Encina cuando salgo del baño—. No están permitidos en los exámenes, pero seguro que lo podemos esconder.

Bufo.

—Te recuerdo que no puedo comprarme ni una pluma nueva, ¿cómo pretendes que me gaste ese dineral?

—Vale, no…

—No te acordabas. —Suelto una carcajada—. Esto ha sido malísima idea.

Me siento en la silla y saco los apuntes de Cálculo.

—Perdón, joder, da igual, te lo puedo comprar yo o seguro que hay alguno en mi casa.

Me giro para mirarla de frente.

—No quiero tu caridad, De La Encina.

Hace una mueca de dolor.

—Estoy intentando ayudarte.

—Así no me estás ayudando —digo y vuelvo la vista a mis apuntes.

—Diana.

Lo dice con tono de súplica y algo dentro de mí se remueve, algo a lo que debería hacer caso, pero para lo que ahora mismo no tengo tiempo ni ganas. No respondo.

No insiste. Veo por el rabillo del ojo cómo se vuelve hacia su escritorio y se pone a estudiar. El silencio nos rodea durante unos minutos.

—No has hecho bien la segunda ecuación —oigo la voz de mi compañera.

Giro la cabeza y veo que está observando lo que hago. Lleva las gafas puestas, lo que hace que sus ojos sean un poco más grandes y me quede mirándolos unos segundos de más.

—Ni siquiera entiendo lo que estoy haciendo —digo cansada.

—Déjame que te ayude.

Nos miramos mientras dudo. Está claro que necesito ayuda, pero no puedo dejar de pensar en lo mala idea que es. En que está demasiado cerca.

—Vale —digo resignada.

De La Encina sonríe y empieza a explicarme el ejercicio paso a paso. Se le da bien. Mucho mejor que a Espino. Podría ser profesora. Consigue que lo entienda y me ayuda a hacer alguno un poco más complicado. Media hora después, he podido terminar uno sola sin mucho problema. Mientras revisa lo que he hecho asiente.

—He mirado los exámenes de tu hermana —dice poniéndolos delante de mí—. Tenías razón, los puntuó mal. Aquí —Señala un ejercicio—, no hay ningún error y le ha puesto un cero.

Lo observo, entendiendo solo alguna parte.

Aun así, Carlota consiguió esa plaza. No puedo evitar pensar que nunca llegaré a su altura y, aunque en ningún momento he querido eso, un pequeño alfiler me da un pinchazo en el pecho.

Miro a De La Encina, que sigue haciendo el siguiente ejercicio en un papel aparte para comprobarlo.

—Te quedan bien las gafas —digo sin pensar.

Me mira un poco confusa, pero cambia de expresión enseguida.

—Todo me queda bien —afirma con la cabeza alta y un pequeño rubor que tinta sus mejillas.

Pongo los ojos en blanco mientras ignoro las puntadas que me da el corazón.

—Supongo que ahora me toca ayudarte yo a ti —digo con un hastío que no siento.

De La Encina juega con los anillos de la mano izquierda.

—No tienes que hacerlo si no quieres —dice con una expresión que no consigo descifrar.

—Tenemos un trato, ¿no? Pues ya está.

Noto algo incómodo entre nosotras, algo que ayer por la noche no estaba y ahora parece ocupar todo el aire a nuestro alrededor.

—Ya, bueno, si no te apetece no tienes que hacerlo. —Se gira hacia su escritorio y apoya la cabeza en la mano, dejando que el pelo haga de barrera entre nosotras.

Sí quiero hacerlo, pero no me parece que sea el movimiento más inteligente por mi parte. Tampoco sé si estoy en las mejores condiciones para hacer magia core.

—No es eso… —dudo.

Me levanto de la silla y alcanzo las contraventanas para cerrarlas, de forma que la luz en la habitación sea mínima.

De La Encina me mira con el ceño fruncido.

—Este hechizo es el primero que aprendí a hacer con la luz —le explico—. Lo hacía porque me daba miedo la oscuridad.

Cierro los ojos un segundo y cojo aire. Intento desenredar el ovillo de sentimientos que tengo en el pecho. Cuando encuentro algo que no me gusta, lo aparto. Me concentro solo en la inseguridad que me provoca el estar dándole armas a mi rival.

Empiezo a pronunciar el hechizo y mover las manos como si cogiera cada fino rayo y lo arrastrara hacia mí. Una pequeña bola de luz se queda quieta entre las dos.

Miro a De La Encina, que observa la esfera con la boca un poco abierta.

La luz tiembla, y algunos haces vuelven a su origen. Tiro de la inseguridad, ignorando el otro sentimiento que se empeña en desconcentrarme.

Aguanto unos segundos más y lo dejo ir.

—Ahora tú —digo.

De La Encina asiente.

—¿Qué sientes? —pregunto.

Abre la boca para contestar, pero la cierra y frunce el ceño.

—No te lo voy a decir —dice con una sonrisa torcida.

Pongo los ojos en blanco.

—Vale, pero sé consciente de ello y concéntrate.

Vuelve a asentir. Pronuncia las primeras palabras del hechizo y mueve las manos con duda. Al principio no pasa nada, pero sigue repitiendo las palabras e intenta guiar los haces de luz hacia ella. A la tercera lo consigue. Con más seguridad, continúa entrelazando los hilos hasta formar una pequeña pelota. No llega al tamaño de la que he creado yo, pero no está mal para ser la primera vez.

Me mira orgullosa y le devuelvo la sonrisa. No debería sentir ese pequeño hilo de alegría enredándose alrededor de mí. Quiero recogerlo, hacerlo una bola y esconderlo al fondo del todo. No es eso lo que me han enseñado a hacer con los sentimientos, pero este… esto, sea lo que sea, no puedo dejar que se haga más grande.

Cuando deja ir los haces de luz, nos quedamos en silencio un momento, acostumbrando la vista a la oscuridad.

Puede que me equivocara.

Puede que Diosa no tuviera esto preparado para mí. Que yo me esté empeñando en llevarle la contraria.

Pero ¿es así, Minerva?

¿Qué imagen es la real? ¿La de la diosa que nos quiere a todas por igual? ¿O la de la que solo se preocupa por unas pocas, de aquellas que cree que lo merecen?

¿En qué grupo estoy yo?

Capítulo 33

Álex

Minerva buscó durante meses la razón por la que sus hijas tenían el poder de modificar esencias pero no conseguían resultados estables. [...] Les enseñó el lenguaje de las diosas y, así, las hijas de Minerva pudieron utilizar el don que habían heredado de su madre para realizar muchas de las maravillas que existen en el mundo.

Libro Segundo de las Antiguas Escrituras

Cuando vuelve a abrir las contraventanas, cada una nos ponemos a estudiar por separado. Intento concentrarme en los ejercicios de Lenguaje Prímeo, pero no puedo dejar de darle vueltas al hechizo. Lo he hecho como anoche y esperaba encontrar esa misma calma, que, aunque estaba, había otra cosa que predominaba más. He intentado, de todas formas usarla, pero notaba que no tenía bastante fuerza, que no conseguía canalizar bien la energía. Me he rendido y he utilizado el otro sentimiento, ese al que no quiero poner nombre para que no sea real.

Cuando he terminado lo he vuelto a ignorar, aunque tener delante a Diana sonriendo orgullosa de lo que había hecho no ayudaba.

El reloj toca las doce, me despido de mi compañera, y salgo de la habitación. Camino hacia la salida con una mezcla de nervios e ilusión. Es la primera vez que como con mi madre y mi padre a solas y sé que no puede ir peor que cuando van mis hermanas. Por otra parte, no dejo de pensar en lo que me dijo Berta, y lo que parece que están haciendo para impedir que nadie de fuera de nuestro círculo entre en el Consejo.

Cuando llego a casa, el mayordomo me guía hasta el comedor, como si no supiera dónde está. Allí ya me esperan mi madre y mi padre, sentadas cada una en una punta de la mesa.

—Hola —saludo intentando sonreír y consiguiendo solo una mueca.

Los nervios están ganando la batalla.

—Hola, Alejandra. —La sonrisa de mi madre es la de siempre: como si nadie le hubiera enseñado a mostrar alegría, solo a poner los labios en la posición correcta.

Mi padre hace una inclinación de cabeza sin decir nada.

Me siento en la silla que hay entre las dos. A un brazo de distancia de cada una. Es raro no tener alrededor a mis hermanas, haciendo de barrera entre mi madre, mi padre y yo.

—¿Qué tal las clases? —pregunta mi padre mientras nos sirven la comida.

—Bien. —Me encojo de hombros—. Igual que siempre.

—Espero que no igual que siempre —dice mi madre con tono seco—. Esta vez no te puedes confiar, no va a servir el mínimo esfuerzo.

Está claro que los reproches no iban a desaparecer solo porque mis hermanas no estén delante.

—Si necesitas ayuda se lo podemos decir a Elba —suaviza mi padre—. Seguro que encuentra un hueco para echarte una mano.

—No hace falta. —Estoy a punto de decir que me está ayudando Diana, pero lo pienso mejor—. Siempre le puedo pedir ayuda a Berta.

Mi madre hace una mueca.

—Tu hermana está demasiado ocupada, si quieres ayuda se la pides a Elba.

No creo que lo que le preocupe sea la carga de trabajo de Berta.

Tomo un poco de la sopa de verduras que nos han servido. ¿En qué momento he creído que iba a estar bien venir? Ni siquiera la comida vale la pena el esfuerzo.

Comemos en silencio, solo interrumpido por algún comentario entre mi madre y mi padre sobre gente que no me interesa.

Cojo un melocotón de la bandeja de postre que han dejado en medio de la mesa. Cuando estoy cortando un trozo con el cuchillo, la puerta del comedor se abre y aparece Elba.

Aprieto el melocotón con la mano.

—Alejandra, madre, padre —nos saluda.

Se sienta en la silla que hay frente a mí y me mira, erguida, como si necesitara estirarse para observarme desde más arriba, siendo que ya me saca una cabeza.

—Ya que el año que viene cuando te gradúes formarás parte del Consejo —dice mi madre con un tono de advertencia, dejando claro que no hay otra opción para mí—. Hemos pensado que podías ayudarnos con un tema.

Pienso en las palabras de Berta.

—Es delicado —añade mi padre—. Debes ser discreta.

Mi madre corta un trozo de piña y se lo come antes de seguir:

—Hay un alumno becado en el último curso que tiene muchas posibilidades de graduarse primero de su promoción.

Morera.

—Necesitamos que esas posibilidades se reduzcan —añade mi padre.

Las miro con el ceño fruncido.

—¿Y qué queréis que haga yo?

—Siempre se te han dado bien las pociones —dice mi hermana con las manos cruzadas sobre la mesa—. Seguro que encuentras alguna que nos pueda ayudar.

—No me llevo bien con él, no creo que tenga oportunidad de dársela sin que note nada raro.

—Encontrarás la forma. —Ese tono de advertencia otra vez.

Pienso en Diana, en el curso que viene, cuando sea ella la que esté a punto de conseguir esa plaza y me vuelvan a pedir esto mismo.

—¿Por qué no queréis que llegue al Consejo? —pregunto.

Me puedo imaginar la respuesta, pero necesito tiempo para encontrar una forma de rebatirla.

—No podemos permitir que las plebeyas tengan poder —explica mi padre.

Me como otro trozo de melocotón para hacer tiempo.

—Seguiríais siendo mayoría, no creo que pudiera conseguir mucho.

Mi madre ríe.

—Solo hace falta una para que las demás crean que es posible —dice Elba con una mueca.

Nadie lo ha conseguido hasta ahora. Es tan inalcanzable que las becadas a lo único que aspiran es a un buen trabajo. Nunca piensan que llegarán al Consejo.

—¿Y qué pasaría si lo consiguieran? Tampoco creo que puedan cambiar tantas cosas.

—Olvidarían cuál es su sitio —responde mi madre.

¿Y cuál es su sitio? ¿Cuál es el sitio de Diana? Que ha aprendido a hacer en media hora lo que a nosotras nos explican durante casi un curso entero. Que, si hubiera tenido la misma educación que yo, no tendría ninguna posibilidad contra ella.

—Tampoco me parece malo —digo casi en un susurro.

Mi madre sonríe de forma irónica.

—Hablas igual que Berta.

Nos aguantamos la mirada. ¿De qué se extraña? Si nunca me han hecho caso. Siempre era Berta la que estaba ahí para lo que necesitara, la única que dormía conmigo por la noche cuando tenía miedo y me decía que no pasaba nada si no me apetecía estudiar. Que no todo dependía de un número. Lo extraño es que sus ideas estén más arraigadas en mí que las de mi hermana.

—Alejandra —dice mi padre, haciendo que desvíe la vista hacia él—. No podemos permitir dejar ni un resquicio para que se cuelen.

—Lo primero que harían sería imponer sus creencias —añade mi hermana.

Me remuevo en mi asiento y doy vueltas a los anillos. Eso no me gusta. Que puedan cambiar la forma en la que vivimos, que consigan demostrar que lo que cuentan las Antiguas Escrituras es cierto, que los Códices son un engaño.

Recuerdo la discusión con Diana y las palabras de Octavia.

—Si dejamos que tengan poder, lo van a usar. Nos quitarán nuestra vida tal y como la conocemos —advierte mi madre.

Veo la pluma de Diana, deshecha. La ropa que lleva, se nota que está remendada, que puede que ni siquiera fuera suya si no de su hermana mayor. Siento miedo de que eso me pase a mí. Que si consiguen imponer sus normas, la vida sea tan difícil para todas como lo es fuera de la ciudad.

Mi padre se inclina y pone su mano sobre las mías.

—Confiamos en que sabrás hacer lo correcto.

No pasa mucho rato más hasta que me despido y salgo de casa. Cojo aire y me abrocho el abrigo, encogiéndome por el frío que ya empieza a imponer su presencia.

—Alejandra —oigo la voz de Elba a mi espalda.

Me giro sin muchas ganas.

—Sé que no estamos muy unidas —dice intentando suavizar la expresión estirada que muestra siempre—. Pero tienes que hacer lo que te pedimos o terminarás como Berta.

—¿Cómo es terminar como Berta? —pregunto a la defensiva.

—Sola, agotada, con un trabajo que le sorbe la vida.

Me abrazo cuando noto el viento frío a nuestro alrededor. Siendo justa, no le falta razón.

—¿Y para eso es preciso que le arruine la vida a otra persona?

Elba inclina la cabeza hacia un lado.

—No le vas a arruinar nada a nadie, solo vas a mantener el *status quo*.

Siento una liana tirar de mi cintura hacia mi casa, hacia la seguridad de lo que ya conozco, de que nada cambie. Lo que me pide mi familia, seguir sintiendo la tranquilidad de que voy a tener a alguien que me va a proteger de los golpes.

—Te hemos exigido siempre mucho y puede que no hayamos sido tan cercanas como Berta, pero ha sido solo por tu bien. —Me pone una mano en el hombro—. Ahí fuera nadie te va a poner las cosas fáciles.

Y la otra liana aprisiona mi tobillo, tirando de mí hacia la academia, hacia esos momentos con Diana, la sonrisa feliz cuando ha entendido el ejercicio de Cálculo y la burlona al meterse conmigo. Esa que he visto tan poco, pero que me acelera el pulso.

—Una poción, Alejandra, y un pequeño esfuerzo más para tener el mejor expediente, es lo único que te separa de vivir aquí, con nosotras.

Si les hiciera caso, si Diana se llegara a enterar, no me lo perdonaría nunca. Es más, le estaría dando la razón, le estaría demostrando que lo único que nos preocupa es mantener el poder en nuestras manos, que hemos olvidado que para Diosa lo más importante era el conocimiento.

Me despido de Elba con un susurro y camino despacio hacia la academia, encogida por un frío que no sé si viene de fuera o de dentro de mí misma.

Capítulo 34

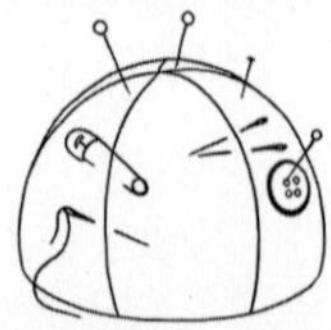

Diana

Son curiosas las costumbres de las fantasmas. Muchas suelen darse alguna ducha de vez en cuando. O entrar en las estancias abriendo la puerta, aunque pueden atravesar elementos sólidos. Incluso se las puede ver retocándose el cabello, cuando en realidad su peinado no se ha movido un ápice desde que murieron.

FANTASMAS Y OTROS SERES MISTERIOSOS

—¡Hola!

Doy un salto y la pluma casi sale disparada de mi mano. *Blanca* grazna con disgusto, aleteando y esparciendo los cereales por la mesa. Me giro para encontrarme con Hugo sonriendo de oreja a oreja.

—Por Minerva. —Cojo aire dos veces para volver a acompasar mi respiración—. No puedes entrar así en las habitaciones.

—Pero es más divertido.

Pongo los ojos en blanco.

—De La Encina no está, si la buscas a ella.

—No, te busco a ti. He venido corriendo para avisarte porque Espino y Juárez acaban de entrar en la sala de descanso de las profesoras.

—¿Estaban hablando de Carlota? —pregunto levantándome de la silla.

—No, porque estaba Noguera delante, pero puede que cuando se vaya sí digan cosas que te interesen.

—¿Y si no se va?

—Noguera siempre sale después de comer a ver a su hermana. Por eso he venido, no tardará mucho.

Maldigo entre dientes. Cojo lo primero que pillo del armario y me meto en el baño para cambiarme.

Ya le di a Berta las pruebas, ella se va a encargar y no debería hacer nada. Pero ¿y si dicen algo de mí? Podría ayudarme a estar prevenida por si Berta no consigue nada.

Cuando salgo del baño, Hugo me está esperando. Me hago invisible y salimos de la habitación. Por suerte no hay casi gente en los pasillos y no tengo que estar pendiente de apartarme para que no se choquen conmigo. Bajamos hasta la primera planta y caminamos hacia la torre más pequeña.

—Abriré la puerta para entrar y te cuelas detrás de mí —me susurra Hugo.

Asiento, aunque no me ve.

Hago lo que me ha dicho. Las profesoras que hay en la sala se giran hacia nosotras, pero, al ver al fantasma, siguen con lo que estaban haciendo sin prestarle atención.

Hugo da vueltas por la sala, tocando cosas sin más, como si estuviera aburrido y no supiera con qué entretenerse.

Solo pasan unos minutos antes de que Noguera se levante y se vaya. Como ha dicho Hugo, Espino y Juárez se quedan solas.

Me acerco a ellas y me siento en una silla que hay cerca para escucharlas.

—Ya he avisado al Consejo —dice Espino con su tono de voz normal, sin preocuparse por si Hugo los está escuchando—.

No quiero que pase como hace dos años, espero que pongan solución antes de que termine el curso.

—Espero que consigan que las becas dependan del Consejo Regional, así nos librarían de muchos problemas —dice Juárez arrugando la nariz.

—Ojalá, porque mira a Lantana. —Frunce los labios—. Se nos fue de las manos.

La máquina de coser que tengo en el pecho parece querer hilar cada pista que encuentra con las demás, tan rápido que temo que se me salga entre las costillas.

—Nunca habían tenido que llegar tan lejos —Juárez niega con la cabeza—. No sé cómo su familia no se dio cuenta.

—Hicieron un buen trabajo. La consejera Fresno tiene mucha experiencia modificando recuerdos.

Siento que el corazón se me para un segundo.

—Tenemos que vigilar de cerca a su hermana.

Intento tranquilizarme, seguir respirando con normalidad y no desconcentrarme. Aunque lo único que quiero es gritar, llorar y hacerles tanto daño como ellas han hecho a mi familia.

—No pasará lo mismo —dice Espino—. No tiene ayuda de De La Encina, por lo que he visto, se llevan bastante mal. Nuestras asignaturas se le atragantarán.

—Eso espero.

Cierro los ojos e intento respirar hondo sin hacer mucho ruido.

—De todas formas, si veo que sus notas son más altas que la media, las bajaré como he hecho siempre. —Sonríe de medio lado—. Aunque no creo que pase.

La profesora Juárez asiente casi riendo.

—Mucho tiene que mejorar para conseguir hacer un hechizo decente.

No creo que pueda aguantar mucho más sin que el hechizo se deshaga y, de todas formas, escuchar más solo va a hacer que me siga cabreando. Me levanto y voy en dirección a la puerta. Hugo me siente y viene hacia mí para salir.

—Menos mal que la becada de primer ciclo de esa promoción murió hace dos años —dice Juárez cuando estoy saliendo.

Al volver a la habitación, De La Encina está sentada encima de la cama con las piernas cruzadas y su pequeño baúl abierto delante de ella.

—¿Qué tal la comida?

—Bien —dice sin mirarme.

Me siento en la silla y la observo.

—¿Ha pasado algo?

Niega con la cabeza y sigue moviendo botecitos y hierbas de un lado a otro del baúl.

—Hugo me ha avisado de que Juárez y Espino estaban hablando y he ido con él por si decían algo interesante.

Ahora sí, De La Encina me mira.

Le cuento la conversación que he escuchado mientras me observa sin cambiar un ápice su expresión. Cuando termino asiente y sigue con lo que estaba haciendo sin decir nada más.

La miro durante unos segundos. Ni siquiera le importa. No aprendo. Por mucho que me lo negara a mí misma, me había hecho ilusiones, creía que podíamos ser amigas, que nos podíamos ayudar. Siento algo desgarrarse dentro de mí, algo que sabía que no era buena idea empezar a coser. Por unos días he olvidado quién es ella y quién soy yo. Una vez ha conseguido lo que quería ya no le importa lo que me pase. No aprendo que las únicas que sé que no me van a abandonar son mis madres y mis hermanas.

Salgo de la habitación sin saber muy bien dónde ir. Los pasillos empiezan a llenarse de la gente que vuelve del fin de semana. Bajo hasta la primera planta donde sigue habiendo demasiada gente. Veo a Marco subir por las escaleras que llevan al sótano y se me ocurre una idea. Bajo por ellas. El silencio me llena los oídos hasta ser incómodo, pero al menos no hay nadie. Camino por los pasillos mal iluminados hasta el aula de Defensa.

En las escuelas públicas sí tenemos esta asignatura, pero nunca me interesó mucho, ni se me dio bien. Aun así, ahora no diría que no a darle unas cuantas patadas a un saco.

Abro la puerta y me encuentro una nosencia a pocos metros de mí. Antes de poder hacer ningún movimiento, una daga se clava en su núcleo y desaparece.

Miro en la dirección desde la que ha llegado el arma y veo a Berta.

Tiene peor cara que el otro día, si es que eso es posible.

—Diana —jadea—. ¿Qué haces aquí?

Abro la boca dos o tres veces antes de poder pronunciar palabra.

—Venía a… —señalo el saco de boxeo—. ¿Y tú?

Berta sonríe cansada.

—He visto a la nosencia esta por el pasillo y la he seguido hasta aquí, pensando que me llevaría a la persona. —Suspira—. Pero nada.

Asiento y recuerdo a Marco.

—Espera, acabo de ver a Marco Morera subir…

Berta me mira con sorpresa. Se aparta el pelo de la cara y desvía la vista hacia la puerta.

—Vale, bien… —Se recoloca la ropa y se la alisa con las manos—. Hablaré con él.

Empieza a caminar en dirección a la salida.

—¿Vas a avisar al Consejo? —pregunto.

—Antes hablaré con Morera.

Cuando salimos de la sala cierro la puerta, porque Berta está tan metida en sus pensamientos que parece haberse olvidado de mí.

Estoy a punto de decirle lo que he escuchado a las profesoras, pero veo la forma en la que parece sostenerse en pie de milagro y lo dejo pasar. Al fin y al cabo, qué más da. Es más importante que averigüe quién está viajando en el tiempo. Y las posibilidades de que pueda hacer algo contra el Consejo son mínimas.

Subimos juntas hasta la planta baja y nos separamos cuando ella va al despacho y yo salgo por la puerta principal. Me siento en uno de los bancos de la parte trasera del edificio, donde el aire, que comienza a ser frío, evita que la gente se quede mucho rato.

¿De verdad Marco está viajando en el tiempo? Y Berta, ¿qué hacía allí abajo? Había seguido a la nosencia, pero ¿desde dónde, si Marco estaba en el sótano? ¿Estaba ella también por allí? ¿Y si sabe algo? Puede que ya sepa que es él y solo esperaba el momento oportuno para pillarlo. Pero ¿por qué lo ha dejado escapar? ¿Por qué Marco huía en vez de limpiar las pistas? Se deberían haber cruzado.

O puede que no sea Marco, que solo haya sido casualidad. Puede ser que la persona que las crea solo lo haga para generar caos. No, no tiene sentido, porque entonces lo haría en lugares donde se la pudiera encontrar cualquiera, donde de verdad pudiera hacer daño.

Cada vez que descubro algo nuevo estoy más confundida. Debería decírselo a De La Encina, pero ¿para qué? ¿Para comprobar que esto sí le importa, pero lo que me pase a mí no? No quiero verla.

En vez de preocuparme por todo esto que no me incumbe, debería estudiar. Aunque ¿para qué? Si me van a bajar la nota y si no lo hacen me quitarán mis recuerdos.

Se me escapa un gemido. Es demasiado.

Siento un pinchazo en la sien que me obliga a cerrar los ojos. Me veo desde arriba, como si estuviera asomada a una de las ventanas de los pisos superiores. Cuando los abro alzo la vista, pero no distingo a nadie en las ventanas. Respiro hondo despacio. Es el estrés y el cansancio, no puede ser otra cosa.

Me quedo sentada en el banco hasta que solo se ve una pequeña muesca de sol. Pensando en si vale la pena todo esto.

Capítulo 35

Álex

Por la presente, se solicita al Senado la modificación del Edicto 2/1782 de Educación, y el traslado de las competencias referentes al sistema de becas a los Consejos Regionales.

Proposición de cambio del edicto 2/1782 de Educación.
Consejo de Nohabe

Me duelen los nudillos. Aun así, sigo dando puñetazos al saco. Ahora mismo me vendría bien romperme algún hueso para poder tener una buena razón para llorar.

Aún oigo el portazo de Diana al salir de la habitación.

No quería mirarla. ¿Con qué cara me iba a enfrentar a ella? No se lo puedo contar. Eso sería traicionarlas y no puedo hacerlo. No me han abrazado cuando lo necesitaba, pero siguen siendo las personas que siempre han estado ahí desde que nací. Me quieren a su manera, ¿no? Si no me dejarían a mi bola, no se preocuparían por incluirme en sus planes, no me habrían contado lo que necesitan hacer para que todo siga como hasta ahora.

Solo sería una poción, ha dicho Elba. Y tendría esa aprobación que siempre he querido. Esa que dejé de esforzarme en conseguir, que en el fondo siempre he anhelado. Esa que este año estaba decidida a alcanzar.

Pero ¿y el curso que viene? No puedo hacerle nada a Diana, no voy a ser capaz. O igual no hace falta, puedo dejar de ayudarla, simplemente. De esa forma será más difícil que saque buena nota en Cálculo y Mense, solo tendré que esforzarme un poco, quedar por encima de ella, ni siquiera creo que sea muy difícil. Entonces no será una amenaza, y el Consejo no necesitará hacer nada, ni pedirme nada. También es una forma de protegerla, de evitar que le hagan daño. Porque se lo van a hacer, no le van a permitir conseguir ese puesto. Igual que pasó con su hermana.

Doy un puñetazo fuerte sin pensar y me hago daño en la muñeca. Me quito los guantes y me cojo la parte dolorida con la otra mano.

A veces me gustaría deshacer todo lo que ha pasado estas semanas, volver a ese momento en el que no quería saber nada de ella, en el que lo único que deseaba era que se fuera de aquí. Todo sería más fácil así, ahora no tendría dudas, haría lo que me han pedido sin pensar en nada más. Ni en si es lo correcto, ni en si es mejor protegerla o contarle la verdad. Volver a sentirla como una rival. Las dos detrás de un mismo objetivo y las dos por otros motivos. No por querer de verdad tener ese trabajo, sino por nuestras familias, por rabia, por orgullo.

Quiero seguir pasando tiempo con ella, pero también contar con mi familia, saber que están ahí. Solo que pasar tiempo con ella significaría mirarla a la cara siendo consciente de que estoy escondiendo la verdad. Y contárselo sería alejarme de mi familia definitivamente.

Intento hacer lo que me enseñó Diana para los hechizos de magia core: observar qué siento ahora. Cierro los ojos e intento desenredar el matojo de hierbas que parece llenarme el pecho.

En este momento me gustaría poder volver a la habitación y contárselo todo. Decirle que tiene razón. Pedirle que me vuelva a explicar lo que ha descubierto y pasar tiempo con ella. Eso es lo único que quiero ahora.

¿Y entonces qué? Ella seguirá su camino. Ya sea con un sitio en el Consejo o con un buen trabajo. ¿Y yo? Nunca tendré la confianza de mi familia, me echarán como a Berta. ¿Sería tan malo? Ahí está ese miedo a que mi vida cambie por completo, a no tener todo asegurado.

Hasta hace unos meses Diana no existía. Todo era más fácil. Pero al pensar en volver a alejarme de ella, un agujero parece abrirse en el pecho.

Me preparo, cierro los ojos y me aferro al miedo que me da lo que estoy a punto de hacer. A la incertidumbre de desconocer las consecuencias que tiene viajar en el tiempo con magia core. La preocupación, el agobio por todo lo que me queda por terminar hoy.

Pronuncio las palabras y muevo los dedos pulgar y corazón cuatro veces.

Cuando termina y abro los ojos, noto la misma sensación de falta de aire que siempre, solo que esta vez se transforma en un dolor de cabeza que nunca antes había notado.

Recuerdo lo que acabo de hacer, cómo he llegado hasta aquí y todo lo que quería hacer en estas horas ganadas con magia, hasta que el reloj volviera a dar las once.

Pero tengo lagunas. ¿Qué he hecho desde las siete hasta el momento del hechizo?

Escondo la cara en las manos y me derrumbo. ¿He perdido cuatro horas enteras de recuerdos? ¿Y si no han sido solo los recuerdos? ¿Y si mi hechizo ha borrado lo que había hecho durante ese tiempo?

No puedo quedarme aquí lamentándome.

Tengo que hacer lo que pretendía, y también lo que he perdido.

CAPÍTULO 36

ÁLEX

Cuando el mar escupió aquellas criaturas de largos cuernos y afilados colmillos, Alejandra Arce, capitana general de la guardia, lideró la defensa de nuestra costa, perdiendo la vida entre las fauces de la última criatura y llevándosela consigo.

LIBRO SEXTO DE LAS ANTIGUAS ESCRITURAS

Anoche me quedé dormida antes de que Diana volviera a la habitación, y esta mañana no estaba cuando me he despertado. Por unos segundos he pensado que se había ido y me he quedado sin aire. Pero sus cosas están aquí.

Me ducho y me cambio. Hoy me dará tiempo de desayunar con Gala y Octavia, al menos. Bajo por las escaleras sin prestar atención hasta que me choco con alguien. Levanto la vista y veo a Diana.

—Cuidado, Álex —me dice con una sonrisa.

No se para, sigue caminando sin más. Me giro y me quedo mirando cómo se aleja.

¿A qué ha venido eso? No puede haberme perdonado que la ignorara así sin más. ¿Me ha tocado una nosencia de tiempo y no me acuerdo? Sacudo la cabeza sin entender nada y sigo bajando hasta el comedor. No quiero pensar en ella ahora.

—Voy bien, de verdad —oigo a Gala cuando me acerco a la mesa en la que está con Octavia.

—Esta tarde podemos repasar Cálculo —digo al sentarme.

—Sois unas pesadas, ya os he dicho que voy bien.

Asiento y me concentro en untar la mermelada en la tostada sin prestar atención a lo que siguen hablando mis amigas.

—Álex, ¿se puede saber qué te pasa? —pregunta Gala.

Levanto la vista del plato y la miro confundida.

—¿Qué me pasa de qué?

—Estábamos hablando de Morera y no has dicho nada.

Me encojo de hombros.

—Has discutido con Lantana —afirma Octavia.

—No he discutido con ella —digo mientras pongo una tostada encima de otra—. Y, aunque lo hubiera hecho, eso no significaría nada.

—Han discutido —confirma Gala antes de meterse en la boca una cucharada de cereales.

Muerdo las tostadas y mastico despacio.

—Mi vida no gira en torno a Diana.

Gala y Octavia se miran.

—Tía, te mola Diana y es normal que si estáis mal tengas esa cara de muerta, pero al menos admítelo.

—Me he cruzado con Diana al bajar y tenía tan mala cara que parece que estéis compitiendo también en eso —dice Octavia.

Me extraño porque cuando yo la he visto estaba perfectamente, pero no digo nada, no quiero seguir hablando de ella.

—¿Qué podemos hacer para que dejéis de ir por los pasillos como almas en pena? —pregunta Gala girándose hacia mí, preparada para llevar a cabo cualquier plan por descabellado que sea.

—Nada —digo quitando una de las dos tostadas y untando más mermelada—. No hemos discutido, ¿vale? Solo es que no le hice caso ayer porque pasó algo y… es complicado.

Vuelvo a montar el sándwich y le doy un mordisco.

—Sea lo que sea, si necesitas ayuda o hablar, estamos aquí.

Octavia aparta el pelo que me tapa parte de la cara y me lo echa a la espalda.

Asiento y sigo comiendo sin decir nada más. Son mis amigas, ¿a quién se lo voy a contar si no? Necesito sacarme la púa antes de que pueda infectarse.

—Mi madre y mi padre me han pedido algo. —Me rindo y dejo parte del sándwich en el plato.

Las dos me miran. Cierro los ojos.

—Sé que, si lo hago, Diana no me lo perdonará nunca, pero me asegurará el apoyo de mi familia. Todo será más fácil.

—Tía, te han tratado como una mierda, no me jodas que les vas a hacer caso.

—Ya…

Sé que Gala tiene razón, que no tengo la mejor familia. No puedo evitar recordar la carta que leí de Diana. La envidia que me dio. Yo nunca tendré eso.

Noto el brazo de Octavia sobre mis hombros.

—Álex, sea lo que sea que decidas estamos aquí.

Un nudo se me empieza a formar en el pecho y amenaza con subirme a los ojos. Oigo las palabras de nana diciéndome que no haga las cosas por miedo. Pero ¿cómo? Si siento sus ramas rodeándome, noto que me asfixia, que cuando el aire sale de mis pulmones aprietan más y no me dejan volver a hinchar el pecho.

—Quiero que todo siga como ahora.

—Eso no puede ser. —Gala alarga una mano y la pone sobre la mía—. Por mucho que retrases lo que sea que tienes que decidir, el curso que viene es el último. Todo va a cambiar.

Me concentro en el contacto con mis amigas e intento coger aire y soltarlo despacio. ¿Hacia dónde quiero que todo cambie?

Llegamos a clase justo cuando el reloj da las nueve. Diana entra cuando Noguera está a punto de cerrar la puerta. No digo nada y ella tampoco. Sea cual sea el motivo por el que antes me ha llamado por mi nombre, ahora parece haberlo olvidado porque me vuelve a ignorar.

La clase pasa como todas las de esta asignatura. Sigo tallando el ramo de flores que ahora casi ocupa media mesa. Cuando termine el curso espero que expongan el pupitre como la obra de arte que es.

Al acabar la clase, Noguera se acerca a nosotras y deja en la mesa el trabajo que le entregamos hace unas semanas.

—Esto es lo que quería —dice con una sonrisa.

Diana y yo miramos el diez que hay escrito con tinta roja en la esquina.

—Gracias —dice con una sonrisa forzada.

Yo asiento sin intentar decir nada ni cambiar mi expresión. Noguera no se da cuenta o no quiere dársela, recoge sus cosas y sale de clase.

—Quédatelo si quieres —me dice.

—No, da igual —digo, y la miro intentando sonreír—. Lo hicimos porque tú fuiste una pesada, al fin y al cabo.

Lo digo en tono de broma, pero o no lo ha pillado o sigue enfadada conmigo, que me parece lo más lógico. Estoy a punto de pedirle perdón cuando Espino entra en clase y pierdo la oportunidad.

Durante la mañana hace todo lo posible por evitarme y, por mucho que intento hablar con ella, no puedo. Lo que provoca que me replantee una y otra vez qué voy a hacer, qué voy a decirle, qué me va a doler menos. Se supone que he tomado la decisión, pero las horas pasan muy despacio y la noto tan lejos que el medio metro que nos separa parecen kilómetros.

Capítulo 37

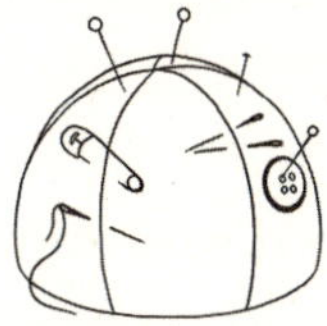

Diana

Teodora de Nohabe fue la última gobernadora de ojos color esmeralda. Muchas teorías apuntan a que Lisandra no era su verdadera hija, pues es curioso que, poco antes de morir, Teodora fuera recluida en su habitación aquejada de alucinaciones, ya que aseguraba que su hija había desaparecido.

Lo que no te han contado de la historia de Ajione

Leo la última carta que me han enviado mis hermanas. Las echo mucho de menos. Me siento muy sola, más que las primeras semanas, más ahora que he pasado unos días sin sentirme así.

He ignorado a De La Encina durante toda la mañana, aunque podía ver cómo intentaba quedarse a solas conmigo. Ha habido un momento en el que quería preguntarle alguna duda, pero me he contenido. Por eso he venido a la biblioteca.

Estoy en el límite, lo noto, veo que me queda un dedal para caer por el precipicio. Solo un inconveniente más y lo dejaré. Creía que podía, que con la ayuda de De La Encina, por mucho que la negara al principio, podría llegar a tener alguna posibilidad. Pero sola… sola no me veo capaz. Tampoco creo que pueda estar a su lado sintiendo que tengo alfileres en el pecho.

Llevo una hora aquí y no he podido concentrarme. Me he acostumbrado a tener a De La Encina en el escritorio de al lado, murmurando mientras escribe o repitiendo una y otra vez lo que tiene que memorizar. Y, de alguna forma, me recordaba al murmullo que llegaba a mi habitación cuando mis hermanas armaban jaleo.

Tampoco puedo dejar de pensar en la nosencia que destruyó Berta, en Marco saliendo del sótano. Quiero contárselo, quiero decirle que es probable que tuviera razón. Pero, si no hablo con ella, no me puede hacer más daño.

Además, lo poco que conseguí estudiar ayer es como si se me hubiera borrado de la memoria. Lo que sí recuerdo es un sueño rarísimo que he tenido esta noche en el que me colaba en la cocina y luego me paseaba por la academia.

Sacudo la cabeza y vuelvo a empezar el ejercicio de Cálculo. He logrado terminar alguno del nivel intermedio, pero no es suficiente ni para aprobar Cálculo ni para poder hacer los hechizos mense que entran en los próximos exámenes.

—Has aplicado mal la fórmula —oigo a mi derecha.

Me giro y veo a De La Encina inclinada sobre la mesa. No la he oído llegar.

La observo con el ceño fruncido mientras juega con los anillos sin levantar la vista.

—Siento no haberte hecho caso ayer —susurra.

Me mira un segundo y veo sus labios fruncidos. Se sienta en la silla que hay al otro lado de la mesa, frente a mí.

—Me pasó una cosa… —duda y me mira sin dejar de darle vueltas a los anillos—. No, me enteré de algo…

Coge aire.

—Te vas a enfadar conmigo, lo sé. Aunque ya lo estás, así que tampoco es ningún cambio —lo dice rápido, casi sin espacio entre las palabras—. No lo voy a hacer, ¿vale? Eso es lo más importante.

La miro sin entender de qué me habla.

—Te lo voy a contar, pero no te enfades más, por favor. —Hace una pausa, esperando que diga algo, pero no lo hago—. El otro día, cuando fui a comer con mi madre y mi padre, me pidieron que impidiera que Morera terminara el curso como primero de la promoción.

Noto un dolor en el pecho que ya conozco. Lo están haciendo otra vez, lo mismo que a mi hermana.

Desvía la vista hacia sus manos de nuevo.

—Lo he pensado mucho... —Vuelve a mirarme—. Pero no lo voy a hacer.

—¿Por qué? —pregunto con un hilo de voz.

Me aguanta la mirada con lágrimas en los párpados, que esperan un movimiento para resbalar por la cara.

—Tenía miedo... tengo miedo. —Se limpia con un manotazo la lágrima que ha conseguido caer por su mejilla—. Esto es lo que debo hacer para que me acepten, para no sentirme como una intrusa en mi propia familia. Pero no quiero hacerlo. —Suelta aire por la nariz y sonríe—. Me cae fatal Morera, lo sabes, y no me importaría hacerle la vida imposible. —Vuelve a ponerse seria—. Pero eso significaría alejarme más de ti y no quiero.

Se limpia la cara con las dos manos.

—Lo que quiero decir es que... —duda sin desviar la vista de mí—. No ha sido ni un día, pero te echo de menos. Que sería más sencillo odiarte y hacer caso a mi familia. Que eso me haría la vida más fácil. —Se encoge de hombros y sonríe un poco—. Pero han sido unas horas de mierda en las que no me he podido meter contigo.

Parpadeo y noto las lágrimas a punto de salir yo también. Bajo la vista. Lo estamos complicando todo demasiado. Debería decirle que me da igual, que haga lo que le han pedido para así poder odiarla con razón. Una gota cae sobre el ejercicio que he hecho mal.

Oigo cómo arrastra la silla y se levanta. Solo tengo que dejarla ir y será como si no hubiera pasado nada. Podremos olvidar todas las discusiones, las bromas y los silencios.

Cuando pasa por mi lado, alargo la mano para coger su muñeca. Cojo aire y me levanto. La observo sin soltarla durante unos segundos en los que me aguanta la mirada, aún con lágrimas y los labios apretados.

La suelto y hace una mueca. Antes de que diga nada me acerco un paso y la rodeo con mis brazos. Tarda un segundo en reaccionar, rodearme la cintura y apoyar la cabeza en mi hombro.

—Yo también te he echado de menos, Álex —digo.

Noto su risa vibrar en mi pecho. Siento alivio, como si tenerla tan cerca fuera algo que estaba esperando desde hace tiempo. No debería, porque acercarme solo va a hacer que alejarme duela más. Pero no tenemos por qué, ¿no? Debe haber alguna forma de poder mantenernos juntas a pesar de todo.

—Sobre todo cuando no te salen los cálculos.

Bufo y hago intención de separarme de ella, pero no me deja.

—Perdón, perdón, no es el momento. —Sigue riendo.

El reloj da las nueve. Álex se ha dejado caer en la mesa, con la cabeza encima del brazo y la espalda en una posición de la que luego se arrepentirá. Yo sigo haciendo ejercicios, aunque ahora, con su ayuda, estoy avanzando más rápido. Junto a nosotras está Gala resoplando y Octavia leyendo un libro que no tiene nada que ver con ninguna asignatura.

Álex me coge de la muñeca y me gira el brazo dejando al descubierto mi tatuaje. Un escalofrío viaja desde donde su piel toca la mía hasta el cuello.

—¿Por qué tienes una bobina de hilo tatuada? —susurra con los ojos medio cerrados.

—Porque ojalá todo se pudiera solucionar con aguja e hilo.

Asiente, como si entendiera perfectamente lo que quiero decir.

—Y tú, ¿la planta…?

—Ojo de poeta —completa.

—Eso.

Se encoge de hombros.

—Es bonita.

—¿Ya está? —pregunto decepcionada.

—Yo no soy tan profunda como tú —dice con una sonrisa divertida.

Pongo los ojos en blanco.

Dudo un segundo, pero veo la oportunidad de preguntarle algo que hace tiempo que quiero saber.

—¿Cómo te hiciste eso? —Señalo la cicatriz del antebrazo.

Álex hace una mueca. Y extiende el brazo frente a ella.

—Quería hacer una poción para desintegrar objetos y, bueno, me cayó encima. —Acaricio la piel arrugada sin pensar—. Por suerte aún no estaba terminada, si no, es probable que no tuviera brazo.

Cuando me doy cuenta de lo que estoy haciendo, pienso en apartar la mano, pero no lo hago.

—¿Qué querías desintegrar?

—La colección de figuritas de pájaros de mi padre.

Me río sin poder evitarlo y me quedo unos segundos mirando la sonrisa de Álex.

—Vamos a cenar ya, por favor —pide Gala sacándome de mis pensamientos.

Álex se incorpora con una mueca y un gemido a la vez que se lleva las manos a la espalda, lo que hace que pierda el contacto con su piel.

Se me hace raro esto, hablar de tonterías mientras caminamos hacia el comedor y cogemos la comida. Estudiar juntas, o más bien yo estudio y Álex dormita sobre la mesa. Y, a la vez, siento tanta tranquilidad, como si todo estuviera en el sitio por fin. Solo que no lo está.

—Ahora que ya os volvéis a llevar bien, ¿vais a volver a poneros en plan detectives? —pregunta Gala cuando nos sentamos a cenar.

—No hace falta —responde Álex antes de que yo pueda decir nada.

—Berta está…

—Ya sabemos quién es —me interrumpe—: Morera.

Bufo. Antes de ponernos a estudiar, cuando Gala y Octavia aún no habían llegado, se lo he contado todo y no ha necesitado nada más para recordarme que ella tenía razón desde el principio.

—No lo sabemos seguro.

—Es el único con motivos y oportunidad y estaba en una escena del crimen.

Nos aguantamos la mirada unos segundos.

—Haya paz —dice Gala poniendo una patata frita entre las dos.

Álex la atrapa y se la come.

—De todas formas, Berta ya lo sabe, ella se encargará —digo.

Con una mueca, Álex corta un trozo de pechuga y se lo lleva a la boca.

—¿Y la movida del Consejo con las becadas? —pregunta Gala.

Me quedo con una patata en la mano.

—¿Se lo has contado?

Asiente mientras mastica.

—Pero no se lo vamos a decir a nadie. —Octavia duda—. Aunque igual deberíamos.

—No, Berta también se está encargando de eso —respondo.

—Y por eso creo que lo mejor sería ir a Morera, darle un sustito y así mi querida hermana tendría un problema menos y podría dejar de parecer una enferma terminal.

Niego con la cabeza.

—No puedes ir por ahí asustando a gente.

—Lo lleva haciendo toda la vida —ríe Gala.

Álex sonríe de forma inocente.

Cierro los ojos y respiro hondo.

—Haced lo que queráis, pero no contéis conmigo, tengo que estudiar.

Sin una pizca de remordimiento, Gala y Álex empiezan a hacer planes, a cada uno más absurdo, para escarmentar a Marco y conseguir que confiese. Mientras Octavia y yo comemos en silencio y compartimos miradas de hastío.

Capítulo 38

Álex

Para aquellas a las que no se les dé bien el cálculo, no hay mejor compañero que un canalizador. Solo es necesario seleccionar las fórmulas a utilizar mediante sus ruedas dentadas y asegurarse de que está en contacto con la piel. Ya nunca más se te descontrolará un hechizo mense.

Artilugios mágicos para el día a día

Después de cenar, Diana se apiada de mí y me ayuda a estudiar Lenguaje Prímeo, porque esta asignatura nunca se me ha dado del todo bien y este curso no me va a servir con repasar un poco el día de antes.

—Sabes que no tiene sentido, ¿no? —le pregunto mirando con escepticismo sus apuntes.

—Esto no es Cálculo —me responde con tono cansado—. Aquí no todo tiene lógica, hay excepciones.

Suspiro y dejo caer la cabeza sobre la mesa.

—Álex —me llama.

Una pequeña sonrisa quiere tirar de mis labios hacia arriba. Esta tarde, cuando me ha dicho que me había echado de menos y me ha llamado por mi nombre y no por mi apellido, el corazón me ha empezado a latir tan fuerte que lo único que he sabido hacer ha sido meterme con ella para que no se diera cuenta.

Noto sus dedos acariciar mi mejilla mientras me aparta el pelo que me cubre la cara. Intento poner expresión agotada y quitar la sonrisa tonta que tengo, pero no sé si llego a conseguirlo. Me pierdo en esos ojos marrones, que no me parecen ni vulgares ni aburridos y que no querría dejar de mirar nunca.

El reloj da las once.

—Hora de dormir.

—Será lo mejor —digo incorporándome.

Empiezo a desperezarme, estirándome todo lo que puedo sin levantarme de la silla. Un grito me deja congelada a mitad bostezo. A la vez que *Yina* da un salto y se sube a la cómoda.

Diana mira la puerta, asustada.

Otro grito.

Me levanto y voy hacia la puerta. Pego la oreja a la madera y escucho otro, pero no parece estar cerca de nuestra habitación. Abro con cuidado y me asomo despacio. Una persona pasa corriendo por delante de mí, a la que siguen tres más.

Noto la presencia de Diana detrás de mí.

—No salgas —le digo.

—Que te lo has creído —responde desafiándome con la mirada.

Aprieto los dientes y cojo aire despacio.

—No quiero tener que preocuparme por mí y por ti.

—No te preocupes por mí, sé defenderme.

Alzo las cejas.

—Hay otras formas de protegerse más allá de una daga afilada. Además —añade antes de que pueda pronunciar palabra—, no sabemos qué pasa. Igual con eso —Señala el arma que llevo escondida en la bota— no puedes hacer nada.

Cedo. Empezamos a caminar hacia la dirección de donde vienen los gritos y la gente corriendo. Me detengo en la esquina y me agacho para coger la daga.

Nos asomamos y vemos a una chica sentada en el suelo, acurrucada, abrazándose las piernas, mientras Morera intenta hacer que se levante entre lágrimas. Un chico sale corriendo de la torre.

Camino rápido hacia allí, seguida de Diana.

—¡No entréis! —nos dice la chica que llora. Al volverme hacia ella, veo que es Vitalba.

No le hacemos caso. Pasamos el arco de entrada y la vemos, justo en el otro, el que conecta con la siguiente torre.

El reloj da las once.

Es más grande que ninguna de las que ya hemos visto. Más alta que Diana, tan ancha que cabe justa por la abertura entre las torres. Flota pesada sobre los adoquines.

Veo a Octavia pegada a la pared, temblando de miedo, creo que nunca le había visto esa expresión de terror. La nosencia pasa por delante de ella. Contengo el aliento. Noto la mano de Diana sujetando la mía.

—¿De dónde ha salido eso? —oigo la voz de Morera a mi izquierda.

—¿Tú qué crees? —pregunto enfadada sin desviar la mirada de mi amiga.

Si se aleja solo un poco más, Octavia podrá salir corriendo. Pero entonces la nosencia la roza y cae desmayada, por la tensión o por lo que le haya podido hacer. No lo sé. Estoy a punto de ir hacia ella, sin pensar en la nosencia ni en nada más que mi amiga, cuando Diana desaparece de mi lado y su mano me suelta.

A los pocos segundos veo el cuerpo de Octavia moviéndose hacia mí, como si estuviera arrastrándola alguien invisible.

Miro a la nosencia. No parece haberse dado cuenta, sigue desplazándose hacia delante. Clavo la vista en su núcleo.

Berta sube corriendo las escaleras de la primera torre, blanca como la nieve y con peor cara que el último día que la vi. Mira la nosencia y se lleva las manos a la boca.

Diana vuelve a aparecer a mi lado, agachada junto a Octavia.

El reloj da las once.

—Lánzala —me dice poniéndose en pie.

—El núcleo es muy pequeño y está lejos —digo casi sin oírme, el golpeteo de mi corazón parece llenar mis oídos.

Veo como empieza a mover las manos y a pronunciar un hechizo. Los mechones de pelo que se le han soltado de la coleta se mueven.

—Ahora, lánzala.

Apunto y lanzo la daga con todas mis fuerzas.

Diana hace un movimiento brusco, y el arma coge velocidad justo antes de entrar en la nosencia. Se clava en el núcleo y la nube negra desaparece con un gañido. La daga cae al suelo.

Diana se vuelve a agachar junto a Octavia; el pecho le sube y le baja tan rápido que debe estar hiperventilando. Me mira y abre los brazos hacia mí. Me refugio en ellos, escondiendo la cara en su cuello, donde noto su pulso tan acelerado como el mío.

—¿Estáis bien? —oigo a Berta.

Me separo un poco de Diana, que me deja ir y me dan ganas de decirle que no me suelte.

—No —respondo mirando a Octavia.

Berta parece a punto de echarse a llorar.

La doctora de la academia viene corriendo hacia nosotras mientras las dos enfermeras examinan a Morera y Vitalba, que siguen fuera de la torre, por si ellas también hubieran entrado en contacto con la nosencia.

Me quedo junto a mi amiga esperando una buena noticia, que no le haya afectado mucho, que pueda recuperarse. Quiero llorar, pero estoy tan alterada que no puedo, la cabeza me va demasiado rápido, solo quiero que abra los ojos y me haga alguna broma.

Alzo la vista hacia donde está Morera, agachado junto a Vitalba. ¿Cómo ha llegado tan rápido? Su habitación está en la planta de arriba, justo a la otra punta. Ha tenido que bajar por las escaleras de detrás y recorrer todo el pasillo hasta aquí. Y eso si hubiera escuchado los gritos. Si desde nuestra habitación, que está en esta misma planta a mitad de pasillo, ya se oían amortiguados, es muy raro que él los haya escuchado.

Tiene que ser él.

Sé que Diana no está de acuerdo, pero tengo que hacer algo. La savia de encina de Nald debería estar ya apunto. Puedo elaborar la poción de la verdad y hacer que Morera se la tome. No podrá evitar confesarlo todo, incluido lo del canalizador que le vi el primer día. Es un engreído y tan mala persona como cualquiera de nosotras, porque prácticamente se ha criado aquí. No le va a hacer ningún bien a nadie que entre en el Consejo.

Vuelvo la vista a Berta, que habla con una de las enfermeras. Está delgada y ojerosa. Tengo que solucionar esto o, si no, antes de que acabe el año me habré quedado sin hermana.

Se llevan a Octavia a la enfermería, junto con Vitalba. Le suplico a la doctora que me deje ir, pero se niega y me advierte que como me vea por la enfermería tomará medidas. En ese momento sí lloro, al ver que se llevan a mi amiga y yo no puedo hacer nada. Diana me abraza hasta que ya no me quedan lágrimas.

Ya es muy entrada la madrugada cuando Diana deja de dar vueltas y se queda dormida. Cojo mi pequeño baúl de ingredientes, el fermentador con la savia y bajo al aula de pociones. Enciendo los pequeños leños bajo el caldero. Corto una baya de belladona en trozos diminutos con el cuchillo y la añado al agua cuando empieza a hervir, junto con dos gotas del veneno de culebra Onot. El olor que desprenden es fuerte y me aparto un poco, es mejor no respirar esos vapores.

Mientras se cuecen, hecho unas gotas de savia de encina de Nald. Por último, machaco con el mortero la corteza de roble, eso rebajará el sabor y olor. Lo ideal sería tener la poción dos horas al fuego, pero no puedo pasarme tanto tiempo aquí en plena noche, así que espero que el sabor de la bebida en la que la vierta sea suficiente para disimularla.

Capítulo 39

Álex

El día en el que el cielo trajo seres alados de plumas oscuras y picos largos como brazos, Berta de Nohabe, segunda gobernadora de Ajione, alzó las aguas, ahogando con ellas a las criaturas que venían a atacar nuestras tierras. Cuando el agua cayó, deteriorada por el hechizo core, formó la que ahora llamamos laguna Oscura, alrededor de la cual ni siquiera crecen las malas hierbas.

Libro Cuarto de las Antiguas Escrituras

Esta madrugada, al volver a la habitación, no me podía dormir pensando en Octavia y en cómo conseguir que Morera se tomara la poción. Solo después de haber armado un buen plan, con el cielo ya despertando, he podido cerrar los ojos.

No debe haber pasado ni una hora cuando Diana me despierta para que vayamos a visitar a Octavia antes de desayunar. Me visto como puedo, con los ojos entrecerrados, sintiendo que me pesan los párpados, que toda yo me muevo más lento.

Cuando llegamos a la enfermería, nos dejan pasar porque Octavia ya está despierta. El corazón me late con fuerza. ¿Cuánto habrá olvidado? ¿Se acordará de mí?

Al llegar a la camilla en la que está mi amiga, vemos a Gala ya junto a ella, con la silla de ruedas de lado para poder acercarse más a Octavia. Los ojos se me llenan de lágrimas. Su sonrisa es rara, como si dudara un poco, pero está ahí, y, aunque tiene la piel un poco blanquecina, no hay más signos de malestar en ella.

—¿Cómo estás? —le pregunto con la voz estrangulada.

—Triste —dice con una mueca—. Me acuerdo de todas tus quejas sobre Diana, pero ni un poco de cómo habéis hecho las paces.

Suelto un ruido entre risa y bufido. Solo ella podría tomarse esto a broma. Me acerco y la abrazo con todas mis fuerzas.

—Me ha dicho la doctora que se quedará hoy aquí, solo para asegurarse de que está bien —me informa Gala.

Me separo de Octavia y miro hacia ella.

—¿No sabe hasta dónde le ha afectado?

—Dice que lo iremos viendo.

Asiento.

—Hice bien en no estudiar mucho, imagínate que ahora tuviera que volver a empezar. —Octavia se queda pensando—. Porque no estudié, ¿no?

Niego con la cabeza con una sonrisa.

—¿Queréis que vaya a por algo para desayunar? —pregunta Diana.

Gala hace una mueca y yo me encojo de hombros, no sé si quiero comer algo.

—Un trozo de bizcocho de chocolate —dice Octavia.

Diana sonríe, me coge la mano unos segundos y sale de la enfermería.

—Tu madre y tu hermano no tardarán en llegar —dice Gala.

Octavia frunce el ceño.

—¿Mi hermano?

Gala y yo nos miramos un segundo.

—No… —La expresión de Octavia vuelve a ser la de anoche, aterrorizada—. No me acuerdo…

Cierra los ojos y se agarra la cabeza. Gala le aparta un poco el pelo y se lo recoge detrás de la oreja.

—Dan, tiene cinco años más que tú —le digo.

—Me acuerdo de Dan —dice Octavia. Alza un poco la cabeza con la expresión descompuesta—. Pero éramos pequeños, no… —Una lágrima le resbala por la mejilla—. Está borroso, como si fuera un sueño.

Nos mira con miedo.

—No pasa nada —dice Gala tomándole las manos entre las suyas—. Lo importante es que no te has olvidado por completo de él.

Octavia asiente, pero no parece estar escuchándola del todo.

Pienso en Berta. Si estuviera yo en el sitio de Octavia, si hubiera olvidado a mi hermana. El aire se me escapa de los pulmones. ¿Lo notaría? ¿Sentiría que me falta algo? Olvidaría los abrazos, los juegos, sus labios fruncidos cuando no quiere sonreír. Olvidaría su risa, la que hace tanto que no escucho, la que ya me cuesta recordar. ¿Cambiaría yo? ¿Sería una persona distinta? ¿Lo será mi amiga a partir de ahora?

Unos minutos después, cuando Diana viene con una bandeja de comida, le cuento lo que ha pasado. Nos quedamos haciendo compañía a Octavia hasta que dan las nueve y las enfermeras nos mandan a clase. Dejamos la bandeja de comida intacta sobre la mesita auxiliar y nos vamos.

El día ha pasado como en una burbuja, distorsionado, con la sensación de que en cualquier momento la púa de un cactus iba a hacerlo explotar todo y me iba a ahogar.

A la hora de la cena Diana se va a la biblioteca, y no puedo tener más suerte, porque así me ahorro la conversación en la que la convenzo para ayudarme.

Morera está en una de las mesas más cercanas a la puerta. Contando algo que parece muy divertido por cómo ríen a su alrededor. ¿Cómo puede estar así de tranquilo? La rabia que siento ahora mismo es tan intensa que podría utilizar el mismo hechizo que usé con Vitalba, pero con magia core. Podría quitarle toda el agua del cuerpo gota a gota y ni siquiera así sufriría lo suficiente para compensar lo que ha hecho.

—Me tienes que ayudar —digo girándome hacia Gala.

—Cuenta con mis puños —dice Gala levantando los susodichos delante de su cara.

Saco la botellita del bolsillo del pantalón.

—Tengo que echarle esto a la bebida de Morera. Unos minutitos y nos contará hasta que hace trampas en los exámenes.

Cojo el vaso que tengo en la bandeja y vierto un poco de la poción.

—Morera todas las noches se lleva un vaso de café para seguir estudiando unas horas.

—Tía, ¿tenías un *crush* con este y no me lo has dicho?

—Hay que conocer bien a tus enemigos para sobrevivir.

—Lo que tú digas.

La ignoro y sigo explicándole lo que quiero hacer.

—Entendido. —Se separa de la mesa y pone su bandeja en el regazo—. Vamos.

Después de dejar las bandejas, caminamos hacia la puerta fingiendo una pelea tonta y empujándonos la una a la otra.

Cuando llegamos a la altura de Morera, Gala me da un empujón más fuerte, tanto que me clava una de las patas de los reposapiés de su silla y me hace daño de verdad.

Caigo hacia la mesa y tiro el café de Morera con la mano al intentar apoyarme para recuperar el equilibrio.

Morera se levanta tirando la silla en la que está sentado al suelo.

—¡Qué cojones!

El café le ha caído todo encima y tengo que reprimir una sonrisa.

—Mierda, perdón —digo mirándolo con los ojos muy abiertos.

—¿Eres idiota?

Me dan ganas de decirle mil cosas, pero me mantengo en mi papel.

—Lo siento mucho —digo cogiendo una servilleta y limpiando la mesa—. Mira, te doy mi café. —Lo dejo en su bandeja, donde estaba el otro vaso.

—Es lo menos que puedes hacer —dice sin mirarme mientas intenta limpiarse el pantalón.

—Lo siento mucho, de verdad —digo, y camino hacia la salida sin poder reprimir la sonrisa.

Gala me choca la mano al salir del comedor.

Nos quedamos junto a las escaleras esperando. Solo pasan unos minutos hasta que Morera sale con dos de sus amigas, dándole sorbos al café.

—Me ayudarás mañana con Pociones, ¿verdad? —le pregunta la chica.

Morera le sonríe y asiente.

—Claro… —se tapa la boca y frunce el ceño.

—¿Qué pasa? —le pregunta otro chico.

—Nad…

Parece que vaya a vomitar.

—¿Te ha sentado algo mal? —pregunta la chica.

—Lo pesada que eres —suelta, y vuelve a taparse la boca.

La chica lo mira enfadada, y parece ir a decirle algo, pero lo piensa y se va con la cabeza alta.

—A mí también me parece un poco pesada, la verdad —susurra el chico. Está claro que quiere hacerle la pelota—. ¿Vamos a estudiar Mense? Si no, nos va a crujir Juárez.

—Yo no voy a tener ese problema, usaré un canalizador en el examen. —Hace una mueca de rabia y cierra la boca con esfuerzo.

Lo sabía. Secreto número uno confesado. Vamos a por el siguiente. Antes de que su amigo reaccione y le reproche no habérselo contado, me levanto y camino los cinco pasos que me separan de ellos.

—Eh, Morera, ¿cuándo fue la última vez que viajaste en el tiempo? —le pregunto con una sonrisa.

El becado me mira con expresión confusa.

—No sé a qué viene esto, pero nunca he viajado en el tiempo.

Ahora yo también lo observo confundida.

—¿No creaste tú la nosencia de ayer? —insisto.

—¿Estás loca? ¡No! Anoche estaba con Valeria… ¡Mierda!

Sale corriendo antes de soltar más verdades, y nos deja a su amigo y a mí allí plantados. Le hago una mueca intento de sonrisa y vuelvo con mi amiga.

—Tía, Morera y Vitalba… Diosa las cría y ellas solas se juntan.

Si no es Morera… Noto los latidos del corazón en los oídos. Necesito encontrar a la culpable, no puedo permitir que haga daño a nadie más.

Me despido de Gala, que va hacia el ascensor de la parte de atrás para subir a la habitación. Dudo un segundo y decido ir a la biblioteca a buscar a Diana. Pero antes de dar dos pasos, veo a Berta correr hacia su despacho.

Noto el cansancio en cada hueso.
Solo quiero esconderme en la cama y llorar.
Lo he hecho todo mal.
Quería ayudar, quería hacer todo lo que debía.
No puedo con todo.
Pero queda tan poco…
Lo terminaré y ya podré seguir con lo demás.
Solo una vez más.

CAPÍTULO 40

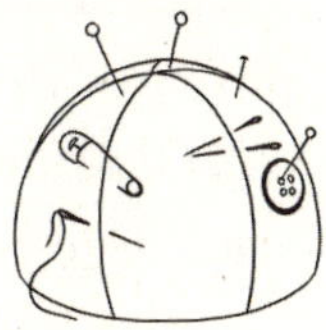

DIANA

Se considera al aire una esencia renovable siempre y cuando el lugar donde se realiza el hechizo disponga de ventilación. En caso contrario, al no haber renovación del elemento, sí se notará el deterioro de la esencia.

MAGIA CORE APLICADA A ESENCIAS RENOVABLES

Es Berta.

No sé cómo no he sospechado de ella antes. La insistencia con que no hiciéramos nada, teniendo en cuenta que con lo de mi hermana sí me había dado un poco de libertad. Los puntos marcados en el plano, la mayoría cerca de las habitaciones de las profesoras y de su despacho. El día que la encontré en el aula de Defensa. Sola. Eso tenía que haberme dado una bofetada en la cara de lo evidente que era.

Y anoche, cuando llegó a nuestra planta. Para ser cinco pisos, teniendo en cuenta que alguien debió de avisarla, o está en muy buena forma, o no llegó a avisarla nadie. Y lo de estar en buena forma lo podemos descartar porque parecía que se iba a desmayar en cualquier momento.

Sabía que había una nosencia suelta, pero ¿por qué llegó tan lejos? Hasta ahora siempre las habíamos encontrado cerca de dónde ella se mueve, ¿qué pasó ayer?

No le he dicho nada a Álex, necesito estar segura antes, no quiero enfrentarme a ella por esto. No creo que le sentara muy bien que acusara a su hermana cuando ella sigue convencida de que es Marco, que es cierto que llegó muy rápido, pero podía no estar en su habitación.

A la hora de la cena salgo antes del comedor con la excusa sacar las profesoras, casi cayéndose de sueño sobre la sopa, mientras Huerta le contaba algo un poco alterada.

No hay nadie, pero por si acaso, me escondo en el rincón bajo la escalera. Me concentro en la incertidumbre que siento y susurro el hechizo. Cuando ya no me veo las manos, camino hacia el despacho de Berta. Miro alrededor para que nadie vea la puerta abrirse sola y, cuando me aseguro de que está despejado, entro. Me siento en una butaca que hay en el rincón más alejado a su escritorio y espero sin deshacer el hechizo.

No pasa mucho rato antes de que Berta entre en el despacho.

Se apoya en la puerta y se pasa las manos por la cara. Camina hasta sentarse en la silla tras el escritorio. Tiene los hombros hundidos, como si cargara con todo el peso del mundo. Parece más una estudiante de último curso en exámenes finales que una directora.

Abre uno de los cajones de la mesa y saca un cuaderno. Pasa las hojas despacio hasta pararse en una donde anota algo. Lo deja encima de la mesa, abierto. Se levanta, cierra los ojos unos segundos y empieza a hacer un hechizo.

Mueve los dedos corazón y pulgar como si le diera vueltas a una rueda imaginaria. Junto a ella empieza a aparecer una nube negra, inflándose como un globo.

Cuando pronuncia la última palabra, Berta desaparece.

Mi corazón vuelve a coser como si alguien le estuviera dando al pedal con todas sus fuerzas.

La nosencia parece desperezarse, estirándose un poco hacia arriba. Cuando vuelve a su forma inicial empieza a flotar hacia mí.

Supongo que ayer, cuando me hice invisible para sacar a Octavia de la torre, tuve suerte. Y hoy no se va a repetir.

Deshago el hechizo y vuelvo a ser visible. La nosencia no se inmuta.

Me concentro en el pánico que recorre cada átomo de mí en este momento, y pronuncio las mismas palabras que ayer. Muevo las manos de forma que el aire que hay a mi alrededor se concentre frente a mí y lo empujo hacia delante. La nosencia se va hacia atrás. Vuelvo a hacer el mismo movimiento, pero esta estancia es demasiado pequeña y empiezo a notar la dificultad para respirar y la humedad que se me pega en la piel.

Deshago el hechizo cuando la nosencia está junto al escritorio y corro a la puerta. Antes de que llegue a poner la mano en el pomo, esta se abre.

Berta me mira un segundo, saca una daga de la cintura del pantalón y la lanza.

La nosencia desaparece con un chirrido a la vez que Álex cruza el umbral de la puerta.

Berta se derrumba. Cae al suelo de rodillas, se tapa la cara con las manos y llora. Álex se arrodilla junto a ella y la abraza.

—Lo siento —dice Berta entre sollozos.

Quiero gritarle, decirle que ha sido una imprudente, que tiene una responsabilidad en esta academia y que nos ha puesto a todas en peligro, que ha hecho daño a Octavia. Quiero echarle en cara que no nos haya dicho nada cuando vinimos a avisarla y que nos haya mentido de forma tan descarada.

Pero no hago nada de eso, porque no creo que ahora mismo

sirva para nada más que hundirla más ahí donde sea que esté.

Voy hasta la pared contraria y abro una de las ventanas para que el aire se renueve. Cuando vuelvo donde están Álex y Berta, dudo un momento, pero salgo del despacho y cierro la puerta.

CAPÍTULO 41

ÁLEX

Artículo 23: Se impondrá una pena de entre veinte y setenta años de cárcel a quien utilice la magia de cualquier tipo para alterar el tiempo. La gravedad de la condena se calculará en función de los daños causados a terceras personas.

EDICTO 5/1745 DEL USO DE LA MAGIA. NACIÓN DE AJIONE

Una parte de mí se niega a creer que Berta pueda hacer algo que va contra las normas, que sea tan peligroso. Recuerdo las marcas que hicimos en los planos de la academia. Estaba todo delante de nosotras, pero nunca la tuvimos en cuenta. No he querido verlo, las señales estaban ahí: la palidez y las ojeras. Que nos echara la bronca de esa forma cuando ella siempre mantiene la calma.

Una parte de mí quiere enfadarse con Berta. Gritarle lo que le ha hecho a Octavia, pero me siento incapaz. Me siento culpable por no haber estado ahí para ella, podría haber evitado todo esto. He estado tan concentrada en descubrir quién era la culpable, en contentar a mi madre y mi padre, y en discutir con Diana, que no me he preocupado por insistir a mi hermana para que me contara lo que le ocurría de verdad. Debería haber estado más pendiente de ella, igual que lo ha estado ella de mí todos estos años.

La aprieto con fuerza y trago saliva intentando no llorar. He sido la peor hermana que se puede tener. Berta solo me tiene a mí y yo no he sabido cuidarla. Tenía tanto miedo a quedarme sola, a que mi familia no me aceptara, que me he olvidado de la única persona que ha estado siempre conmigo.

Dejo que se desahogue hasta que su respiración se vuelve más regular. Me separo de ella y espero a que levante la cabeza para mirarme.

—Lo siento mucho —dice con la voz tomada.

—Yo también lo siento.

Miro alrededor, pero Diana no está. No me he dado cuenta cuando se ha ido. Menos mal que estaba aquí.

—No voy a poder volver a mirar a Octavia a la cara nunca más.

Aprieto los labios porque yo tampoco sé cómo lo voy a hacer.

—¿Por qué lo has hecho? —le pregunto a Berta.

Se levanta despacio y yo hago lo mismo. Se sienta en la butaca más cercana, como si no tuviera fuerzas para andar más lejos.

—No llego a todo. —Se aparta el pelo de la cara y mira sus rodillas—. Son demasiadas cosas. Así que, los días que no podía terminar todo lo pendiente, iba unas horas atrás y hacía lo que sabía que no me iba a dar tiempo.

—Por eso pareces casi un fantasma.

Por primera vez, Berta levanta la vista y sonríe con dolor.

—Creía que no os ibais a dar cuenta.

—¿En serio? —Cojo aire—. ¿Qué pasó ayer?

Hace una mueca y vuelve a bajar la vista.

—Me quedé dormida. Las otras veces, solo me despistaba unos minutos, lo justo para que al llegar al lugar donde había hecho el hechizo la nosencia solo se hubiera movido unos metros, pero ayer me quedé dormida en el escritorio de mi habitación y, cuando me desperté, oí gritos por la torre.

Nos quedamos en silencio unos minutos. Berta aún intentando recuperar el ritmo de su respiración y yo sintiéndome culpable por no haberme dado cuenta.

—Te voy a ayudar a partir de ahora.

—No, tienes que estudiar, no es tu trabajo…

—Te vas a matar —la interrumpo—, o nos vas a matar a nosotras.

Cierra los ojos.

—Me sobra tiempo —digo.

—Tiempo que deberías dedicar a estudiar.

Aprieto la mandíbula. Otra cosa no, pero la cabezonería sí la hemos heredado las dos.

—Vamos a dejar que decida yo lo que hago con mi tiempo —digo tajante.

Berta hace una mueca.

—Te acompaño a la habitación, deberías dormir.

Asiente y se levanta como si el cuerpo le pesara tres veces más.

Cuando llego a mi habitación, Diana está sentada en su silla con *Yina* en el regazo.

—¿Qué tal tu hermana?

Me siento en mi cama con un suspiro.

—La he dejado durmiendo en su cuarto.

Yina se cambia a mi regazo de un salto y se hace una bola.

—¿Qué vas a hacer? —pregunta.

Solo quiero dormir ahora mismo. Descansar, olvidarme de todos los problemas. Me tumbo en la cama y la gata se reacomoda sobre mí.

—Ayudarla, es lo único que puedo hacer. No voy a delatarla.

Me giro hacia Diana para ver su reacción. Solo asiente, como si fuera la única opción. Pero no es lo que debería hacer, ¿no? Viajar en el tiempo está penado, es un delito. Ha hecho daño a Octavia. Aun así, ¿cómo voy a delatar a Berta? No puedo hacerle eso.

Diana parece notar que no las tengo todas conmigo porque se levanta de la silla y se acerca hacia mí.

—Si fuera mi hermana, yo tampoco diría nada.

Cierro los ojos.

—No debería haber llegado tan lejos. Ha sido culpa mía.

Noto que el colchón se hunde a mi lado.

—No eres responsable de las decisiones de las demás.

Abro los ojos y la miro. Se ha tumbado junto a mí, y está tan cerca que noto su aliento en mi nariz.

—Pero podía haber estado más pendiente, veía que no estaba bien.

Entrelaza su mano con la mía.

—Ahora ya está. Va a estar bien.

Asiento, aunque no puedo evitar sentirme mal.

Nos quedamos en silencio, y estoy a punto de dormirme cuando recuerdo que no se lo he contado.

—He hecho una cosa.

Diana alza las cejas.

—Lo de Morera… —Hago una mueca—. He hecho que se tomara un poco de poción de la verdad…

Pone los ojos en blanco.

—No te puedo dejar sola.

Sonrío con un poco de miedo porque no sé si está enfadada o no.

—Confesó que usaba un canalizador para los exámenes… bueno, que lo iba a usar. No creo que le pase nada. Además, solo lo oímos nosotras y su amigo.

Diana me mira con los labios apretados.

—Anda, duerme.

Estoy tan agotada que no replico, cierro los ojos y me duermo notando su mano en la mía.

Capítulo 42

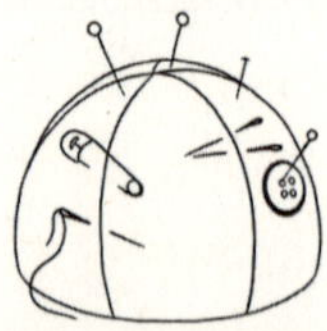

Diana

Sin duda el hechizo para modificar la esencia de una superficie reflectante es tan útil como enrevesado. La buena noticia es que una vez conseguido eso, para que dicho espejo guarde lo que se refleja en él, solo son necesarias estás sencillas palabras: [...]

Magia para detectives (o curiosos)

Saco la maleta de debajo de la cama y la dejo abierta sobre ella. *Blanca* grazna desde el escritorio, como si me preguntara qué estoy haciendo. Descuelgo la ropa de las perchas y la voy plegando. El chaleco que aún no le he devuelto a Álex lo dejo colgado del respaldo de su silla.

Estoy aprovechando que se ha ido a ver cómo están su hermana y Octavia para retrasar una conversación que no quiero tener con ella. Esta mañana me he despertado antes. Aún cogidas de la mano. Y he dudado de la decisión que tomé al salir del despacho de Berta.

Cuando cerré la puerta, dejando dentro a una Berta destrozada, me di cuenta de que no valía la pena. De que nada tenía el valor suficiente como para terminar de esa forma. Que si Berta, que ha crecido aquí, con estas personas, ha tenido que llegar a este extremo, qué tendría que hacer yo.

¿De qué va a servir que me pase dos años estudiando? Un trabajo mejor, sí, pero estaría aquí en la ciudad, lejos de mi familia.

Me da rabia, porque es verdad que no es lo que quería hacer desde pequeña, aun así, a una parte de mí le hacía ilusión poder ser esa persona, esa que empieza el cambio, aunque no hubiera sido mucho. Pero si solo graduarme como la primera de la promoción me va a poner en peligro... no me veo capaz. Y, aunque me quedara, no podría superar a Álex. No puedo competir con una persona que se pasa la clase haciendo dibujos en la mesa y aun así se entera de lo que han explicado.

Irme es lo que tenía que haber hecho la primera semana. He perdido tiempo que podía haber estado trabajando y ganando dinero para poder comprar los caramelos caros y no tener que conformarnos siempre con los que no saben a nada.

Total, ¿qué he hecho? ¿Perseguir nosencias por los pasillos e investigar algo que se supone que le ocurrió a Carlota hace más de un año? Hermana que ni siquiera me ha respondido a la carta que le envié. Supongo que despedirme de ella a gritos cuando se fue de casa no ayuda.

En la que recibí el otro día de mis hermanas, Vera me contó que había podido tirar las zapatillas que había heredado de Olivia, porque con el dinero que gana Carlota le habían comprado unas nuevas. Eso es lo que debería estar haciendo: todo lo posible para que mis hermanas no tengan que ir con ropa que se cae a pedazos y que tiene remiendos en la mitad de las costuras.

Me masajeo las sienes. Creía que haber descubierto a Berta y tomar la decisión de irme me quitaría estos dolores de cabeza, pero juraría que hoy me duele más que ningún otro día.

Meto la ropa y los cuadernos en la maleta. Dejo la pluma que me dio Álex en su mesa. Ya no la necesito. Lo dejo todo preparado y voy hacia la puerta. Miro la habitación: mi parte limpia y la de Álex hecha un desastre, como el primer día. Suspiro y salgo. Bajo por las escaleras principales para no cruzarme con mi compañera, que suele usar las de la torre. Nadie responde cuando llamo a la puerta del despacho de Berta. Me siento en el banco que hay junto a ella y espero.

—Diana —oigo la voz de Berta.

Me giro hacia ella. Tiene mejor cara que ayer, aunque sigue pareciendo que se va a desvanecer en cualquier momento.

—Hola —Intento sonreír—, ¿puedo hablar contigo un momento?

Asiente y abre la puerta haciéndome un gesto para que entre.

—Gracias por lo de ayer —dice al sentarse en la silla tras el escritorio.

Me siento frente a ella.

—Todo irá mejor ahora.

Berta asiente. Espero que diga algo, pero parece que se ha perdido en sus pensamientos.

—Quería pedirte… —dudo—. No, quería avisarte de que voy a renunciar a mi beca.

Berta abre la boca como si fuera a decir algo y se queda unos segundos así.

—¿Por qué? —pregunta al fin.

Me estiro las mangas de la camisa.

—Vine aquí porque estaba enfadada con mi hermana por haber rechazado el puesto que tanto le había costado conseguir, pero yo no soy ella, no quería esto y no creo que pueda lograrlo, así que antes de perder dos años, prefiero dejarlo.

Berta niega con la cabeza.

—No, no te puedes rendir tan pronto —dice levantándose de la silla y caminando de un lado a otro.

—Aunque pudieras convencer al Consejo de que deje de impedir que las becadas lleguen a tener un puesto allí, es muy difícil que yo saque más nota que Álex. Eso sin contar con que hay más estudiantes en clase, que puede que hasta ahora nadie haya sacado unas notas perfectas, pero son capaces de hacerlo, igual que lo hará tu hermana.

Berta para y me mira unos segundos.

—Vamos a hacer una cosa. —Se vuelve a sentar—. Ten por seguro que el Consejo y las profesoras no van a impedir nada. Puede que sea una repudiada por mi familia, pero sigo siendo directora de esta academia.

—Berta, en serio, no quiero.

—¿Después de todo el esfuerzo para llegar aquí vas a renunciar y ya está? —dice mirándome fijamente—. Vale que no era... ¿tu sueño?, pero en unos años ¿no te arrepentirás de no haberlo intentado? Cuando todo siga igual que cien años atrás, ¿no pensarás que pudiste hacer algo por cambiarlo?

—La reivindicativa de la familia era Carlota, no yo. Y, aunque lo fuera, yo sola no puedo conseguir nada.

—¿Seguro? —Se inclina hacia delante y apoya los brazos en la mesa—. Solo hace falta una chispa para prender el fuego.

Esas mismas palabras las decía mi hermana cada vez que alguien le preguntaba de qué iba a servir todo el esfuerzo.

—Me gustaría saber qué pasó —digo agachando la cabeza.

—A mí también.

Desde que oí a las profesoras decir lo que le había hecho el Consejo, no puedo dejar de preguntarme cómo consiguieron modificarle la memoria. ¿Por qué nadie lo impidió? ¿Tuvo oportunidad de defenderse?

Oigo la puerta abrirse a mi espalda. Me giro de un salto por el susto.

—No te puedes ir —dice Álex con cara de haber visto una nosencia gigante.

—Cierra y siéntate —dice Berta con voz tranquila.

Su hermana le hace caso sin apartar la vista de mí.

—No te puedes ir —repite sin cambiar la expresión.

Desvío la mirada y la fijo en el tintero que hay en la mesa. Esta es la conversación que estaba intentando evitar.

—Estábamos hablando sobre eso —dice Berta.

—Genial. —La voz de Álex parece más animada—. No te vas, ¿no? Ha sido un arrebato momentáneo.

No respondo. Todo se ha complicado. Sería más fácil si siguiéramos llevándonos mal.

—Diana —me llama con voz suplicante—, ¿quién va a impedir que haga insensateces?

—No creo que esa sea la mejor razón para conseguir que se quede, que ya tienes edad para saber lo que debes o no debes hacer.

—Habló.

Miro a Berta que ha hecho una mueca e intervengo antes de que haya una pelea de hermanas:

—Me voy porque… —Trago el nudo que me oprime la garganta y vuelvo a bajar la vista—. Echo de menos a mi familia, no sé si me quedan fuerzas para seguir aquí. Me siento muy sola y no sé si quiero ser la chispa que prende el fuego.

—Eso último no lo he pillado —dice Álex después de unos segundos de silencio—. Pero no estás sola.

Levanto la vista hacia ella. Tomé la decisión de no confiar en nadie más, de no arriesgarme a que me hicieran daño, y no puede haberme salido peor.

—No quiero que te vayas, Diana.

Me mira igual que el día que le grité porque creía que me había tirado la pluma a la basura porque sí. Como si estuviera un poco perdida y no entendiera bien lo que pasa.

Siento que algo me estruja el corazón. No debería quedarme solo porque Álex me lo pide, solo porque estoy cómoda con ella, solo porque… No debo hacerlo por eso.

—No os va a gustar la idea que he tenido —nos interrumpe Berta.

Desvío la vista hacia ella con reticencia.

—La única forma de saber qué le pasó a tu hermana es preguntar a las consejeras que estuvieron en su reunión, pero no nos van a contar nada. —Cruza las manos sobre la mesa—. Hay otra manera... —Hace una pausa— ir hasta allí y ver qué pasó.

—No —dice Álex tajante.

—Os he dicho que no os gustaría.

Me inclino un poco hacia la mesa.

—Podría hacerme invisible y ver todo lo que ocurrió —digo esperanzada.

El corazón me late clavando la aguja entre las telas con tanta fuerza que siento que me va a perforar el pecho. Quiero irme a casa, pero... estamos tan cerca. Y no puedo evitar pensar que se lo debo a Carlota. Es verdad que siempre hemos tenido una relación extraña, pero es mi hermana, es la que se pasó años intentando conseguir esa beca por nosotras, para que tuviéramos un futuro mejor. A la que se lo arrebataron.

—He dicho que no —repite Álex.

—Podríamos incluso probarlo ante las demás consejeras —dice Berta ignorándola.

—Con un espejo —digo sonriendo.

Berta asiente también con una sonrisa.

—Algo está muy mal aquí cuando la única con dos dedos de frente parezco ser yo.

Me giro hacia ella.

—Necesito saber qué pasó.

—Es peligroso.

—Más que peligroso, será duro —dice Berta—. Tendrás que volver más de un año atrás y esperar ese tiempo hasta el presente.

Me quedo sin aire. No lo había pensado.

—No vale la pena. —Noto la mano de Álex sobre la mía.

Las miro.

Casi año y medio.

—Piénsatelo. —Miro a Berta—. Si no, podemos denunciarlas ante el Senado, pero es su palabra contra la nuestra.

—La palabra de dos repudiadas y una becada contra el Consejo Regional. —Álex ríe sin alegría—. Ni lo intentes.

Aunque no sirviera para nada denunciarlas, al menos podría saber cómo ocurrió todo. Qué recuerdos modificaron exactamente, si fue por eso por lo que, desde entonces, parece una persona distinta.

—Lo haré —digo.

Álex aprieta mi mano.

—Voy contigo —dice decidida.

—No puedes. —Berta niega con la cabeza—. No puedo enviaros a las dos, me quedaría sola contra dos nosencias descomunales.

Álex va a protestar, pero calla porque no hay nada que rebatir.

—Lo haré —confirmo—. Además, así tendré casi año y medio para pensar si quiero seguir aquí o volver a casa.

Álex me suelta la mano, se recuesta en la silla y se cruza de brazos.

—Sigue pareciéndome una mala idea.

—Igual de mala que darle una poción a Marco.

Me hace una mueca.

—¿Qué has hecho? —pregunta Berta con el ceño fruncido.

Pero Álex no responde. Una sonrisa empieza a dibujarse en su cara.

—La poción. Puedo darle la poción a madre —dice dirigiéndose a Berta.

—¿Y si se da cuenta?

Se encoge de hombros.

—Tendrás que hacerme sitio en tu piso antes de lo que pensábamos.

Capítulo 43

Álex

Dejando de lado las creencias que nos puedan separar, la restricción de una educación completa hacia un sector concreto de la población tan solo impedirá que avancemos mejor y más rápido.

Apelación a la proposición de cambio del edicto 2/1782 de Educación del Consejo de Nohabe. Berta de la Encina

Cuando Diana se va, Berta me pide que me quede un momento.

—Madre está viniendo.

—¿La has avisado?

Niega con la cabeza.

—El Consejo se debe haber enterado de lo de las nosencias de tiempo.

Se frota la cara con las manos.

—No pasa nada —digo con una seguridad que no siento—. Le decimos que no sabemos nada. Traerán investigadoras y no descubrirán nada porque solo lo sabemos Diana y yo, que no vamos a decir palabra.

Cierra los ojos y coge aire.

—Debo confesar, Álex. —Me mira—. Se me ha ido de las manos, he puesto en peligro a toda la academia...

El mal ya está hecho, no serviría de nada que acabe en la cárcel. La necesitamos aquí. La necesito conmigo.

—No —la interrumpo—. Si lo admites lo voy a negar y diré que he sido yo.

Berta frunce los labios.

—¿Y cómo lo vas a justificar?

—No hace falta justificar las malas decisiones cuando eres yo.

Sonrío con ironía.

Mi hermana parece rendirse de momento, aunque sé que estos pensamientos le seguirán rondando por la cabeza.

—Voy a por la poción y vuelvo enseguida —digo para que se centre en lo que tenemos que hacer ahora.

—Supongo que yo puedo hechizar un espejo —dice cansada—. Si sale mal ya lo tenemos para que se lo lleve Diana.

Asiento con una sonrisa y salgo del despacho antes de que Berta se lo piense mejor. No voy a permitir que ninguna de las dos corra peligro cuando la solución es tan fácil.

Cojo el pequeño baúl de mi habitación y saco un botecito en el que aún queda suficiente poción de la verdad como para que surta efecto en mi madre.

Se oyen tres golpes.

—Adelante.

La puerta se abre y entra mi madre. Camina como si todo a su alrededor le perteneciera. Dejando claro que estamos por debajo de ella.

—Hola, hijas —habla casi en un susurro, sin levantar la voz más de lo necesario.

Berta le hace un gesto para que se siente en una de las sillas frente a su escritorio.

Yo no digo nada por miedo a que me salga veneno por la boca y acabemos muertas. Solo cojo las tazas que hemos preparado, pongo una frente a cada una de nosotras y me siento junto a mi madre.

—Ha llegado a nuestros oídos que ha habido ciertos problemas por aquí esta última semana.

Berta asiente, seria. Con la espalda recta y las manos cruzadas sobre la mesa.

—Estamos vigilando

—¿Por qué no avisaste al Consejo inmediatamente?

—No creí que fuera necesario —dice sin cambiar un ápice su expresión—. Teniendo en cuenta el caso que se nos hace cuando informamos de las muertes de estudiantes que no son nobles, esto no me pareció de vuestro interés, dado que ni siquiera hay cadáveres que enviar a las familias.

Madre tampoco hace ningún gesto. Parece una lucha entre estatuas, la que parpadee primero pierde.

—Es un delito viajar en el tiempo.

—Una pena que la indiferencia ante la media de diez muertos cada curso no lo sea.

El silencio que nos rodea se podría cortar con una daga.

—Haríamos la vista gorda si la razón para ese viaje fuera lícita.

La comisura izquierda de su boca se alza un milímetro y me observa.

Frunzo el ceño, sin entender por qué me mira a mí, si ha sido Berta.

—Si la persona lo ha hecho para cumplir alguna petición del Consejo… —dice alzando las cejas, sin dejar de mirarme.

Ah. Muy sutil, madre.

—No he sido yo —digo aguantándole la mirada.

Mi madre frunce los labios un segundo, antes de poner esa sonrisa condescendiente que tan bien conozco.

—No pasa nada, seguro que encuentras otra oportunidad mejor.

Aprieto los dientes.

—No voy a encontrar ninguna oportunidad porque no voy a hacer lo que me pedisteis.

Suelta aire por la nariz sin cambiar la expresión.

—¿Quieres acabar como tu hermana? —Hace un gesto en dirección a Berta—. ¿Con un trabajo que nadie le agradece y ojeras que le llegan hasta el suelo?

Vuelvo la vista a Berta, que desvía la mirada hacia sus manos.

Al verla tan cansada. Al pensar en todo lo que ha pasado estos días, en que no he estado pendiente de ella, me doy cuenta de lo que quiero hacer.

Miro a mi madre imitando su sonrisa.

—Pues ahora que lo dices, me gustaría ayudar a mi hermana. —La expresión de mi madre tiembla—. Cuando la asistente de dirección que hay ahora consiga ese puesto que tanto quiere, yo reclamaré su plaza.

Las fosas nasales de mi madre se abren al coger aire.

—Tu deber es sentarte en la silla que tu hermana no tuvo el valor de conseguir.

—Mi hermana tuvo el valor de pensar en lo que ella quería y no en vosotras —digo alzando la voz.

—Tu hermana fue una desagradecida —alza la voz también.

—¡Ya basta! —El grito de Berta nos sobresalta a las dos.

No ha cambiado la posición ni la expresión. Me sorprende la capacidad que tiene para no alterarse cuando habla con mi madre, para no caer en sus juegos, al contrario que yo.

—Madre —dice Berta mirándola fijamente—. No voy a permitir que el Consejo interfiera en el desarrollo académico de las estudiantes.

La sonrisa de mi madre vuelve a aparecer. Y alarga el brazo hacia la mesa para coger la taza.

—¿Y cómo pretendes impedirlo?

—Denunciándoos al Senado.

—Será vuestra palabra contra la nuestra.

—Tendrá que bastar.

Se aguantan la mirada unos segundos más.

Sigo con la vista cómo se lleva la taza a los labios, cómo apoya el borde en la boca y la inclina. Pero se detiene cuando el líquido está a punto de rozar sus labios.

Inspira por la nariz y deja la taza muy despacio sobre la mesa.

—Me habéis decepcionado más de lo que nunca habría imaginado.

Se gira hacia mí.

—Ni se te ocurra volver a poner un pie en mi casa.

Se levanta de la silla, nos mira una última vez a las dos con los labios fruncidos y sale del despacho sin decir una palabra más.

Berta se derrumba contra el respaldo de su silla y se tapa la cara con las manos.

—Ha sido un desastre.

Me levanto, camino hacia ella y la abrazo.

—Ya no estás sola.

Se deja caer sobre mi hombro, como si ya no pudiera sostenerse más.

—Necesitamos que Diana vaya al pasado.

Hago una mueca. No quiero. Pueden ocurrir muchas cosas, pueden pillarla o tener un accidente, que nos salga mal el hechizo y que acabe en una época que no corresponde, que pase tanto tiempo hasta poder llegar al presente, que pierda más años de su vida.

No quiero que esté casi dos años sola, escondida. No quiero perderla.

Capítulo 44

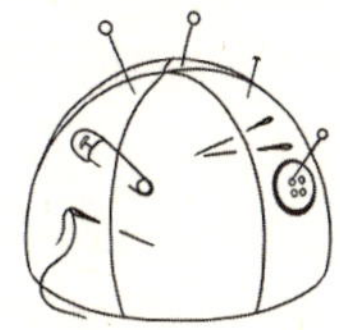

Diana

Yo, Hugo Huerta, solicito mi antigua habitación como mi lugar permanente de descanso y ocio. Dada mi reciente e inesperada muerte, me gustaría al menos conservar esta estancia.
(Porfi, directora).

Petición de Hugo Huerta
a la dirección de la Academia Minerva

He sacado de la maleta una muda de ropa, los tres cuadernos y el tintero.

Sobre el escritorio tengo dos papeles doblados, uno con los nombres de mis hermanas, otro con el de mis madres.

Pliego el último y escribo el nombre de Álex. Los junto y los guardo en el cajón. Si no consigo volver, si pasa algo, los encontrarán y podrán hacérselos llegar. No les voy a decir nada, no tiene sentido. Si todo sale bien, cuando recibieran la carta ya habría vuelto. Para ellas no habrá pasado el tiempo.

Volver a julio del año pasado es casi año y medio atrás. En cuanto lo tenga todo preparado le diré a Berta que quiero hacerlo esta noche. Retrasarlo será más tiempo que pasaría sola y no sé si podría soportar.

Noto las lágrimas bajar por las mejillas. Estaré más sola aún que cuando llegué aquí. El corazón se me encoge al recordarlo. ¿Vale la pena? No tengo por qué ser yo quien lo haga, no tengo por qué ser la que cambie el mundo, no es mi responsabilidad.

Pero alguien tiene que hacerlo, ¿no? Además, si descubro qué le pasó a mi hermana, puede que haga las paces con ella. Debería haberlo hecho ya, en el momento en que me enteré de que no había sido decisión suya renunciar. Cuando vuelva, si vuelvo, iré a verla. Se lo contaré todo. Decido escribir una última carta para Carlota.

Cuando la estoy doblando oigo la puerta abrirse a mi espalda.

—No hemos comido.

Al girarme veo a Álex con la mano en la barriga y la boca formando una curva hacia abajo muy exagerada.

Sonrío sin muchas ganas y voy hacia ella. Bajamos a las cocinas donde mi tía Petra nos prepara un banquete con el que ya no hará falta que cenemos.

—Le hemos plantado cara a mi madre —susurra Álex.

Levanto la vista del plato.

—¿Cuándo? —pregunto sorprendida.

—Ha venido hace un rato.

Toma un sorbo de agua a la vez que yo termino de masticar los macarrones.

—Voy a decirle a Berta que quiero hacerlo esta noche.

Álex deja el vaso en la mesa despacio, y me mira con esos ojos apenados que he aprendido a identificar.

—¿Tan pronto?

—No tiene sentido retrasarlo —digo dando vueltas al tenedor en la mano—. Cada día de más es uno que tendré que esperar hasta volver al presente.

Hace una mueca.

—Ya.

Seguimos comiendo en silencio porque qué vas a decir cuando para ti van a ser dieciséis meses y para la otra persona solo unos segundos.

—¿Cómo está Octavia? —pregunto.

—Mejor. —Remueve los macarrones en el plato—. Ha perdido bastantes recuerdos de su hermano, pero le quedan algunos un poco borrosos. No sé, hoy la he visto bastante bien.

—¿Le has dicho que fue Berta?

Álex niega con la cabeza con expresión culpable.

—¿Crees que lo descubrirán? —pregunto.

—Solo lo sabemos nosotras.

—Y Berta.

Vuelve a asentir.

—Intentaré estar pendiente de ella para que no le dé por confesar. —Álex juega con los anillos de la mano izquierda—. Sé que lo ha hecho mal, pero no quería hacer daño a nadie.

No digo nada. No soy quién para juzgar a una persona que ha utilizado un hechizo que no debía.

Volvemos a quedarnos en silencio durante un rato.

—Te puedo dejar mi mochila para llevar todo lo que necesites —dice después de terminarse la manzana.

—Gracias.

Nos miramos unos segundos de más. Hoy no parece la chica que conocí el primer día. No se ha pintado la raya del ojo y su expresión no tiene nada de altiva, parece más bien perdida y triste.

—¿Ya os lo habéis terminado todo? —Doy un respingo al oír la voz de mi tía.

Espero poder colarme en la cocina de noche para coger comida, aun así…

—Tía —la llamo cuando está dejando los platos en la pila—. ¿Me puedes guardar un poco de lo que preparéis para cenar y me lo llevo?

—Claro. —Se gira hacia mí— ¿Os vais de excursión?

Sonrío con tristeza.

—Algo así.

Tía Petra asiente sin darse cuenta de mi expresión y se despide de nosotras para seguir con sus tareas.

Pasamos por el despacho de Berta para avisarla. A ella también le parece bien no retrasarlo más.

Cuando llegamos a la habitación, Álex me da su mochila y meto todo lo que había preparado. Mientras, ella se sienta con las piernas cruzadas sobre mi cama y me observa. Dejo la mochila en mi escritorio y me siento junto a Álex con las piernas estiradas y la espalda apoyada en la pared.

—¿Qué vas a hacer mientras no esté? —pregunto intentando sonar divertida.

Álex sonríe con una mueca.

—Matar una nosencia más grande que un elefante y contar los segundos hasta que entres por la puerta.

Río sin ganas y le doy un empujón con el hombro.

—¿Y tú? —pregunta.

—Estudiar. —Me encojo de hombros—. Ya que tengo que pasar más de un año sin ver a nadie, aprovecharé para ponerme al día.

—Pero no te podré ayudar. —Aprieta los labios.

—Apuntaré todas las dudas para preguntártelas cuando vuelva.

Sonrío de medio lado.

—¿No estarás haciendo esto para ganar tiempo?

—Como si tú necesitaras estudiar tanto como yo.

—Eso es verdad —levanta la cabeza con orgullo.

Reímos, aunque no es una sensación agradable. Por mucho que intentemos olvidarnos de lo que va a pasar, es imposible.

—Diana.

La miro, pero ella tiene la vista fija en los anillos a los que no para de dar vueltas.

—Todo va a salir bien —dice al levantar la cabeza y mirarme.

—Sí —digo con una convicción que no siento.

Vuelve a mirarse las manos y yo juego con los puños de la camisa.

Al cabo de un rato, Álex se mueve, descruza las piernas y se gira toda hacia mí.

Me pierdo en sus ojos, donde parece que una tormenta está a punto de estallar. Abre la boca para decir algo, pero la cierra. Se mira las manos otra vez. Coge aire y vuelve a levantar la vista.

—¿Puedo…? —duda—. ¿Puedo besarte?

El corazón me empieza a dar puntadas con demasiada fuerza. Álex me observa con esa mezcla de miedo y esperanza que pone cuando va a hacer un hechizo core.

Miro sus labios un segundo y vuelvo a sus ojos. No debería, solo enredaría más las cosas, pero asiento.

Álex me acaricia la mejilla al apartarme un mechón de pelo y se acerca a mí. Cojo aire y la imito, reduciendo la distancia. Cuando nuestras narices se rozan cierro los ojos. Noto su aliento en mi boca. El corazón parece que quiere hacerme un agujero en el pecho.

Dieciséis meses.

Cierro los ojos con más fuerza y hago desaparecer los últimos centímetros que quedan entre nosotras. Cuando pongo mi mano en su cintura para acercarla más a mí, abre la boca y el beso se convierte en algo que me veo incapaz de parar.

Saco todo lo que he estado intentando esconder al fondo de mi cabeza. Dejo que salga y me recorra desde la punta de los pies hasta la coronilla. Todas esas veces que nos hemos tocado, aunque no teníamos por qué. Y las bromas que solo hacía para verla sonreír.

Enreda sus manos en mi pelo mientras yo la arrastro hasta quedarme tumbada con ella encima. Baja por mi cuello a la vez que desabrocha los botones de la camisa y sigue recorriendo mi cuerpo con su boca. Cuando vuelve a subir le quito la suya por la cabeza y giro para que quede debajo de mí. Le acaricio el ombligo y subo hasta el pecho mientras no dejamos de besarnos.

Cuando vuelva puede que no podamos estar juntas. Si al final decido dejarlo, esto no volverá a pasar. Si regreso a mi casa, es poco probable que venga a la ciudad. Puede que no la vuelva a ver.

Me separo un segundo de su boca para tomar aire.

—Diana —dice con un jadeo—. Espera.

Intento volver a respirar con normalidad y me tumbo a su lado. Nos quedamos cara a cara. Álex sonríe y esta vez sí lo hace de verdad, con el hoyuelo en la mejilla izquierda. Quiero volver a besarla, pero espero.

—Llevo semanas queriendo hacer esto —dice.

Noto aún más calor en las mejillas del que ya siento por todo el cuerpo.

—Llevas queriendo besarme desde el primer día —bromeo.

Me da un empujón en el hombro y me río.

—Y tú queriendo quitarme la camisa.

Alzo las cejas.

—Ya te he visto en sujetador muchos días.

—Pero ninguno me has tocado —dice con una sonrisa burlona, enredando sus piernas con las mías.

Pongo los ojos en blanco y Álex me besa. Pero se separa antes de volver a enredarnos.

—Perdón —suelta una risita que me hace reír a mí también.

Coge aire y me mira un poco más seria.

—No quiero seguir ahora. —Desvía la vista un segundo por encima de mi hombro—. Tengo la sensación de que esto es una despedida y no lo es.

Nos miramos en silencio.

—No… —Inspiro—. Te diré una cosa cuando vuelva, entonces.

Álex parece que va a protestar, pero lo piensa mejor y asiente.

Nos quedamos así tumbadas, besándonos, hasta que el reloj da las seis.

Capítulo 45

Álex

Es extraño, cuanto menos, el sonido que hacen las nosencias al desaparecer, sean del tipo que sean: una especie de chirrido o quejido que se queda en el oído durante los siguientes minutos. De ahí que muchas personas se pregunten si son algo más que restos de esencia.

Nosencias y sus curiosidades

Hemos decidido hacerlo en el aula de Defensa. Está lejos de las escaleras y no pasa nadie por allí, además de que es bastante grande para la nosencia gigante que vamos a crear.

Berta ha estado haciendo cálculos para canalizar el mínimo de energía necesario y que no se nos vaya de las manos. Ahora mismo, Diana está mirando los papeles con cara de querer morirse. Aunque lo de querer morirse puede ser por las ecuaciones, el viaje en el tiempo o los meses que va a pasar sin poder besarme.

—Solo tengo que asegurarme de que en la superficie se refleja lo que quiero guardar —dice al cogerlo.

—Y decir las palabras que te he apuntado.

Asiente, abriendo el cuaderno que Berta le ha dado. Lo va a utilizar para escribir cualquier cosa que le pase o que quiera contarnos. Como un diario. En la primera hoja tiene la fecha y hora a la que debe volver aquí y el hechizo para que el espejo guarde su reflejo.

—Cuando termine digo esto. —Señala la siguiente línea del hechizo—. Y lo protejo con mi vida.

—Lo proteges con lo que quieras menos con tu vida —le digo muy seria.

Ríe y me da un empujón.

—No me hace gracia.

Me da un beso en la mejilla y mete el cuaderno y el espejo de mano en la mochila abarrotada de cosas.

Solo van a ser unos minutos. No me voy a dar ni cuenta y ya estará entrando por la puerta otra vez. Y podré mirarla cada hora de cada día, besarle las pecas bajo el sol y discutir hasta quedarnos dormidas. No me va a dar tiempo a echar de menos sus bufidos ni su cara de hartazgo.

—¿Tienes claro el camino? —Diana asiente—. Y recuerda que la habitación de la última torre, la que da a la parte trasera, lleva libre tres años porque Hugo la reclamó cuando murió. Solo deberías encontrarte con él.

Al fantasma le gusta asustar a la gente, pero es de fiar. Ha estado ayudando a Diana y estoy segura de que no dirá nada a nadie.

—Y si entra alguien que no es él me esconderé en el pasadizo que hay detrás del cuadro de la señora a caballo. —Da un abrazo rápido a Berta—. Me lo sé todo.

Mi hermana asiente con la misma cara que ponía los minutos antes de un examen.

—Se lo sabe todo porque es una sabelotodo —bromeo, aunque lo que quiero es echarme a llorar de los nervios, pero alguien tiene que ser el alivio cómico en esta situación.

Diana me abraza y yo la aprieto fuerte contra mí, enterrando la cara en su cuello.

—Espero que cuando vuelvas te acuerdes de eso que querías decirme.

—Me acordaré.

Nos separamos un poco, lo justo para besarnos unos segundos que, al terminar, me parecen una miseria.

Nos sonreímos, aunque ninguna de las dos lo hacemos del todo bien.

Cojo las cuatro dagas que hay en la mesa de armas y engancho dos en el cinturón del pantalón. Me separo de Berta y Diana, colocándome de espaldas a la puerta de salida. Sujeto mi daga con la mano derecha y una de las otras la preparo en la izquierda.

—No tardes —le digo a Diana.

Me sonríe una última vez antes de cargarse la mochila a la espalda.

Berta me mira. Asiento.

Veo cómo coge aire antes de empezar a recitar el hechizo. Mueve las manos con cuidado, dejando salir solo la magia justa.

Junto a Diana empieza a aparecer una nube negra que se hace más grande con cada palabra de Berta. Distingo el núcleo en el centro de la nosencia e intento no perderlo de vista.

Cuando la masa negra es tan grande que casi llega al techo, Diana desaparece. Con el corazón palpitándome en los oídos levanto el brazo y lanzo la daga. Atraviesa a la nosencia, que no se inmuta. He fallado.

La nube flota despacio en dirección a Berta, que camina hacia atrás sin quitarle la vista de encima.

Cojo la otra daga, respiro hondo, rezo a Diosa y lanzo por segunda vez.

La nosencia desaparece con un gañido que debe haberse oído en la planta superior.

Antes de que la daga alcance el suelo ya me he girado hacia la puerta.

Cuento los segundos. Noto los brazos de Berta rodeándome. Solo puedo oír el latido de mi corazón.

Unos segundos más y Diana abrirá la puerta.

CAPÍTULO 46

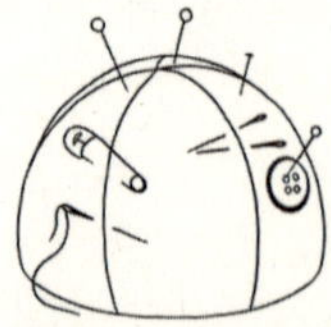

DIANA

La primera estatua que se construyó en honor a Minerva es la que se alza frente al Senado. Cuando la erigieron, quedó de cara a la puerta de entrada del edificio. Confundidas, se dispusieron a girarla, pues su idea era que se viera de frente al llegar al edificio. Pero la estatua no se movió. Por ello, todas las que siguieron se colocaron en esa posición.

COSTUMBRES Y TRADICIONES DE AJIONE

Aparezco en el mismo sitio, pero sin Álex ni Berta y con un dolor punzante en la cabeza que supera con creces los que he tenido en los últimos días.

No me entretengo. Tengo el tiempo justo para llegar desde aquí hasta el Consejo a la hora que se supone que llegó mi hermana y no me puedo cruzar con ella.

Me concentro en el miedo que me agarrota el estómago y me vuelvo invisible. Salgo de la sala y subo las escaleras rápido. Cuando llego a la planta baja sigo caminando, esquivando a la gente.

Al salir a la calle corro, la mochila me da golpes en la espalda y la ropa de abrigo que llevo se me pega a la piel sudada. Paso por delante de edificios antiquísimos que no he visto nunca, porque me he pasado los días encerrada en la academia.

Giro la esquina y bajo la calle que lleva al centro de la ciudad. Paso por delante de mansiones con unos jardines más grandes que el parque de al lado de mi casa. Cuando llego a la estatua de Minerva, me paro a respirar. El edificio no es tan grande como la academia, pero sí más alto. Con la punta de la torre central que parece querer pinchar las nubes. Miro el reloj que hay justo ahí. Carlota debería estar a punto de llegar. Me acerco a la puerta y observo a Minerva.

«¿No podías haber elegido a otra para librar tus batallas? Una en mejor forma», pienso.

Minerva parece guiñarme un ojo y sonreír.

Entonces veo a Carlota acercarse por la plaza. Me escondo entre dos pilares, deshago el hechizo de invisibilidad, saco el espejo y pronuncio el que hará que empiece a guardar imágenes. Por suerte, Berta ha hecho el trabajo de modificar la esencia con magia mense y yo puedo usar core, de forma que solo se deterioran un poco los bordes.

Vuelvo a hacerme invisible, y sigo a Carlota que ya está subiendo las escaleras. Pongo el espejo delante de mi pecho, pegado a mí, para que me sea más fácil controlar la luz que incide en él.

Me cuelo rápido detrás de mi hermana cuando está a punto de cerrar la puerta de la sala del Consejo.

—Buenos días, académica Lantana —dice una de las cinco personas que hay frente a ella.

—Buenos días, consejeras.

Las observo, intentando averiguar quiénes son la madre y el padre de Álex.

—Dada su trayectoria en la Academia Minerva, tenemos el placer de comunicarle que puede elegir la vacante que prefiera.

La mujer que habla tiene los mismos ojos grises que Álex y esa forma de mirar, como si todas las demás personas fueran inferiores a ella.

—He elegido la vacante del Consejo —dice Carlota, seria y con esa mirada orgullosa que conozco bien.

—Me temo que eso no va a poder ser —dice un hombre sentado junto a la mujer de antes.

Carlota frunce el ceño.

—He sido la primera de mi promoción…

La mujer de la esquina más cercana a la puerta se levanta y se asoma fuera. Cuando vuelve a entrar, lo hace acompañada de una guardia.

Mi hermana mira extrañada a su alrededor.

—¿Ha pasado algo?

Nadie responde. La mujer que se ha levantado se acerca a Carlota y empieza a recitar un hechizo.

Mi hermana reacciona rápido. Pronuncia otro hechizo que no reconozco y las consejeras se llevan las manos a las gargantas, como si les faltara el aire. Incluida la que está de pie y la guardiana que acaba de entrar.

Ninguna nosencia ha aparecido. Está usando magia core para quitarles el aire de los pulmones.

El corazón me late con fuerza. No tiene salida, si los ahoga y huye, en algún momento la pillarán. Si no los ahoga, le modificarán los recuerdos como dijo el profesor.

Un consejero, el que está más cerca de ella, consigue levantarse, aunque cae al suelo de rodillas. Aun así, está lo bastante cerca como para alargar el brazo y agarrar el de Carlota.

El hechizo se deshace y, aunque mi hermana intenta soltarse para volver a empezar, el consejero de una bocanada de aire y la agarra con más fuerza.

La guardiana se pone en pie y en dos zancadas sujeta los brazos de Carlota y se los pone a la espalda. Mi hermana forcejea y grita, pero no tiene ninguna posibilidad contra los brazos musculosos de la otra chica.

Me tapo la boca para que no se oiga mi respiración acelerada.

—Estáis podridos —dice escupiendo.

La consejera, que parece haber recuperado el suficiente aliento, empieza otra vez el hechizo sin decir nada más.

Junto a mi hermana se forma una nosencia que parece gelatinosa.

Cuando la consejera termina el hechizo, la guardia suelta a una Carlota que ya no se mueve, destruye la nosencia y sale sin mediar palabra.

—Así que has decidido renunciar a tu puesto en el Consejo —dice la primera mujer.

—Sí, renuncio a mi puesto —afirma mi hermana.

Tiene el semblante relajado. Como si no hubiera ocurrido nada, como si su intención siempre hubiera sido esa.

Entonces lo entiendo. No han modificado sus recuerdos de este día, no de la forma que yo creía. Han ido más allá, han cambiado sus deseos, han debido modificar centenares de pensamientos para eliminar eso, para conseguir que ella misma esté convencida de que quiere renunciar. No le han hecho creer que había renunciado, le han hecho hacerlo. Es como si la hubieran cambiado por otra persona. Empiezo a entender todo lo que ocurrió después. Las evasivas, las discusiones y las decisiones que tomó.

Cuando Carlota abre la puerta me apresuro a seguirla. Al salir del edificio me vuelvo a esconder en el mismo sitio de antes y hago el hechizo inverso al espejo.

Me quedo un rato allí, con los ojos cerrados.

¿Cuántas veces han hecho esto para que les sea tan fácil? ¿A cuánta gente le han arrebatado sus deseos, pensamientos y recuerdos? Siento angustia al pensarlo. Al imaginarme en su lugar. Intentando salvarse a la desesperada cuando se ha dado cuenta de que algo no iba bien.

Después de unos minutos vuelvo a hacerme invisible y camino hacia la academia a paso normal.

Ahora solo queda esperar dieciséis meses.

Capítulo 47

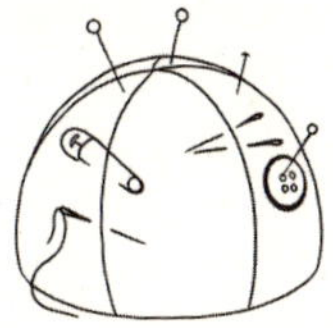

Diana

He visto a Hugo. Me ha dado un susto que casi me mata. Me alegra saber que es una costumbre que ya tenía de antes.

Me ha contado que murió en esta habitación y que por eso pidió quedarse en ella. No le he explicado mucho sobre lo que estoy haciendo aquí, pero ahora entiendo por qué cuando me ayudaba parecía saber cosas que yo no le había dicho.

+ + +

¿Te acuerdas cuando Petra nos dijo que hacía un año más o menos que por la noche desaparecía comida? Creo que ya sé quién es la culpable.

+ + +

Hoy ha sido un mal día. Echo de menos a mis hermanas y en el silencio de esta habitación me parece oír que me llaman. Puede que se me esté yendo la cabeza.

+ + +

Me he encontrado con una fantasma que se llama Imelda. Estaba tocando el piano en la planta baja de la torre pequeña. Me ha dicho que puedo ir a visitarla cuando quiera, que no dirá nada.

+ + +

Creo que he entendido un ejercicio de Cálculo de energías avanzado, y sin tu ayuda.
Ojalá no hubiera tenido que averiguarlo sola.

+ + +

Viajar tan atrás en el tiempo, aunque sea con magia mense, me parece que tiene más consecuencias que una nosencia gigante. Creía que los dolores de cabeza habían empezado por el estrés después de la discusión con mi hermana, pero cada vez tengo más claro que fueron por este viaje en el tiempo. Desde que llegué a la academia eran más frecuentes y me ocurrían cosas extrañas… ya te lo contaré, pero tengo la teoría de que cuando vuelva al presente los únicos dolores de cabeza que tenga serán al ver el desastre de habitación que tienes.

+ + +

Hoy le he contado a Imelda mis dudas sobre seguir estudiando o no. Y me ha dicho que el miedo no es bueno para tomar decisiones, o algo así. ¿Qué les pasa a las señoras mayores con las frases que te dejan pensando días?

+ + +

He estado leyendo algunos libros de historia. Me da mucha rabia lo que han hecho. Ya sé que no estás de acuerdo conmigo, pero ¿no te parece sospechoso que unos códices cuenten una historia tan distinta a libros mucho más antiguos? No me puedes negar que es raro.

+ + +

Te cogí prestado un poco de dinero, te lo devolveré. He aprovechado la fiesta de Lureida para ir a ver a mi familia. Casi me pongo a llorar al verlas, las echaba tanto de menos... Hemos bailado y cantado como todos los años. Creo que mis madres notaban algo raro, pero no me han dicho nada.
Ojalá el año que viene puedas venir conmigo.

+ + +

Me he encontrado contigo hoy. Admito que ahora que mi yo pasado está en la academia voy con menos cuidado. Nos hemos chocado y te he dicho «Cuidado, Álex». Me has mirado rarísimo y creo que es porque en ese momento aún te llamaba por el apellido. También puede que acabáramos de discutir, porque es algo que hacíamos mucho.
Eso también lo echo de menos.

+ + +

Queda ya muy poco. Y creo que he tomado una decisión. Si de verdad conseguimos que esto sirva para algo, me quedaré en la academia. Quería estudiar Historia para poder demostrar que los Códices son una mentira, y eso también puedo hacerlo siendo consejera. Tendré más voz que solo como historiadora. Puede que no fuera mi idea inicial, pero quiero que mis hermanas tengan un futuro mejor.

CAPÍTULO 48

DIANA

Dos minutos.

Me cuelgo la mochila al hombro mientras echo un vistazo alrededor. No pienso volver a entrar a esta habitación nunca más. Podría dibujar de memoria cada grieta de cada una de las cuatro paredes.

Salgo al pasillo y camino en dirección a las escaleras. Con cada paso que doy hacia abajo, el corazón da las puntadas con más fuerza, más rápido, queriendo llegar al final de la tela tanto como yo a esa sala.

—¡Diana! —oigo que me llaman al llegar a la planta baja.

Me planteo ignorarla y seguir, pero vuelvo a oír mi nombre, ahora más cerca. Con un suspiro alzo la vista. Noguera viene caminando hacia mí.

—Diana —me sonríe—. Quería decirte que si necesitas cualquier cosa estoy aquí para lo que sea.

—Gracias, profesora. —Sonrío, aunque no sé si lo hago bien, porque solo puedo pensar en que me lo podría decir en cualquier otro momento.

—Sé que es difícil a estas alturas de la formación académica llegar aquí, todo tan distinto… —Frunce los labios—. Yo también he pasado por ahí, por eso…

Un gañido interrumpe a la profesora. Miro hacia las escaleras desde donde parece haber salido el sonido.

—Será mejor que avise a la directora.

Vuelvo la vista hacia Noguera.

—No se preocupe, tendrá muchas cosas que hacer, yo la aviso, que iba a la biblioteca.

La profesora duda, alternando la vista entre la escalera y yo.

—Vale —cede.

Antes de que pueda decir nada más me despido y camino hacia el despacho de Berta. Finjo llamar a la puerta, espero unos segundos y, cuando me aseguro de que la profesora se ha ido, vuelvo a la torre.

Bajo las escaleras rápido y termino corriendo por el pasillo. Cuando estoy a dos centímetros de poner la mano en el pomo de la puerta, esta se abre. Álex está a punto de chocarse conmigo. Pero, antes de que eso pase, la cojo de los hombros.

Respira rápido, con el rostro más pálido de lo normal.

—¿Por qué tardabas? —pregunta.

Niego con la cabeza y la abrazo. Jadea y me rodea la cintura con fuerza.

—Los peores minutos de mi vida.

—Los peores meses de mi vida.

La risa nos hace temblar un poco, aunque puede que también sea el miedo que escapa de nuestros cuerpos por fin.

Me separo unos centímetros de ella y le cojo la cara con las manos.

—Me quedo.

Álex cierra los ojos y pone sus manos sobre las mías.

—Te quiero, Diana Lantana.

Mi corazón se salta un latido y vuelve a puntear rápido y fuerte. Pienso en las ganas que tenía de verla estos meses, en todo el nudo de sentimientos con el que me fui y que ahora parece estar desenredado y colocado cada hilo en su sitio.

—Y yo a ti, Alejandra de la Encina.

La beso como llevo imaginando dieciséis meses que haría.

Epílogo

Diana bajó corriendo las escaleras centrales.

—¿Ya? —preguntó sin pararse.

Álex caminó detrás de ella, que parecía avanzar más despacio cuanto más cerca estaba del panel de anuncios. Llegó frente al papel, respiró hondo y leyó. Volvió a hacer tres largas respiraciones antes de girarse.

—Lo he conseguido —dijo con los ojos más abiertos de lo normal.

—Lo has conseguido.

Se tapó la boca con las manos y las lágrimas empezaron a llenarle los ojos. Álex la abrazó mientras lloraba y reía a la vez.

Diana Lantana............................9,98
Alejandra de la Encina.................9,95
Gala Figueras...............................9,37

Gala llegó en ese momento, frenó delante del panel, se aupó un poco con los brazos y gritó de alegría. Octavia ni siquiera se molestó en mirar en qué posición había quedado. Pero abrazó a sus amigas, que se lo merecían más que nadie.

Las notas de Diana y Álex habían sido prácticamente iguales durante los dos cursos y habrían seguido así si no hubiera sido porque Álex no olvidó que había perdido una apuesta. Al final, la culpable de las nosencias no era una becada. Y, aunque no suspendió ningún examen (al fin y al cabo, Diana tampoco acertó del todo con su apuesta), se dejó unas dos preguntas sin responder. Con eso fue suficiente.

Cuando Diana volvió al presente, Berta denunció al Consejo de Nohabe frente al Senado. Con las imágenes guardadas en el espejo (que alguien había dejado misteriosamente frente a la puerta del despacho de Berta) y los exámenes de Carlota; aceptaron la denuncia y aplicaron las medidas pertinentes.

Eso no hizo que echaran a las consejeras implicadas, solo las relegaron de algunas funciones. Todas tienen algo que esconder y cartas guardadas bajo la manga para usarlas cuando su posición peligra. Ningún cambio es fácil y menos si las costumbres están arraigadas como malas hierbas.

A quienes sí echaron de la Academia fue a las profesoras implicadas, además de prohibirles dedicarse a la enseñanza ya fuera en academias públicas o privadas.

A Carlota le volvieron a ofrecer el puesto que le correspondía, pero no lo aceptó. Una vez eliminado el deseo de formar parte del Consejo, y sin posibilidad de recuperarlo, ya no tenía sentido para ella. Se quedó como directora de la biblioteca al retirarse la anterior y volvió a retomar la relación con Diana, aunque con pasitos pequeños. Quedan algunos sábados para desayunar e intentar reconstruir aquello que le quitaron, aunque es más frustrante que otra cosa.

En cuanto a Marco Morera, tampoco él fue el primer plebeyo en llegar al Consejo. La estudiante que iba en segunda posición hizo unos exámenes finales perfectos, contra los que Marco, sin ayuda de su canalizador, no puedo competir.

Por su parte, el Consejo investigó sobre lo sucedido con las nosencias de tiempo (solo una, que ellas supieran): interrogó a estudiantes y profesoras, pero no descubrieron nada. La familia de Octavia insistió en que tenía que haber alguna pista en algún sitio sobre la identidad de la culpable, pero una vez más, la clase social jugó su papel. Puede que no fueran plebeyas, pero tampoco nobles, y el hecho de que no hubiera vuelto a ocurrir nada semejante desde su accidente bastó para que el Consejo decidiese que no valía la pena seguir investigando. A fin de cuentas, ya estaban bastante ocupadas lidiando con la denuncia que Berta les había puesto.

—¿Me acompañarás? —preguntó Diana.

—Claro, tengo que presumir de novia consejera.

Diana puso los ojos en blanco y le dio un empujón.

—Consejera Lantana, la revolucionaria —dijo Álex con tono rimbombante—. La chispa que prenderá el fuego.

Sonrió un segundo, antes de apretar los labios en una línea.

—¿De verdad crees que podré cambiar algo?

Entrelazaron los dedos de las manos.

—Sí —le dijo convencida.

Ninguna de las dos sabía qué pasaría en los próximos años. Pero estaban tranquilas, porque habían tomado las decisiones sin pensar en el miedo, sino en todo lo demás.

Agradecimientos

Cuando descubrí que me gustaba leer, mi madre y mi padre se alegraron muchísimo. Aunque creo que no habría sido así si hubieran sabido que, con los años, los pocos libros que tenía se iban a convertir en montañas. Gracias por dejarme llenar una pared entera de estanterías y apoyarme siempre en todo lo que hago.

Hay momentos al escribir que necesito contárselo a alguien que me dé otro punto de vista, y esa es mi hermana. Gracias por escuchar mis monólogos sobre viajes en el tiempo y los problemas que me creo a mí misma, incluso cuando empiezo a hablar sin hilar pensamientos y corto frases a mitad. La próxima es la tuya.

Si algo tengo claro con esta historia es que no estaría aquí sin mis amigas y betas. Alba, Amanda, Amparo y Esther, que siempre estáis dispuestas a leer lo que escribo, aunque ni yo misma sepa bien qué es. Me ilumináis el camino cuando ya no veo por dónde voy. Nunca os podre agradecer lo suficiente vuestros consejos, ideas y apoyo. Un pedacito de esta historia es vuestra.

El mundo editorial es *una cosa* con muchos entresijos y, a veces, difícil de entender. En esto he tenido la suerte de contar con Lourdes. Esas conversaciones que hemos tenido estos últimos años han evitado que muchas cosas me pillaran desprevenida.

Gracias por las comidas de los sábados, el cine de los domingos y todo lo demás.

Trabajar a jornada completa y escribir es difícil y cansado. Aunque se hace más llevadero cuando las personas con las que compartes gran parte del día son las mejores que podrías tener alrededor. Gracias, compis, por ser como sois, por alegraros tanto al conocer la noticia de la publicación y por aguantar mis quejas y palabras malsonantes todos los días laborables (y algunos de los que no).

Cuando envié el manuscrito al concurso no esperaba ganar, ni me lo planteaba. Lo hice porque, como dice mi madre: «el no ya lo tienes», y me venía bien tener una fecha límite en la que terminar *Proyecto Buh.* Gracias a Fandom Books, y a Marina, Elena y Vanessa, que formaron parte del jurado del premio, por confiar en esta historia. En especial a Marta, mi editora. Cuando vi tu nombre en el correo me quedé parada preguntándome: «¿Es ella? ¿De verdad?». Me ha hecho mucha ilusión trabajar contigo, no solo por lo que te admiro, sino porque cada idea y consejo que me has dado ha mejorado el manuscrito hasta ser la mejor versión que podía dar ahora mismo. No dudes de que te enviaré una copia de las denuncias que me lleguen por lo que le ocurre a ya sabes quién.

Gracias también a Javi Araguz por la mejor cubierta que podía tener este libro.

Y a todas las personas que estáis ahí, más cerca o más lejos, y que me apoyáis de una forma u otra.

Empezar un libro de fantasía da un poco de respeto. Tienes que aprender las reglas con las que se rige ese nuevo mundo y creer en la magia durante unas horas. Sabes que te vas a pasar los primeros capítulos andando a tientas, acumulando dudas hasta ese momento en el que las piezas encajen. Así que gracias por darme esta oportunidad, por querer adentrarte en esta historia, por leerla y por llegar hasta aquí.

El miedo nos paraliza y puede alejarnos de lo que de verdad queremos, pero, a veces, sale bien plantarle cara.